FANTASTIC ORIENTAL HEROES
항상 新무협 판타지 소설

혼사행 1
항상 新무협 판타지 소설

초판 1쇄 찍은 날 § 2010년 6월 7일
초판 1쇄 펴낸 날 § 2010년 6월 12일

지은이 § 항상
펴낸이 § 서경석

편집장 § 문혜영
편집 책임 § 서지현
편집 § 어정원

펴낸곳 § 도서출판 청어람
등록번호 § 제1081-1-89호
등록일자 § 1999. 5. 31
어람번호 § 제2-1936호

주소 § 경기도 부천시 원미구 심곡2동 163-2 서경B/D 3F (우) 420-822
전화 § 032-656-4452 팩스 § 032-656-4453
http://www.chungeoram.com
E-mail § chungeoram@chungeoram.com

ⓒ 항상, 2010

ISBN 978-89-251-2196-3 04810
ISBN 978-89-251-2195-6 (세트)

※ 파본은 구입하신 서점에서 교환하여 드립니다.
※ 저자와 협의하여 인지를 붙이지 않습니다.
※ 이 책은 도서출판 청어람과 저작자의 계약에 의해 출판된 것이므로,
   무단 전재 및 유포·공유를 금합니다.

婚事行
혼사행

①

항상 新무협 판타지 소설

FANTASTIC ORIENTAL HEROES

청어람

目次

序	무적신검 황 대장	7
第一章	백선백퇴	141
第二章	진심장법	173
第三章	동상이몽	211
第四章	사활곡(死活谷)	271

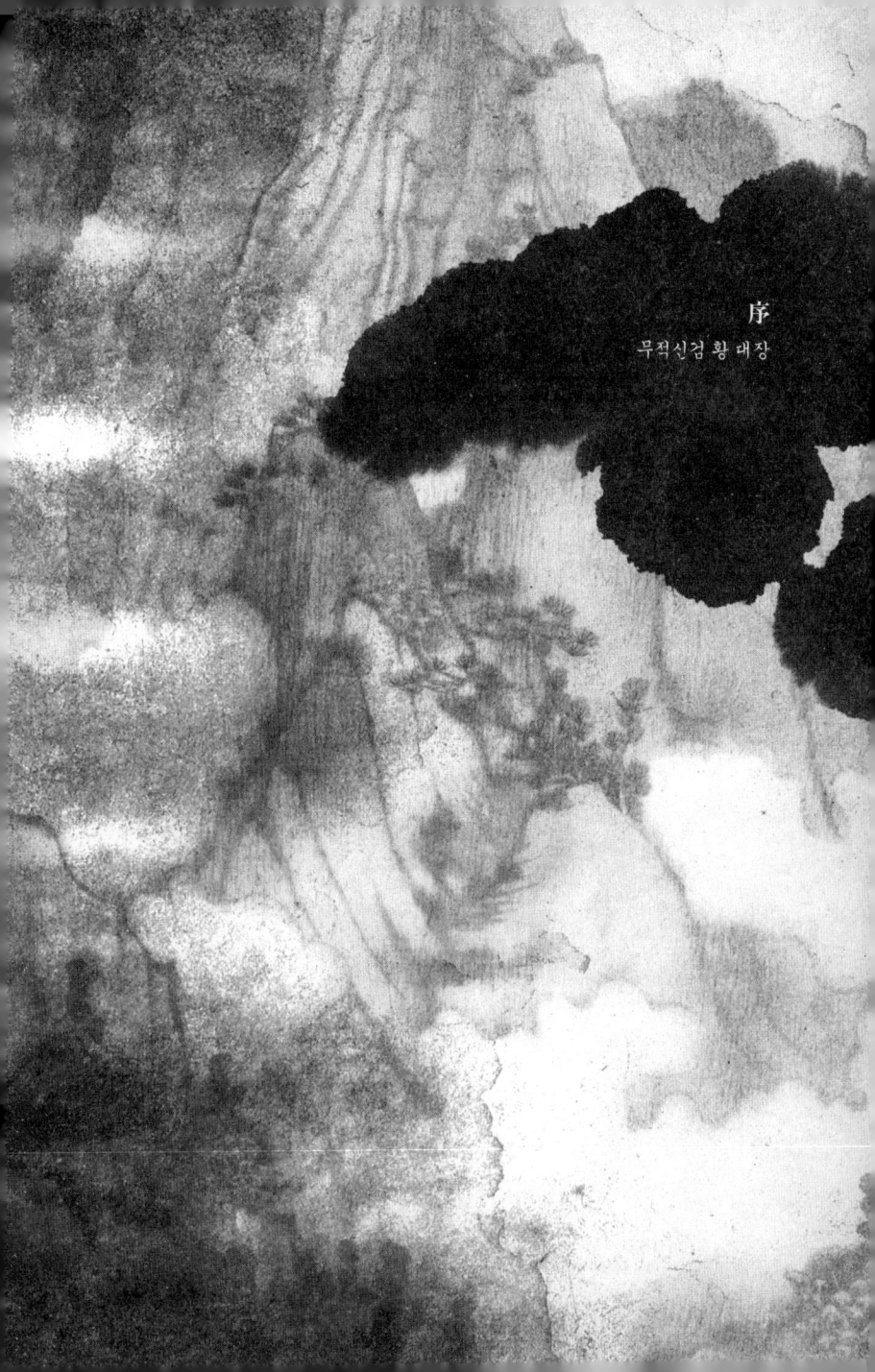

序
무적신검 황대장

1

 산동성 제남 인근의 용아촌(龍牙村).
 빼어난 풍경을 자랑하는 것도 아닌, 주민 대부분이 농사로 먹고사는 평범한 마을이 강호에서는 꽤나 알려져 있었다. 이는 일인전승 문파로 유명한 황가장(黃家莊)이 이곳에 위치해 있는 덕분이다.
 용아의 황가장.
 고지식하고 융통성이 없다는 소리를 들을 정도로 가주 대대로 불의에 굴복하거나 타협하지 않았다. 그동안 황가장의 손에 죽어간 마인들의 숫자는 두툼한 책으로 서너 권은 넘을 것이다.
 황가장은 제남을 넘어 산동성 일대의 패자로서 무림의 배분 또한 상당했다. 그만큼 무림 정의에 이바지한 공로가 크다는 의미도 되겠지만, 짧은 역사와 규모에 비해 과분할 정도로 유명세를 타게 된 이유는 따로 있었다. 바로 일인전승이라는 독특한 전통 때문이었다.

무림의 호사가(好事家)들은 가문의 비전절기를 지키기 위한 극단의 선택이라 말하곤 하는데, 이는 황가장의 속사정을 모르고 하는 소리다. 대대로 손이 귀한 집안이기에 그러한 전통 아닌 전통이 생겼을 뿐 절대 의도적인 것은 아니었다.

나는 그 대대로 손이 귀하다는 황가장의 칠대독자(七大獨子)로 태어났다.

그 당시 아버님의 연세가 환갑을 바라보는 쉰아홉, 어머님은 그보다 네 살 밑인 쉰다섯.

그야말로 기적이었다.

늦둥이도 모자라 칠대독자로 태어났으니 금지옥엽 애지중지 키워졌을 거라 생각하면 큰 오산이다. 황가장의 육대가주(六大家主)인 아버님은 뼛속까지 무림인이셨다.

너무 오래된 기억이라 확실치는 않지만, 어리광 따위를 부려본 기억이 없다. 황가장의 다음 대를 이어야 하는 난 아버님의 엄격한 가르침 속에 어린 시절을 보내야 했다.

어찌나 그 수련이 혹독했는지 용아촌의 주민들은 내가 정말 황가장의 칠대독자가 맞는지 수군거렸을 정도였다.

무림과 연을 맺고 태어난 것이 죄라면 죄였을 것이다.

강한 자만이 살아남는 세상, 작은 약점조차 용납되지 않는 곳이 바로 무림이다. 황가장의 칠대독자가 곱게만 자란 도련님이란 소문이 나면 그 뒷감당이 힘들었을 것이다.

　내가 열 살이 된 무렵, 아버님은 칠순을 바라보는 연세였다. 지병까지 얻으신 아버님이 돌아가시면 황가장의 추락은 불을 보듯 뻔한 일이었다. 어린 나이에 가주의 자리에 오르는 나를 돌봐줄 후견인이 없었기에 더욱 그러했다.

　대대로 독자였기에 아버님은 무림과 연관있는 친가 쪽의 혈육이 전무했다. 물론 외가 쪽의 친척은 넘칠 정도로 많았다. 어머님만 해도 삼남육녀의 장녀였다.

　그러나 무림 일파와 인연을 맺은 분이 어머님 말고는 아무도 없었다. 강호에 몸담고 있지 않은 상태에서, 단지 인척이라는 이유로 황가장의 후견인이 된다는 것은 상상할 수도 없는 일이었다.

　사족 같은 말이지만, 원래 무림가는 비슷한 배분의 무림문파, 혹은 무가와 혼인을 맺는 것이 관례였다. 그러나 황가장을 개창하신 시조부님부터 지금까지 무림가와 혼맥으로 이어진 적이 없었다. 무림과는 전혀 상관없는 유생, 문관, 상인 집안과 연을 맺어, 이것 또한 전통으로 굳어가는 듯했다.

　아버님 또한 지방 관리의 여식이었던 어머님을 아내로 맞이하셨다. 이는 조부님과 외조부님이 각별한 사이였다는 인연도 있었지만, 과할 정도로 자손이 번창하는 외가 쪽의 전통이 부러웠던 것이다.

　그러나 외가 쪽의 다산의 전통 또한 황가장을 만나서는 도통 맥을 추지 못했다. 환갑을 바라보는 나이까지 후손이 전혀 없었으니 말이다.

그러다 내가 태어났다.

반만 무림가의 피가 흘렀지만, 명문 무림가 사이에서 태어난 자제들보다 오성과 근골이 더 뛰어났고, 무공에 대한 천부적인 자질도 있었다. 그렇기에 엄격하고 혹독한 아버님의 가르침을 견뎌낼 수 있었다.

내 나이 열셋 되던 해에는 산동성 제일가는 기재(奇才)라는 명성까지 얻었다.

하나, 인간만사 새옹지마(人間萬事塞翁之馬)라고 했던가, 하필이면 그 해 바로 무림에 변란이 일어났다. 정사마 연합의 무림맹이 정한 기존의 질서를 깨고 무림 정벌을 선언한 광오한 세력이 등장한 것이다.

얼마 지나지 않아 황가장도 무림첩을 받았다. 아버님은 조금도 고민하지 않고 내게 명하셨다.

"조령아, 행장을 꾸리는 즉시 무림맹의 본채가 있는 중경(重慶)으로 떠나거라. 우리 가문은 강호에 불어 닥친 위기를 한 번도 외면한 적이 없느니라."

대쪽 같은 아버님 성정엔 당연한 결정이었다. 그러나 어머님은 결사적으로 반대하셨다.

"아니 될 말씀입니다. 그 위험한 곳으로 조령이를 보내시다니요. 아직 혼사도 치르지 않은 몸입니다. 이번만큼은 맹주님도 이해해 주실 겁니다."

"부인, 대체 무슨 소리를 하는 것이오? 이런 핑계 저런 핑계로 다 빠져나가면 누가 무림 정의를 위해 싸우려 하겠소."

"하찮은 핑계가 아니질 않습니까. 혹여 조령이가 어찌 된다면 집안의 대가 끊기게 됩니다."

"어허~ 부정 타는 소리 마시오. 그런 일은 절대 없을 것이오. 무림첩이 발동되었으니 반도들이 소탕되는 것은 시간문제나 다름없소. 이후 조령이는 어린 나이에도 불구하고 무림첩을 이행한 공로를 인정받을 것이며, 이후 조령이가 황가장을 이끌어가는 데 커다란 도움이 됨을 모르시는 것이오?"

"반도들의 세력이 그리 호락호락했다면 맹주님께서 무림첩을 돌렸겠습니까? 쌀을 보낸다든지, 약재나 병장기를 구해서 보낸다든지, 물질적으로 돕는 방법도 있지 않습니까. 그러니 조령이를 보내는 것은 다시 한 번 심사숙고해 주십시오. 간곡히 부탁드립니다."

어머님이 아버님의 뜻에 반한 일은 한 번도 없었다. 그만큼 내 안위가 걱정스러웠기 때문이다. 그러나 용아의 황고집이라 불릴 정도로 아버님의 완고함은 강호에서도 유명했고, 이는 지병이 악화되어 말하는 것조차 힘든 상태에서도 마찬가지였다.

"지, 지금 그걸 말이라고 입에 담는 것이오! 황가장의 대가 끊기는 것보다 무림가로서 명예를 잃은 것이 더한 수치란 말이오. 내 살아생전 그리 불경스러운 짓은 절대 용납…… 콜록, 콜록, 콜록! 콜록, 콜록, 콜록……!"

"아, 아버님, 괜찮으십니까?"

제대로 몸을 가누지 못하는 아버님을 황급히 부축했다. 심한 기침이 진정되자 아버님은 내 손을 꼭 잡으며 당부하셨다.

"나는 이미 천수를 다 누린 것이나 진배없다. 미천한 내 안위보다는 혼란에 빠진 강호의 정세가 더욱 걱정스럽구나. 조령아, 맹주님의 무림첩을 받들어 중경으로 떠나거라."

"……"

순간 머뭇거리고 말았다. 죽을 수도 있다는 두려움 때문은 아니었다. 아버님의 가르침을 받고 자란 나는 언제라도 대의를 위해 목숨을 바칠 각오가 되어 있었다. 하지만 어머님의 애달픈 눈빛이 나를 망설이게 만든 것이다.

"예, 아버님……."

그러나 결국은 아버님의 뜻에 따를 수밖에 없었다. 나까지 기대에 어긋나는 모습을 보였다가는 피를 토하며 쓰러지는 아버님을 봤을지도 모를 일이었다.

"장하구나! 아들아, 정의(正義)라는 것은 쟁취하는 것이다. 누군가에게 의지하려 들거나, 자신의 이득을 계산하여 외면하는 순간 바로 정의롭지 못한 인간이 되는 것이다. 아비에 대한 걱정은 필요없다. 이번 기회에 더 넓은 세상을 경험하고 무림 정의를 바로 세우는 데 일조하여라. 이것을 이루기 전까진 절대 돌아올 생각은 말아야 한다. 알겠느냐?"

"예……."

나는 그렇게 황가장을 떠나 대륙을 가로지르는 험난한 여정을 거쳐, 무림맹의 본채가 있는 중경에 도착하여 깨달았다.

어머님 말씀이 옳았다.

반도의 무리는 결코 만만한 상대가 아니었다.

통일된 무림을 신봉하는 진양교(振揚敎)의 파상 공세에 무림맹이 수세를 면치 못하는 상황이었다.

적지 않은 충격이었다.

그리고 이해를 할 수 없었다.

아버님이 말씀하신 무림맹은 영웅호걸들의 집합체였다. 맨주먹으로 바위를 깨부수고, 발검(拔劍)만으로도 삼 장(三丈) 밖에 있는 적의 목을 벨 수 있다는 고수들이 지천으로 널린 곳이었다.

무림첩까지 발동한 상황이라 수적으로는 진양교를 크게 앞서고 있는데도 연전연패(連戰連敗), 싸늘한 주검이 되어 돌아오는 동료들의 숫자는 날이 갈수록 늘어갔다.

그 와중에도 나는 티끌만 한 상처 하나 없이 살아남을 수 있었다. 무공 실력이 그만큼 출중해서가 아니었다. 반도들과 직접 검을 맞대고 싸워본 적이 없었기 때문이다.

내 임무는 맹주님의 수발을 드는 것이었다.

황가장의 칠대독자라는 것과 피비린내 나는 전쟁을 감당하기엔 아직 어리다는 점, 그럼에도 불구하고 어느 문파보다 솔선하여 무림첩을 이행했다는 것 등을 감안하여 특혜를 베풀어 주신 것이다.

솔직히 싫진 않았다.

아니, 그 소식을 전해 들었을 때 땅이 꺼질 정도로 안도했다. 물론 전쟁이 두렵기도 했다. 그보다 내 실력이 부족함을 절실히 깨달았다. 조금만 더 수련하면 보다 많은 적을 벨 수 있는데, 미천한 상태에서 싸우다 죽게 되면 너무도 억울할 것 같았다.

맹주님의 수발을 마치면 미친 듯이 무공을 연마했다.

살아남기 위해선 강해져야 했고, 언제 죽음을 맞이할지 모른다는 불안감을 떨쳐 내는 방편이기도 했다.

이런 내 모습을 무림의 대선배님들께서는 좋게만 보셨던 모양이다. 맹주님을 비롯하여 한 문파의 장로 급에 해당하는 분들이 많은 가르침을 베풀어주셨다.

내 실력은 일취월장했다.

그리고 어느 정도 자신감이 붙었을 때, 전쟁에 참여하기 시작했다. 처음부터 무리하지 않았다. 내 능력으로 가능한 것을 도우며 실전 경험을 쌓았다.

무림맹 또한 전략을 바꿨다.

막대한 희생이 따르는 정면승부를 피하고 본채에 대한 수성(守城) 체제로 전환한 것이다. 본채가 갖는 상징적인 의미 때문이었다. 이에 진양교는 파상 공세를 퍼부었지만 무림맹은 일심으로 단결하여 잘 막아냈다.

싸움의 양상은 치열한 공방과 소강상태가 반복되는 장기전이 되었고, 훗날 무림대전이라 일컬어지는 전쟁이 어느덧 삼 년째로 접어들 무렵이었다.

유난히도 바람이 거칠게 불던 겨울날, 무림맹은 불바다가 되고 말았다. 우리는 필사적으로 저항했지만 역부족이었다. 진양교주 모용관(慕容冠)이 이끄는 정예부대는 무림맹 본채를 지옥의 한복판으로 만들었다.

처참한 비명 소리가 사방에서 울려 퍼졌다. 무공을 모르는 아녀자와 어린애, 노인은 물론 본채에서 기르던 말과 소, 개, 돼지까지 그들은 움직이는 것은 무엇이든 베어버렸다.

그 잔혹한 현장에서 진양교주 모용관의 실제 모습을 처음으로 보았다.

반도들의 수장이며 이번 전쟁의 원흉이다.

칠 척(七尺)에 버금가는 장대한 체격, 광기로 번뜩이는 호안(虎眼), 생김새는 소문으로 듣던 것과 똑같았다. 그러나 그의 잔인무도한 성격은 소문 그 이상이었고, 우수쾌검(右手快劍), 좌수독공(左手毒功)을 구사하는 일신의 무위는 내가 감히 상상도 하지 못할 경지였다.

뎅강~!

목이 잘려지는 맹주님의 모습은 충격 그 자체였다.

내가 가장 존경하고 닮고 싶은 분이며, 무공 수위를 측정하기 어렵다고 알려진 맹주님을 그는 너무도 쉽게 이겼다.

"크~ 하하하! 무림맹의 졸개들아, 보아라! 네놈들이 우러러 보던 맹주의 목이 내 손아귀에 들려 있다. 진정한 무림천하지존이 누구인지 똑똑히 보아라! 크~ 하하하, 크하하하~!"

모용관은 맹주님의 수급을 전리품처럼 흔들며 앙천대소했

다. 이에 격분한 맹주님의 호위대가 달려들었지만 부질없는 짓이었다.

맹주님의 최측근이었던 우상호법 구후(具厚), 장창술의 대가였던 호위대장 장화우(張禾禑), 같은 산동(山東) 출신으로 친동생처럼 나를 돌봐주었던 말단 호위무사 왕호곤(王浩坤) 등, 맹주님의 수발을 들며 친분있게 지내왔던 모든 사람이 죽었다.

부릅뜬 눈으로 넋이 나간 것은 잠시였다.

곧이어 온몸 곳곳에서 피가 끓어올랐다. 그 뜨거운 열기에 심장이 터질 것 같았고, 머릿속이 텅 빈 듯 순간적으로 아무런 생각도 들지 않았다. 그러다 눈도 못 감고 돌아가신 맹주님의 수급과 눈이 마주치는 순간, 분노가 폭발했다.

"모용관~!"

진양교주에게 덤벼들려는 찰나, 다급히 내 옷깃을 잡는 손길이 있었다.

"이, 이보시오!"

송 노공(老公), 약재와 의술을 담당하는 건통전(健通殿)에서 가장 나이가 많은 의원이었다.

"이거 놓으십시오!"

거칠게 송 노공의 손을 뿌리쳤다.

그 당시 나는 정신이 반쯤 나가 있었다. 헛된 죽음일 뿐이라던가, 울분을 참고 후사를 도모하자는 등의 이성적인 말이 통할 리 없었다. 그러나 송 노공에 대한 내 예상은 정확히 빗나갔다.

"나, 나 좀 살려주시오. 반도의 무리가 이 늙은이까지 찢어 죽이려 혈안이 되어 있소. 이, 이렇게 부탁드리오. 제발 살려주시오. 제발……."

송 노공은 검을 쥔 내 손을 붙잡고 간절히 애원했다. 이성이 아니라 내 감정에 호소한 것이다. 칠순을 넘겨 주름이 가득한 얼굴이었다. 무공도 배우지 못한 그가 홀로 무림맹을 탈출하는 것은 불가능했다.

갈등하지 않을 수 없었다.

먼저 간 동료들을 따라 죽음을 선택할 것인가, 아니면 칠순의 노인을 살리기 위해 검을 휘두를 것인가.

해답은 이미 나와 있었다. 격정적인 감정 때문에 제대로 된 판단을 내리지 못한 것뿐이었다. 송 노공 덕분에 잠깐 갈등하던 사이, 나는 이성을 찾을 수 있었다.

"저를 따르십시오."

"고, 고맙소이다!"

살기 위해 검을 휘둘렀다. 개 떼처럼 덤벼드는 반도의 무리를 베면서 한발 한발 나아갔다. 칠순의 송 노공까지 보호하면서 전진하기란 쉽지 않았지만 힘들다고 느껴지진 않았다.

확실한 목표가 있고, 검을 휘두를 때마다 그 목표에 점점 더 가까워지는 것이다.

베고, 또 베고.

그렇게 송 노공과 나는 불타는 무림맹을 빠져나왔다.

참으로 혹독한 겨울이었다.

본채를 탈출한 송 노공과 나는 사천(四川)으로 향했다. 그곳에는 무림맹의 가장 큰 지부(支部)가 있었다. 혹여 본채가 함락되는 사태가 발생하면 그곳에서 재집결하기로 약속되어 있었다.

다행히 우리처럼 무사히 본채를 빠져나온 동료들을 꽤 되었다. 송 노공과 나는 그들과 합세하여 길고 험한 사천행에 올랐다.

드넓은 중원의 크기를 고려하면 중경에서 사천은 그리 먼 거리가 아니었다. 유랑하듯 걷는다 해도 보름 남짓이면 도달할 수 있었다.

그러나 우리의 사천행은 석 달이 넘는 시간이 걸렸다. 진양교의 악착같은 추격 때문이었다. 때가 또 겨울인지라 추위와 배고픔과도 싸워야 했다.

열이 죽고, 욂이 죽고, 진양교의 습격을 받아 뿔뿔이 흩어지거나 고된 강행군을 견디지 못해서 중도에서 포기하고…….

나 또한 못 견디게 힘들고 지칠 때가 있었지만 송 노공을 보며 끝까지 참았다. 칠순의 노인도 견뎌내는데 혈기왕성한 내가 포기할 순 없었다.

모진 고생을 이겨내고 사천 지부에 도착한 인원은 나와 송 노공, 그리고 몇 사람뿐이었다.

사천 지부에 도착하자마자 사뭇 달라진 분위기를 느꼈다.

치욕스런 패배를 당한 무림맹은 사천을 발판 삼아 복수의 칼날을 갈고 있었다.

그나마 다행인 것은 본채가 함락되었지만 무림수호령패(武林守護令牌)는 지켰다는 것이다. 이는 무림맹의 권위를 나타내는 상징으로서 무림맹의 전통성을 이어간다는 명분을 확보할 수 있었다.

또한 참살당하신 전대 맹주님의 뒤를 이어 사파의 거목(巨木)이라 할 수 있는 갈위청(葛偉淸) 장로님이 새로운 맹주님으로 추대되었다. 그분은 사파제일문파인 성신방(星辰幇)의 방주이며, 무림맹의 중추적인 역할을 맡고 있는 십팔장로(十八長老) 중 한 분이셨다.

대쪽처럼 올곧은 성품에 원리와 원칙을 무엇보다 강조하셨고, 맡겨진 일에 대한 책임감과 추진력이 남다른 분이었다.

물론 전대 맹주님에 비해 사람을 포용하는 성품이 부족하고 독선적인 면이 있으며, 대규모 전투에 대한 지식과 이해력이 떨어진다는 평가도 있었다.

결코 무시 못할 약점이었다. 그럼에도 불구하고 맹주님으로 추대된 것은 타의 추종을 불허하는 뛰어난 무공 덕분이었다.

'무적검(無敵劍)'이라는 별호에서 알 수 있듯 검에 대해서는 감히 논할 자가 없다고 알려진 분이었다. 전대 맹주님과 같은 참사를 다시는 겪지 않겠다는 마음이 컸던 것이다.

이렇게 무림맹은 흩어진 동료들을 모으고 이차 무림첩을 돌리는 등, 차근차근 재건의 틀을 잡아갔다.

다행히 사천은 진양교의 힘이 가장 약한 지역이며, 무림맹의 본채가 있던 중경 또한 진양교가 완전히 장악한 것이 아니라 시간을 벌 수 있었던 것이다.

새로운 무림맹에서 나는 맹주님을 지키는 호위무사가 되었다. 수발을 들던 임무와 비교하면 엄청난 직급 상승이었다.

이는 오직 무공 실력과 전공(戰功)만으로 호위대를 뽑겠다고 선포한 맹주님의 원칙 덕분이었다. 내 자랑일지 모르겠지만, 그 당시 나는 후기지수(後起之秀) 중에서 단연 발군이라는 평가를 받고 있었다.

호위대는 무림맹의 최정에 전력으로 부상했다.

예전처럼 맹주님만 보호하는 게 아니라, 위급 시에는 어느 작전에도 투입되는 전천후 부대로 개편된 것이다. 투입된 전투에서 공을 세우면 곧바로 직급 상승이 이루어졌다.

그렇게 이 년이라는 세월이 지난 뒤, 나는 제칠(第七) 호위대장의 직위까지 올랐다.

아무리 실력이 출중해도 약관의 나이에 무림맹 최강 전력을 이끄는 십이(十二) 호위대장 중 한 사람이 된다는 것은 매우 파격적인 일이었다. 이는 전쟁이라는 특수한 상황을 고려해도 마찬가지였다.

그러나 누구도 이에 대해 불만을 제기하지 않았다.

무공 실력을 최우선하는 맹주님의 뜻이 그러했으며, 그간 내가 세운 공적은 이에 모자라지 않았던 것이다.

그리고 호위대장이란 직위에 임명된 다음해, 진양교의 대대적인 공세가 있을 것이란 믿을 만한 정보가 입수되었다. 중원을 완전히 장악한 진양교가 눈엣가시와 같은 존재를 말살하기로 결정한 것이다.

사천 무림맹의 의견은 크게 두 가지로 나뉘었다.

훗날을 기약하며 피신하자는 것과 배수진을 치고 진양교와 결전을 벌이자는 것이었다.

둘 다 나름의 타당한 이유가 있었다.

무림맹은 존재만으로도 진양교에 있어 크나큰 부담이었다. 만약 대규모 전투에서 패하게 된다면 무림맹은 그 존재의 의미마저 상실하게 되는 것이다.

결전을 주장하는 쪽에선 전력상으로 결코 불리한 싸움이 아니라는 반론을 펼쳤다. 여러 가지 주변 여건을 고려할 때, 진양교가 동원할 수 있는 인원은 전체 전력의 삼 할(三割) 정도라는 것이다.

그 정도 전력이라면 충분히 승산, 아니, 정면으로 맞붙어서 싸울 필요도 없었다. 그들의 침공에 맞서 사천 본채만 지켜내면 무림맹의 승리인 것이다.

그렇게만 된다면 바닥까지 실추된 무림맹의 권위를 회복함과 동시에, 그간 무림맹의 무력함에 실망하여 등을 돌린 세력들을 다시 끌어모을 수 있는 전기가 될 수 있었다.

물론 위험성 높은 도박이었다.

그렇기에 맹주님도 쉽게 결단을 내리지 못하며 며칠 밤낮으로 고심하셨다.

그 당시 내 의견은 도망쳐야 한다는 쪽이었다.

피비린내 나는 전장에서 살아남았던 경험이 그렇게 말해주었다. 진양교주 모용관이 직접 이끄는 전력이라면 삼 할도 벅차다는 생각이었다.

그러나 맹주님은 고심 끝에 후자를 택했다.

맹주님이 결정한 일이기에 따를 수밖에 없었지만, 위험한 도박에 뛰어든 대가는 너무도 가혹했다.

무림맹은 또다시 불타올랐다.

예전의 참극을 되풀이하고 만 것이다.

사방에서 터지는 비명 속에서 내 수하가, 내 동료가, 수많은 무림의 선배님들이 피를 토하며 죽어갔다.

특히나 진양교주 모용관, 그의 무공 수위는 이전보다 훨씬 더 진일보했다. 내 머리로는 도저히 이해할 수 없을 정도로 강해졌고 또한 더욱 잔인해졌다.

그가 우수(右手)의 검을 휘두르면 동료들의 몸뚱이가 반 토막 나며 폭발했고, 그의 좌수(左手)에서 뿜어지는 독장에 맞은 동료들의 몸은 시꺼멓게 변하며 녹아내렸다.

진양교주의 유일한 대항마였던 맹주님도 십 합(十合)을 넘기지 못하고 목이 잘려 나갔다.

"크하하하, 크하하하~! 이것이 무엇인지 똑똑히 보아라! 두 번째로 손에 넣은 무림맹주의 수급이 여기에 있느니라! 크~하하하, 크하하하, 크하하하~!"

미친 듯이 앙천대소하는 진양교주의 광기 어린 모습을 다시

한 번 지켜봐야 했다.

죽든 살든 끝장을 내고 싶었지만, 내게 주어진 사명 때문에 그럴 수가 없었다. 맹주님은 무림수호령패를 나에게 맡기셨다. 절대로, 절대로 진양교의 수중에 들어가지 않게 하라는 엄명을 내리셨던 것이다.

울분을 참고 탈출의 길을 모색했지만 쉽지 않았다.

진양교는 무차별적인 살육과 함께 본채 전체를 봉쇄하는 데 총력을 기울였다. 무림수호령패가 빠져나가는 것을 막겠다는 의도가 분명했다.

비교적 경비가 허술한 곳을 노려 탈출을 시도했지만 번번이 실패했다. 나 홀로 뚫기에는 적의 숫자가 너무나 많았다. 내공은 바닥나고 쉽게 치유할 수 없는 부상까지 입었다.

절룩거리는 다리로 간신히 진양교의 추격을 따돌릴 수 있었다. 그러나 이러한 몸 상태로 다시 탈출을 감행하는 건 불가능했다. 눈에 불을 켜고 돌아다니는 진양교도들에게 발각되는 것은 시간문제였다.

최후의 수단을 쓰는 수밖에 없었다.

만약 무림수호령패가 진양교의 수중에 들어갈 위기에 처하면, 미련없이 부숴 버리라는 맹주님의 비장한 전언이 있었다.

지금이 바로 그 위기였다.

마지막 남은 내공을 검날에 모아 비단천에 싸인 영패를 내려치려는 그때였다.

"황 대장! 이쪽으로 오시오!"

다급히 나를 부르는 목소리가 들렸다. 송 노공이었다. 불길에 휩싸인 건통전 입구에서 연신 주변을 두리번거리며 어서 오라 손짓하고 있었다.

아무리 위급하고 내 코가 석자인 상황에도 송 노공을 외면할 순 없었다. 중경에서 탈출할 때 연을 맺은 그는 나에게 대부(代父) 같은 존재였다. 몸이 아프거나 부상을 당했을 때만이 아니라, 힘들고 외롭고 지질 때 송 노공을 찾아가 위로받았다.

"위험합니다! 어서 나오세요!"

불길에 휩싸인 건통전은 언제 무너질지 몰랐다. 황급히 송 노골을 끌어내려 했는데, 오히려 나를 안으로 잡아당기는 송 노공이었다.

"아니오. 이쪽으로 오시오."

얼떨결에 딸려 들어갔다. 함께 죽자는 게 아니었다. 약재를 정리해 놓았던 선반 자리에 땅굴이 파져 있었다. 본채 밖으로 이어지는 탈출로가 분명했다

"이건 언제 준비한 겁니까?"

"그게 뭐 그리 중요합니까. 서둘러 들어갑시다."

등 떠미는 송 노인의 말이 옳았다. 지금은 본채 밖으로 벗어나는 게 중요했다. 송 노인의 뒤를 따라 재빨리 땅굴 안으로 들어갔다.

그 순간, 위태롭던 건통전이 와르르 무너져 내렸다. 조금만 더 지체했다면 크나큰 낭패를 보았을 상황이었다.

안도의 숨을 내쉬며 비좁은 땅굴 속을 기어갔다. 꽤나 길었다. 한참이나 걸려 밖으로 나온 곳은 우거진 수풀 속이었다. 진양교의 경계선을 넘은 본채 뒤편에 있는 주작산(朱雀山) 초입이었다.

출구 주위엔 많은 사람들이 움직였던 흔적이 보였다. 무림맹의 식구들일 것이다. 그들 모두가 송 노공이 준비한 비밀 통로 덕분에 목숨을 보전할 수 있었고, 나 또한 그 덕을 보았으며, 더불어 무림수호령패도 함께 지켜낼 수 있었다.

"황 대장, 어서 움직입시다."

송 노공은 굴속을 빠져나오자마자 앞장서서 걸었다.

그런데 무림맹이 완전히 붕괴된 지금, 어디로 가야 한단 말인가. 아무 생각 없이 그의 뒤를 따랐다. 무작정 앞장서서 걷는 송 노공도 마땅한 목적지가 없기는 매한가지일 것이다.

그리고 기나긴 방랑의 시간이 시작되었다.

무림맹은 완전히 와해되었기에 내가 몸 둘 곳이 없었다. 몇몇 지역에서 무림맹의 후신을 자처하는 세력이 등장하기는 했지만 허울뿐인 집단이었다. 희망을 품고 달려가 보면 이미 진양교의 무력에 초토화되어 있었다.

고향인 산동을 빼고는 전국 방방곡곡을 다 돌아다녔다. 집으로 돌아가야 어떤 대접을 받을지 불을 보듯 뻔했다. 무림맹의 부흥을 위하여 매진할 것이지 왜 집으로 돌아왔냐는 아버님의 노여움을 살 뿐일테니.

때문에 고향 집에는 무사히 잘 지내고 있으니 걱정하지 말라는 안부 편지를 보낸 것이 전부였다.

송 노공과 함께 전국을 유랑하면서 절실히 느낀 게 한 가지 있었다.

우리만 치열했다.

세상에는 무림이 뭔지 모르는 사람도 많았고, 진양교가 위세를 떨치든 무림맹이 위세를 떨치든 상관없이 그들만의 삶을 살아가고 있었다.

정체를 숨기고 다녀야 하는 것 또한 고역이었다. 무림수호령패를 지닌 나는 진양교의 최우선 표적이 되었던 것이다.

무공을 쓰는 것을 가급적 피했다. 그나마 다행히 송 노공의 의술이 밥벌이가 되었다. 호위대장이란 직위까지 올랐던 내가 칠순이 넘은 송 노공에게 빌붙어 사는 신세로 전락한 것이다.

한데, 이상한 점이 있었다.

어떠한 재주든 매일 수련에 수련을 반복해야지 그렇지 않으면 실력이 무뎌지는 법 아니던가? 머릿속으로 생각만 할 뿐 사람들이 있는 곳에서는 검조차 잡을 수 없던 내 무공 실력은 오히려 진보했다.

그토록 바랐던 신검합일(身檢合一)의 경지까지 올랐지만 별로 기쁘지 않았다. 이를 쓸 데가 없었다. 간간이 만나는 산적이나 맹수들을 퇴치하는 게 전부였다. 진양교의 세상에서 진일보하는 무공은 거추장스럽게까지 느껴졌다.

아무런 목적도, 희망도 없이 세상을 떠돌다가 인생의 전환점이 되는 계기를 접했다. 내 평생의 동지이자 의형제인 마두치(馬頭治)를 만난 것이다.

친형제보다 우애가 더 돈독하고 강호의 귀감이 되는 사이라는 부러움을 샀지만 두치와의 첫 만남은 그리 유쾌하지 않았었다.

"멈추어라!"

곰처럼 우락부락한 사내가 산길을 가로막았다.

덥수룩한 수염에 거대한 참마도(斬馬刀)를 어깨에 걸친 그의 모습은 장비(張飛)의 현신처럼 위협적이었다.

그러나 세상을 떠돌면서 이 같은 경우를 한두 번 겪어보았겠는가.

송 노공은 당황하지 않고 조용히 내 뒤로 몸을 숨겼다. 가급적 무력행사를 피하고 싶은 나는 차분한 음성으로 물었다.

"무슨 일이오?"

범상치 않은 그의 기백으로 보건대 약간의 재물을 위하여 무자비하게 살생을 일삼는 산적은 아닌 듯했다. 한데, 내 사람 보는 눈이 잘못되었나?

"가진 것이 있으면 모두 내놓아라!"

거구의 사내는 우악스럽게 인상을 쓰며 위협했다. 이놈 역시 여타 도적떼와 다를 바 없다는 생각이 들려는 그때였다.

"그렇다고 뭐, 강제로 달라는 것은 아니고… 그쪽들 여비 정도만 남겨놓고 빌려주는 식으로 해도 상관없어. 어디 사는 누군지만 알려주면 언젠가 반드시 갚을 테니까."

"싫다면?"

나는 빈정거리는 투로 대꾸했다.

송 노공은 약간의 돈을 주어 문제를 일으키지 말지는 눈치를 보냈지만 이를 내가 무시했다. 그동안 억눌러 왔던 무림인의 기질이 발동한 것이다. 참마도를 쓰는 사내와 검을 섞고 싶은 충동을 떨쳐 낼 수 없었다.

"그러지 말고 빌려주지? 나도 강도 비스무리한 짓은 하고 싶지 않지만, 이쪽도 급한 사정이 있어서 말이야."

험악한 인상의 사내는 옆머리를 긁적이며 말했다. 정말 피를 보기 싫은 기색이며, 여차하면 그냥 우리를 보내줄 수도 있는 분위기였다.

철렁.

엽전이 든 꾸러미를 내던지며 그를 자극했다.

"나를 이긴다면 이 돈을 그냥 주지. 정당한 비무의 대가로 말이야."

"비무라…… 그렇다면 거절할 이유가 없지!"

스릉!

태도를 바꾼 사내가 참마도를 빼 들었다. 역시나 보통내기가 아니었다. 힘 좋은 장정도 두 손으로 사용하는 참마도를 한 손으로 가볍게 휘둘러 나를 향해 겨눴다.

"후회하기 없기."

"물론이지."

봇짐 속에 숨겨둔 중검(中劍)을 꺼냈다. 원래는 석 자 길이의 장검을 사용했지만, 어느 순간부터 검신의 길이는 더 이상 문제가 되지 않았다.

"호~ 제법 칼을 만져 본 솜씨로군."

두치는 경계 섞인 찬사를 보냈다. 그는 한 손으로 잡았던 참마도를 두 손으로 움켜쥐며 방어적인 태도를 보였다. 실전 경험이 풍부하다는 증거였다. 자신의 실력을 과신하지 않으며, 모든 움직임엔 신중함이 배어 있었다.

깊은 산중에 이런 상대를 만나게 되다니, 함부로 검을 잡는 것조차 허락되지 않던 나에게는 더할 나위 없는 행운이었다.

"타앗!"

검에 공력을 불어넣자마자 두치를 향해 뛰어들었다. 모든 검법의 기본이라 할 수 있는 좌우 상단 공격이었다.

창! 창!

두치는 가볍게 이를 막아냈다.

"기합 소리만 괜찮았지 별 볼일 없으시군."

두치는 싱긋 눈웃음까지 지어 보였다.

그렇다면 다행이다. 이 얼마 만에 만난 제대로 검을 휘두를 수 있는 적수던가. 쉽게 끝낼 마음이 없었기에 마음껏 실력 발휘를 하지 않은 것이다.

"원한다면 조금 사납게 몰아칠 수도 있지!"

반 보 정도 물러서면서 공력을 더해 검을 휘둘렀다.

차앙~!

"호오~ 시큰한데? 하나, 그런 솜씨로 저 돈을 지키기는 힘들 거야. 전낭(錢囊)이 꽤나 묵직한 것 같았는데 말이야."

"계속 마음에 드는 소리만 하는군. 충고 하나 하자면, 나도 뜻하지 않은 방랑 생활을 하면서 느낀 건데… 검으로 돈을 번다는 것은 참으로 힘든 일이지!"

후앙~!

제대로 공력을 실어 일검을 날렸다.

쩌엉~!

검과 검이 부딪치는 순간, 막힌 속이 뻥 뚫리는 시원함이 느껴졌다.

"……."

정면으로 내 검을 막아낸 사내의 얼굴이 굳어졌다. 비명이 튀어나올 것 같아 입을 꾹 다물고 있는 모습이었다. 오랜만에 느껴지는 손맛에 나는 자제력을 잃었다.

"언제까지 버틸 수 있나 볼까!"

진양교의 무리를 상대하는 것처럼 검을 휘둘렀다. 칼을 쥐는 것조차 조심스러웠던 나에게는 봇물이 터진 격이었다.

창창창창창!

미친 듯이 검을 휘둘렀다. 상대의 안위를 염려하는 마음이 사라진 지는 오래였다. 응어리진 속이 풀리며 정신을 차렸을 때는 피를 본 다음이었다.

서걱.

파팟!

진홍색 피가 내 눈앞에서 흩뿌려졌다. 사정을 두지 않은 검 끝이 사내의 가슴 언저리를 가른 것이다.

"괜찮은가?"

"칼로 쑤셔놓고 괜찮으냐고? 그 배때기를 갈라놓고 똑같은 소리를 해주지!"

그는 상처 입은 맹수처럼 달려들었다. 좋은 말로 어떻게 말려볼 단계는 지났다. 둘 중에 하나가 쓰러져야 진정이 되는 상황이었고, 결과는 뻔했다.

털썩.

피투성이가 되어 주저앉은 사내가 격한 숨을 몰아쉬었다.

"헉… 헉… 허억……."

곧바로 숨넘어갈 것 분위기였지만 탈진한 것뿐이다. 손에 사정으로 두어 치명적인 상처는 입히지 않았다.

그의 참마도가 내 옷깃을 스치지는 못했지만, 대단한 실력임엔 틀림없었다. 산중에서 만난 상대와 한 시진 가까이 접전을 벌이리라고는 나조차도 예상치 못한 일이었다.

"아쉽군. 그런 실력으로 산적질이나 일삼고 있다니……. 다급한 사정이 있다고 하니 저 돈은 가져도 좋아. 빌려주는 게 아니라 정당한 비무의 대가로 주지. 위로가 될지 모르겠지만 오랜만에 가슴이 후련해지는 대결이었다."

봇짐을 챙겨 들고 주저앉아 있는 사내를 지나칠 때였다.

"이봐, 그 실력을 보니 무림인 같은데… 진양교의 제자인가… 무림맹과 연이 있는 사람인가……."

그는 힘들게 고개를 들며 물었다. 눈살이 절로 찌푸려진 나는 차가운 음성으로 대답했다.

"그런 걸 왜 묻지?"

"만약 그쪽이 진양교의 제자라면 나 스스로 목숨을 끊을 것이고… 혹여 무림맹과 연을 맺은 사람이라면… 내 목을 쳐주기 바라서 말이야."

어려운 질문이다. 어떤 식의 대답을 하던 목숨을 끊겠다는 말이 아니던가? 나 때문에 애먼 사람이 죽는 것은 원치 않는 일이었다.

"나는 이제 무림맹도 진양교도 관계없는 사람이니 쓸데없는 짓은 하지 마시오."

"훗, 그쪽이 어느 쪽 인물이든 내가 무림인의 명예를 더럽힌 것은 부정할 수 없는 사실……. 그 대가는 이 목숨으로 대신하리다!"

갑자기 사내가 참마도를 번쩍 치켜들었다. 그러고는 내가 만류할 사이도 없이 자신의 목으로 향하는 것 아닌가!

"안 돼~!"

재빨리 손을 뻗으려 했지만 늦었다. 그러나 천운이 띠랐는지 그는 무사했다.

"쿨럭!"

서슬 퍼런 참마도가 목에 닿기 직전, 사내는 진한 선혈을 뿜어냈다. 깜박 잊고 있었다. 제대로 공력을 실어서 펼친 내 공격을 막아낸 그의 오장육부가 무사할 리 없었다.

"송 노공!"

"예, 지금 살펴보겠습니다."

송 노공이 손을 쓰기도 전에 사내의 몸은 앞으로 고꾸라지고 말았다.

송 노공의 재빠른 처치 덕분에 두치는 무사할 수 있었다. 또한 그는 송 노공이 놀랄 정도의 강골 체질이었던 것이다. 이틀간이나 의식을 잃었던 두치가 눈을 뜨자마자 물었다.
"여기가 어디요?"
내상이 많이 회복되었는지 특유의 기운찬 음성이었다. 송 노공이 대답했다.
"천소산(天所山) 인근의 객잔이오."
대결을 펼친 곳에서 그리 멀지 않은 곳이었다.
"내가 얼마 동안이나 쓰러져 있었소?"
"이틀 정도 되었구려."
"칫, 기록이군. 그 어떤 내상에도 하루 정도면 훌훌 털고 일어났었는데……."
내 존재를 의식한 듯 두치는 몸을 돌려 누우며 물었다.
"그쪽에게 아직 못 들은 대답이 있소. 진양교 제자요, 무림맹 사람이오?"
"한때 무림맹에 몸담고 있었던 사람이오."
어쩔 수 없이 사실대로 말했다.
순간, 나를 외면했던 두치의 태도가 변했다.
"어, 어디 소속이었소?"
벌떡 몸을 일으킨 두치는 내 눈을 똑바로 보며 물었다.

"제칠 호위대장이었소."

"약관의 나이에 십이(十二) 호위대장 중 한 사람이 되었다는 무공 천재가 그대란 말이오?"

나에 대해 아는 듯했다. 그러나 특별한 비밀은 아니고 무림에 몸담고 있는 인물이면 누구나 알고 있는 사실이다. 특히나 이 세상은 자신을 적대시하는 사람보다 친한 척 다가서는 사람을 경계해야 했다. 이를 눈치챘는지 두치는 연방 자신의 가슴을 팡팡 치며 말을 이었다.

"나, 나도 무림맹 소속이었소이다. 아니, 소속이었습니다. 좌청룡 제일(第一) 선봉돌격대 십인부장 마두치가 바로 접니다."

좌청룡 선봉돌격대는 잘 알고 있었다. 진양교와 충돌이 발생하면 제일 먼저 출동하는 최전방 부대였다.

"하하하, 세상에 이런 인연이……. 무림맹의 차세대 기수로 소문이 자자한 황 대장님을 이런데서 만나게 될 줄 누가 알았겠습니까. 저는 그것도 모르고 재물을 강탈을 히려 했으니 진짜 죽을 짓을 했군요. 하하하하, 하하하하!"

두치는 넉살 좋은 웃음까지 터뜨렸다. 그는 생사고락을 함께했던 전우를 만나 기분이 들떠 있었지만, 내 의심이 완전히 풀린 것은 아니었다.

좌청룡 소속의 십인부장만도 삼십 명이 넘었다. 최전방 부대라 희생자가 가장 많았고, 십인부장의 직위 또한 수시로 바뀌는 곳이었다. 무림맹의 일원으로 위장하기는 최적이라 할 수 있었다.

"그대는 언제 무림맹에 들어왔소?"

"황 대장님, 그냥 두치라 불러주십시오."

하대를 해달라는 의미였다. 무림맹에서 한솥밥을 먹을 때라면 모를까, 두치는 함부로 말을 놓을 외모가 아니었다. 하나 어쩌겠는가, 그의 의지가 너무도 확고해 보이는 걸.

"그래, 두치, 무림맹에 들어온 시기가 언제지?"

"중경 시절입니다. 일차 무림첩이 돌자마자 만사를 제쳐 두고 무림맹으로 달려왔습니다."

나와 비슷한 시기였다. 그렇다면 무림맹의 가장 힘든 시기를 같이 보낸 동지 중의 동지라는 소리였다.

"계속 좌청룡 소속이었나?"

"그렇습니다. 무림가라고도 할 수 없는 미천한 집안이지만, 그 뜻이 갸륵하다며 선봉돌격대에 편입시켜 주었습니다."

좋은 뜻으로 받아들였다니 다행이다. 좌청룡의 실상은 무림맹이 관심을 두지 않았던 하류 문파들의 집합체였다. 때문에 그들에겐 가장 위험하고 추잡한 임무가 맡겨졌다.

"무공 실력이 미천하여 죽을 고비도 여러 번 넘겼지만, 저에게는 거 뭐시냐… 특별한 명예가 있었습니다. 열두 살 나이에 선봉돌격대가 된 것은 처음이라고 하더군요. 한데, 말입니다. 원래는 전투에 투입되면 안 되는 나이였는데, 제 얼굴만 보고 덜컥 선봉돌격대에 편입시켰던 것 아니겠습니까."

놀라운 점을 발견했다. 나는 열셋 나이에 무림맹에 들어왔다. 저 얼굴이 나보다 한 살 어리다는 소리였던 것이다.

곧이어 두치는 자신이 무림맹에서 겪었던 이야기를 줄줄이 읊어댔다. 나와 비슷한 시기에 무림맹을 위해 똑같이 모든 것을 희생하며 싸웠지만 신분의 격차 때문에 두치가 더욱 고생을 했다.

어느새 나는 두치의 이야기에 빠져들었다.

그가 천성적으로 입담이 좋은 것은 아니었다.

'거 뭐시냐…' 하면서 자주 말이 끊기는 것이 말재주가 없는 편에 가까웠다. 그러나 두치의 말에는 진솔함이 느껴졌다. 사람을 대함에 있어 의심이 없으며, 자신의 속마음을 감추거나 가감하여 포장하지 않았다.

분위기가 점점 무르익자 술까지 곁들이게 되었고, 안주는 무림맹 시절 고생했던 이야기만으로도 충분했다.

꼬박 밤을 새우다시피 한 다음날, 송 노공과 나는 두치와 함께 다시 천소산으로 향했다.

그곳에는 무림맹의 부흥을 위해 싸우는 반(反)진양교 세력이 존재했다. 거창한 명분을 내걸었지만 겨우 열 명 남짓한 인원이었고, 그 우두머리가 두치였다.

"여기가 바로 우리 무림결사대의 본채입니다, 형님."

하도 형님이라 부르고 싶다 해서 그러라고 했다. 그런데 두치가 안내한 곳이 결사대의 본부인지 거지들의 소굴인지는 구분이 가지 않았다.

"송 노공, 이쪽입니다요."

두치는 서둘러 다 쓰러져 가는 움막에 들어섰다.

순간, 악취가 코를 찌르고 송장이나 다름없는 사람이 누워 있는 게 보였다.

"공복아, 기뻐해라! 내가 천하의 명의를 모셔왔다. 너도 알고 있지? 거 뭐시냐… 건통전이라고, 지체 높으신 분들만 치료했던 곳 알지? 바로 그 거기에 계셨던 의원님이란 말이지!"

두치의 희망찬 외침에도 불구하고 미약한 숨소리만 들릴 뿐이었다. 이에 송 노공은 주위를 물리고는 곧바로 진맥을 시작했다.

"먼저 이 환자를 진료했던 의원은 뭐라고 했소?"

"그 뭐시냐… 무슨 독에 중독되었는데, 항상 몸을 뜨겁게 해야 하고……."

그렇지 않아도 더운 날씨에 불까지 피워놓아 움막 안은 찜통에 가까웠다.

"찬 기운을 가진 영약을 복용하지 않으면 위험하다고 했는데, 그 비싼 약을 살 돈이 없어서……."

두치의 어쭙잖은 강도짓은 병상의 동료 때문이었다. 이에 송 노공을 고개를 가로저으며 말했다.

"이 환자는 독에 중독된 것이 아닙니다. 예전부터 있던 지병이 도진 것 같은데, 화(火)의 기운은 환자의 상태를 악화시킬 뿐, 반대로 몸을 냉(冷)하게 하고 항시 청결을 유지하는 게 중요합니다."

"여, 영약은 필요없단 말입니까?"

"있으면 좋겠지만 영약까지 필요한 정도는 아닙니다. 내가 처방전을 써줄 것이니 이대로 약을 지어 오시오. 참, 오시는 길에 그 의원 놈을 찾아가 다리를 분질러 놓는 것도 잊지 마시오. 남의 다급한 처지를 이용하여 사기나 치는 인간은 진양교보다 더욱 해악한 놈들이라오."

"여부가 있겠습니까!"

두치는 씩씩거리며 마을로 내려갔다. 그 돌팔이 의원을 어떻게 했는지는 모르겠지만, 송 노공의 처방대로 지어온 약은 효과가 있어 병상의 환자는 얼마 후 완쾌되었다.

그 뒤 송 노공과 나는 두치의 결사대와 함께 생활하게 되었다. 처음에는 예의상 며칠만 머무르려 했지만 두치가 계속 잡는 통에 달을 넘기게 되었다.

안 되겠다 싶어 떠나려는 내게 두치가 작심한 듯 말했다.

"형님, 우리의 결사대를 맡아주십시오."

"지금 무슨 말을 하는 것이냐? 무림맹은 더 이상 강호에 존재하지 않으며, 나는 그런 능력 또한 없는 사람이다."

완강히 거부했지만 두치는 쉽게 물러서지 않았다.

"형님이야말로 무슨 소리를 하는 겁니까? 진양교 놈들에게 연달아 패하고 분하지도 않습니까? 우리가 포기하지 않는 한 아직 끝난 게 아닙니다. 진양교 놈들에게 멋지게 한 방 먹이려면 형님처럼 똑똑하고 무공 또한 출중한 인물이 앞장서야 한단 말입니다."

"좀 전에도 말했지만, 나는 그럴 만한 그릇이 못 된다니까."

"굉장히 못 배운 저도 결사대를 이끌었는데, 형님이 뭐가 부족해서 빼는 겁니까? 일단 맡아주십시오. 적어도 저보다는 잘할 것 아닙니까?"

"네 심정을 알겠지만, 세상일은 그런 게 아니다."

"아니긴 뭐가 아닙니까? 제가 어려서부터 싸움질을 좀 했는데, 덩치나 기술에 상관없이 결국은 독한 놈이 이기는 겁니다."

"어허, 세상 이치는 그런 게 아니라니까?"

"아, 글쎄! 뭐가 아니냐니까요?"

두치와 치열한 말싸움을 벌였는데, 결국은 내가 졌다. 석 달이라는 시간을 정하고 두치의 결사대를 맡기로 했다. 그리고 정식으로 결사대와 대면식을 가졌는데, 그 면모가 초췌하기 짝이 없었다.

제대로 먹지도 입지도 못하고, 속된말로 훈련만 빡셌기 때문이다. 그래도 다행이라면 진양교와 맞서 싸우려는 각오가 대단하다는 것이다. 실력이 안 되면 입으로 물고 늘어지다가 죽겠다는 마음가짐이었다.

내게는 부담스런 각오였다.

자살특공대를 키울 생각은 전혀 없었다. 몇 명의 진양교도를 죽였냐는 것보다는 수하들의 안전을 최우선으로 생각했다.

가장 먼저 수하들에게 가르친 기술은 이른바 삼십육계 줄행랑, 적의 추격을 피해 안전하게 도망치는 법이었다.

어느 정도 훈련의 성과가 나타났을 때, 우리는 실전에 나섰다. 오랜 방랑 끝에 휘두르는 검이었기 때문일까, 수하들보다 내가 더 흥분한 것 같았다.

정신없이 칼질을 하다 보니 어느새 내 검은 허공을 가르고 있었다. 나를 향해 덤벼들던 진양교도들은 시체가 되어 사방에 널브러져 있었다. 기분 같아서는 몇십 명이고 더 상대하고 싶었지만 과욕을 부리진 않았다.

목표는 완수하자마자 이내 수하들과 함께 진양교의 세력권을 벗어났다. 이런 식으로 성공의 성공을 거듭하자 천소산의 결사대는 신출귀몰의 상징으로 유명세를 탔다.

그 소문은 빠르게 퍼졌고, 천소산의 결사대가 되겠다는 무림인의 숫자가 점점 늘어났다. 즉각 전력이 될 만한 실력자도 많았지만, 내가 중점적으로 고려한 것은 무공 실력이 아니었다.

단결을 해칠 인간들, 명문 정파 출신이라며 목에 힘만 들어간 부류, 실력에 비해 과분한 대우를 바라는 부류, 상황이 어려워지면 곧장 봇짐을 싸는 철새 같은 부류는 과감히 거절했다.

천소산의 결사대가 나서는 일에 실패란 없었다.

두 해를 넘기기 전에 백전백승의 신화를 창조했다. 이에 많은 사람들이 그 비책이 뭐냐고 묻고는 했는데, 특별한 것은 없었다. 현 상태의 전력을 고려하고 성공이 확실한 임무만 수행했기 때문이다.

그러나 결사대의 인원이 백 명이 넘어서자, 일방적으로 치고 빠지는 식의 전략을 구사하기가 힘들어졌다. 그 많은 인원이 한꺼번에 움직이는 것 자체가 문제였던 것이다.

마음 편히 먹고 자고 쉴 수 있고 훈련까지 할 수 있는 본채의 필요성이 절실해졌다. 가장 중요한 것은 진양교의 공세에 대항할 수 있는 지리적 위치의 적합성이었다.

딱 한 군데가 있었다.

천소산 뒤편에 기반을 두고 있는 산적 떼의 본거지였다. 몇 차례나 관군이 그들을 토벌하러 나섰지만, 험한 산세와 철옹성과도 같은 방어진을 뚫지 못하고 번번이 실패했다.

욕심은 나지만 관군도 어찌하지 못하는 그들의 본거지를 함락시킬 수 있을까? 고심 끝에 놈들을 치기로 결정했다. 이는 놈들 스스로 자초한 면이 강했다.

평소 산적 떼와 우리는 사이가 좋지도 그렇다고 나쁘지도 않았다. 우연히 산중에서 마주치는 경우가 있었는데, 그때는 서로가 모르는 척 그냥 지나쳤다.

천소산 산적을 이끄는 두령 왕백부(王伯富), 그는 상인들과 인근 마을을 상대로 약탈과 강탈을 일삼으면서도 무림인임을 자처하는 인물이었다. 진양교와 무림맹 어느 쪽에도 속하지 않는 중도(中道) 무림을 표방하며 방관자적인 입장을 취했다. 산적 주제에 중도 무림을 표방한다는 것이 우습기는 했다. 그러나 우리는 놈들까지 어찌할 여력이 없었다.

그냥 그렇게 서로 피해를 끼치지 않으며 천소산이라는 한 지붕 아래 함께 살았으면 좋았을 걸, 어느 순간 산채의 분위기가 돌변했다. 산적들이 잡자기 우리의 통행로를 막고 사사건건 시비를 걸어오는 등, 확연히 적대적인 입장으로 돌아선 것이다.

이유를 확인해 본 결과 진양교에서 사절단을 보낸 것을 알게 되었다. 진양교는 천소산 산적 떼를 중도 무림으로 인정하며, 두 집단 간의 상호 불가침과 무림 정의를 위한 대업에 공조한다는 조약까지 맺은 것이다.

이대로 당할 수는 없었다.

곧바로 산채에 전령을 넣어 사절단을 보내겠다는 통보를 했다. 이미 진양교와 협약을 맺은 상태에서 무림맹의 사절단을 흔쾌히 받아들일까?

가능성은 충분했다.

두령 왕백부는 자만심이 강하고, 평소 무림인임을 자처하는 것에서 알 수 있듯 권력 지향적인 인물이었다.

진양교에서 보낸 사절단은 고작 백부장, 진양교주의 칙령을 받는 지부장의 위치도 안 되는 인물이었다. 그가 거부할 수 없게 사용한 무기가 바로 무림수호령패였다.

두령 왕백부는 무림인으로 인정받고 싶은 인물이라 무림수호령패의 의미를 잘 알고 있었다.

즉각 회동을 하겠다는 답신이 왔다.

많은 인원은 필요 없었다. 두치를 포함하여 담이 크고 무공 실력이 뛰어난 세 명만 동반한 채 산채로 향했다.

입구에서부터 철저한 검문을 받았다. 해검(解劍)은 물론 무기가 될 만한 것은 모두 맡겨야 했다.

"껄껄껄! 무림맹 대표 여러분, 험한 산길을 오시느라 얼마나 수고가 많았습니까. 귀한 손님들을 위하여 연회를 마련했으니 마음 편히 즐기시기 바랍니다."

왕백부는 연회석 끝단에서 사절단을 맞이했다. 우리가 앉아야 하는 위치와는 멀찌감치 떨어져 있는 것도 모자라 호위무사들로 겹겹이 둘러싸여 있는 자리였다.

"이렇듯 융성한 환대를 해주셔서 몸 둘 바를 모르겠습니다. 무림맹의 대표로서 진심으로 감사를 드립니다."

"저야말로 몸 둘 바를 모르겠습니다. 한 지붕 아래 살면서 진작 이런 자리를 가졌어야 했는데 말입니다."

인사치레가 끝나고 연회가 시작되었다.

거창하게 차린 산해진미나 아리따운 무희들의 춤사위는 별 관심 없었다. 형식적인 연회가 끝나자 왕백부가 본심을 드러냈다.

"무림맹의 사절단께서는 어떤 조건을 제시할 예정입니까? 무림수호령패까지 소유하신 분이니 나름 기대가 큽니다. 진양교보다야 더하면 더했지 못하지는 않을 것 아닙니까?"

일찌감치 꿈 깨라.

먼저 우리를 배신했던 놈들에게 더 나은 조건을 제시할 마음은 전혀 없었다.

"우리의 조건은 간단하오."

솔깃한 관심을 보이는 왕백부에게 나는 단호한 음성으로 소리쳤다.

"지금 당장 산채를 비우고 관군에게 투항하여라. 선량한 백성들의 재산을 강탈하고 목숨까지 빼앗았다면 응당 죗값을 치러야 하지 않겠느냐?"

예상치 못한 나의 반응에 왕백부는 심히 당황한 듯 보였다.

"지, 지금 우리를 협박하는 것이오?"

왕백부는 흠칫하여 물러섰고, 그 자리를 병장기를 빼어 든 놈의 수하들이 메웠다. 머릿수에서는 턱없이 불리했지만 전세의 주도권은 우리가 쥐고 있었다.

"협박?"

코웃음 치는 나의 모습에 놈들은 바싹 긴장했다. 정말 제대로 된 무림인, 그것도 살기가 실체화되는 경지의 고수를 대하기는 놈들도 처음일 터였다.

"이것은 네놈들에게 베푸는 마지막 온정이다. 진정한 무림인은 말보다 검이 앞서게 마련. 그래도 한때는 천소산 한 지붕 아래서 오순도순은 아니더라도 서로 피해는 주지 않고 살았던 사이가 아니던가. 경고는 한 번뿐이다. 목숨이 아깝다면 지금 당장 무기를 버리고 항복하여라."

"흥~!"

왕백부는 수하들이 동요할세라 거한 콧방귀를 터뜨리며 응수했다.

"어디서 허풍을 떨고 지랄인 것이냐! 저놈의 수작에 놀아나지 말거라! 아무리 경천동지(驚天動地)하는 무림 고수라도 이 많은 인원을 당해내지는 못한다. 절대 겁먹지 말고 덤벼라. 저 허풍쟁이 놈을 잡는 자에게는 내가 큰 포상을 내릴 것이다."

왕백부의 말이 끝나자 무섭게 놈의 수하들이 서슬 퍼런 병장기를 앞세우며 접근해 왔다. 우두머리로서 재간은 있는 놈이다. 하나, 나 또한 이러한 상황을 미리 예측하고 있었다.

"미련한 놈들, 죽음을 재촉하는구나!"

쿠앙~!

공력을 실은 손바닥으로 연회를 위해 따닥따닥 붙여놓은 탁자를 내려쳤다.

순간, 음식이 담긴 그릇과 바구니가 파도에 휩쓸리듯 차례대로 허공으로 솟구쳤다. 흠칫한 놈들이 별 신기한 재주도 다 있구나 하며 바라보았지만 그냥 구경거리가 아니었다.

퍼퍼퍼퍼펑!

허공을 떠올랐던 물건들이 연쇄적으로 폭발을 일으켰다.

"크악!"

"으아악~!"

산산이 박살난 그릇들의 파편은 날카로운 무기가 되었다. 사방에서 치솟는 피 분수에 놈들이 혼란에 빠진 순간이었다.

"두치야!"

"네~!"

연회석 탁자에 오른 두치가 왕백부를 향해 달려들었다. 특별한 무기는 필요치 않았다. 육중한 체구로 밀어붙이는 두치의 저돌성은 타의 추종을 불허했다.

"막으면 다친다!"

뿌악~!

그냥 다치는 정도가 아니다.

두치의 어깨에 부딪친 산적 놈들이 피를 토하며 나가떨어졌다. 그 뒤는 나와 사절단으로 선발된 무사들이 받쳐 주었다.

"그렇게도 죽고 싶더냐!"

두치가 왕백부를 제압할 때까지 시간을 벌어줘야 했다.

장기전은 염두에 두지 않았다. 인해전술로 몰려오는 놈들을 공력을 담은 손발로 난타했다.

퍼퍼퍼퍼펑!

"크엑~!"

"크아악~"

폭발음과 같은 타격 소리와 함께 놈들은 줄줄이 나가떨어졌다. 엄청난 무력 앞에 위축될 만도 한데 놈들은 개 떼처럼 달려들었다.

"겁들을 상실했구나!"

빠르게 공력이 소진되었지만 멈출 수는 없었다.

서걱, 서걱, 서걱, 서걱~!

무작정 덤벼드는 놈의 검을 빼앗아 휘둘렀다. 동료들의 목이 달아나고, 몸뚱이가 두 동강, 세 동강으로 절단되어도 산적들의 기세는 여전했다.

수차례 관군을 물리친 것이 지형적 위치 때문만이 아니었음을 깨달은 그때였다.

우두둑.

뼈가 으스러지는 소리와 함께 주춤하는 산적들의 모습을 보게 되었다.

성공인가!

기쁜 마음에 황급히 뒤돌아보았다.

아니나 다를까, 피투성이가 된 두치가 목이 꺾여 축 늘어져 있는 왕백부의 시신을 번쩍 치켜들었다.

"이놈이 누구인지 아는가!"

두치의 쩌렁쩌렁한 외침 뒤에는 침묵만이 감돌았다. 있을 수 없는 일이 벌어진 것에 대한 경악과 좌절이 뒤섞인 반응이었다.

"지금 당장 무기를 버리고 항복하라! 그렇지 않으면 네놈들도 이 꼴을 면치 못할 것이다!"

두치는 왕백부의 꺾인 목을 쥐고 있는 오른손에 힘을 주었다. 그러자 우지직 하는, 눈살이 절로 찌푸려지는 거북한 소리와 함께 왕백부의 목과 몸뚱이가 분리되었다.

풀썩······.

상상을 초월한 두치의 완력에 놈들은 완전히 기가 죽었다. 검이 아닌 맨손으로, 그것도 한쪽 손만 사용하여 사람의 목과 몸을 짓이겨 분리시키는 장면은 충격 그 자체였던 것이다.

곧이어,

챙그랑.

한 놈이 검을 버리자 기다렸다는 듯이 무기를 내던지는 놈들이 속출했다.

챙그랑, 챙그랑, 챙그랑…….

연달아 울려 퍼지는 쇳소리를 들으며 나는 안도했다. 죽음을 두려워하지 않는 놈들의 기세로 보아 내 예상보다 힘든 싸움이 될 것이라 판단했기 때문이다.

왜일까 생각하며 두치를 바라보았다.

그리고 답을 찾았다.

우람한 체구에 험악한 인상, 쩌렁쩌렁한 목소리로 호령하는 두치의 모습은 산적 두목과 그리 잘 어울릴 수 없었다.

천소산 산채를 접수하면서 얻어지는 이득은 컸다.

우선, 작전을 하나를 진행할 때마다 모든 인원이 한꺼번에 움직여야 하는 불편함과 위험성을 줄일 수 있었다. 작전에 참여하지 않는 사람들은 산채에서 휴식을 취하거나, 다음 작전의 훈련을 받을 수 있었다. 동시에 여러 작전을 펼칠 수 있는 여건이 마련된 것이다.

또한 산채에 정착한 이후 결사대에 새로 들어오고자 하는 인원이 기하급수적으로 증가했다. 예전에는 너무 신출귀몰하여 무림맹의 부흥에 뜻이 있는 부류까지 우리를 찾을 수 없었던 것이다.

이 두 가지만으로도 호랑이에게 날개를 단 격이었다.

이백 명 가까이 인원이 불어난 천소산 결사대는 인근 진양교의 무리를 토벌하고 백 리 밖까지 세력권을 넓힐 수 있었다.

그리고 천소산 산채를 함락시키는 과정에서 얻어진 무시 못할 이득이 있는데, 바로 민심이다.

무림이 뭔지, 진양교와 무림맹에 대해 전혀 몰랐던 사람들의 인식이 바뀌었다. 그들이 삶에 직접적인 영향을 미쳤기 때문이다. 약탈을 일삼던 산적 떼를 소탕한 무림맹은 아주 좋은 놈, 반면 그들과 우호적인 관계를 맺었던 진양교는 굉장히 나쁜 놈이 되어버린 것이다.

이는 우리가 작전을 수행함에 있어 크고 작은 도움이 되어 돌아왔다. 무더위에 지쳐 길을 걸을 때 목이나 축이고 가라며 시원한 물 한 바가지를 퍼주기도 했고, 우리가 전혀 몰랐던 진양교에 대한 귀중한 정보를 알려주기도 했다. 그 수를 헤아리기 힘든 아군을 얻은 셈이었다.

두 해가 가기 전에 우리는 감숙성(甘肅省)의 절반에 해당하는 지역을 차지할 수 있었다. 무림맹의 부흥을 외치며 각지에서 일어난 세력 중에서 가장 규모가 크고 영향력있는 집단으로 부상한 것이다.

어느 순간부터 세인들은 천소산의 결사대를 '황 대장의 결사대'라 부르게 되었다. 백전백승(百戰百勝), 이제는 그 숫자도 무의미하여 무조건 이긴다고 각인된 연전연승의 신화는 나만의 공적이 아니었다. 불속이라도 기꺼이 따라와 주는 수하들의 각별한 노고가 있었기에 가능한 일이었다.

나는 굳이 수하들의 공이라 겸양을 떨지 않았다.

검황독존(劍皇毒尊) 모용관의 진양교. 그의 존재 자체가 무림맹에겐 공포였다. 싸움을 하기도 전에 이미 승패가 결정났다고 해도 과언이 아니었던 것이다.

나는 이를 좀 더 발전시켰다.

쿵, 쿵, 쿵……!

창의 맨 뒷부분이나 검집의 앞코 등, 병장기로 땅을 찍고 치는 소리가 사방에 울려 퍼졌다. 이는 나의 등장을 알리는 전조(前兆)였다.

쿵, 쿵, 쿵, 쿵, 쿵……!

그 소리는 점점 빨라지고 진양교의 공포심은 절정으로 치달았다.

쿵~!

마지막으로 힘주어 내려친 소리가 여운을 남기며 사라지기 직전, 카랑카랑한 두치의 음성이 울려 퍼졌다.

"모두 모두 물렀거라~!"

훗날 진양교도들은 이 순간이 정말 끔찍했다고 증언했다. 심장이 철렁 내려앉거나 머리칼이 곤두서는 것은 기본이요, 긴장감을 참지 못하고 오줌까지 지리는 놈들이 속출했었다고 한다.

"무적신검(無敵神劍) 황 대장이 나가신다!"

"우와아아~!"

두치의 외침이 끝나기가 무섭게 파상적인 공세가 시작되었다. 내 등장에 상관없이 승패는 이미 정해져 있었다. 두치가

지휘하는 선봉대는 순식간에 진양교의 방어진을 무너뜨렸다.

그리고 칠흑 같은 밤하늘에 수려한 별 무리가 그 모습을 드러내기 전 진양교의 감숙지부를 함락시켰다. 이로써 우리는 감숙성 전체를 장악할 수 있었고, 진양교의 본진과 맞설 수 있는 기반을 갖추게 되었다.

그 당시 우리 전력은 산채의 인원만 오백이 넘었고, 감숙성의 주요 거점으로 보낸 인원까지 합치면 그 숫자가 삼천에 이르렀다.

감숙성을 완전히 장악한 이후, 무림맹의 부흥을 위해 일어섰던 집단들이 단체로 합세하는 경우가 많아졌다. 결사대의 사기와 전력은 하루가 다르게 증가하였고, 그 여세를 몰아 사천성으로 대대적인 침공 작전을 진행할 무렵, 뜻하지 않은 무림첩을 받게 되었다.

"형님, 뜬금없이 무림첩이라니요?"

황당하기는 송 노공도 마찬가지였다.

"허허, 정말 기가 막힌 노릇이군요. 척박한 땅에 애써 농사지어놓으니 땅 내놓으라는 격이군요."

"이따위 것, 그냥 무시합시다!"

그동안 고생한 것을 생각하면 당연히 나도 그러고 싶고, 그래도 상관없는 전력이었다. 그러나 무림첩이 발동되었다는 것은 무림맹의 정통성을 인정받은 맹주님이 선출되었다는 의미였다.

복잡한 마음을 접고 무림첩을 개봉했다.

"화양교(火陽教)의⋯⋯ 자경 부인?"

새로 선출된 맹주님은 하남(河南) 마교의 본산이라 할 수 있는 화양교의 인물이었다. 정사마의 인물들이 차례대로 맹주직을 이어받는 관례로 봤을 때, 당연한 수순이며 화양교가 무림맹에 기여한 공 또한 컸다.

무림맹의 중경 시절, 화양교의 장남(長男)이었던 여주발(呂主鉢) 장로와 삼남(三男) 여주광(呂主光) 호위대장이 끝까지 본채를 사수하려다 장렬히 전사했다. 그뿐 아니라, 사천 시절에는 먼저 간 형제의 직위를 이어받은 차남(次男)과 사남(四男)이 진양교주에게 한꺼번에 죽임을 당했다.

내가 의아했던 것은 가문이 아니라 출가외인의 신분인 화양교의 장녀가 맹주로 선출되었기 때문이다.

물론 출가외인이라 하여 영원히 강호로 복귀할 수 없는 것은 아니다.

문파의 대가 끊길 위기 등, 정말 어쩔 수 없는 경우에는 이를 허용한 관례가 있었다. 그러나 황실과 연을 맺은 신분으로 다시 복귀한 경우는 그 유래가 없는 일이었다.

사랑하는 오라비와 동생들이 줄줄이 불귀의 객이 되었으니, 그 분하고 안타까운 심정은 십분 이해가 간다. 그러나 화양교에는 그녀가 아니더라도 맹주직을 이어받을 만한 걸출한 인재가 있었다.

나태한 천재, 승천을 포기한 잠룡(潛龍) 등, 다양한 별칭으로 불리는 화양교의 막내 여주승(呂主承)이었다. 그에 대해서는 나도 조금은 아는 바가 있었다.

내가 산동 제일가는 기재라는 과분한 평가를 받았을 때, 그에게는 하남 최고의 기린아라는 격찬이 쏟아졌다. 동갑내기였기에 호승심(好勝心) 비슷한 마음도 느꼈다. 둘 다 차세대 무림을 이끌어갈 기대주라는 찬사를 받았지만, 각자가 걸어온 길은 정반대라 할 수 있었다.

여주광은 당당히 무림첩을 거부했다. 그리고는 중원을 떠나 변방의 세계를 유랑했는데, 이에 대한 말이 참으로 많았다.

어떤 이는 목숨이 아까워 도피한 것이라 하고, 또 어떤 이는 승산없는 전쟁을 벌이는 무림맹의 어리석음에 질려 강호를 등진 것이라고도 했다.

잠시 이야기가 샜는데, 새로운 맹주님의 선출은 아주 복잡한 문제였다. 내 선택 여하에 따라 무림맹의 부흥을 위해 뭉친 세력이 분열될 수 있었다.

"황 대장, 복잡하게 생각할 필요 없습니다. 이 무림첩은 아무런 효력도 없는 서찰에 불과할 뿐입니다."

송 노공의 말이 무슨 뜻인지 잘 알고 있었다. 무림맹의 권위를 나타내는 무림수호령패의 낙인이 없었던 것이다. 새로이 선출된 맹주의 명을 무시할 수 있는 명분을 찾았지만, 그게 또 간단한 문제가 아니었다.

맹주의 선출은 무림맹의 실세라 할 수 있는 십팔장로회의에서 결정된다. 새롭게 선출된 맹주의 명을 어기는 것은 그들의 권위마저 무시하는 것이나 마찬가지였다.

"형님!"

"황 대장."

여러 가지로 골치 아픈 판국에 두치와 송 노공의 독촉까지 이어졌다. 나 역시 검증되지 못한 맹주의 밑으로 들어갈 마음은 전혀 없었다.

"그만!"

자리를 박차고 일어서며 나만을 믿고 따르는 최측근들에게 말했다.

"이번 일은 제가 알아서 결정하겠습니다."

"……."

아무도 이에 이의를 제기하는 사람은 없었다. 그동안 수하들을 실망시키는 일 없이 여기까지 이끌어왔다. 이번에도 그럴 것이라는 믿음이 있는 것이다.

그리고 사천에 대한 총공세가 얼마 남지 않은 시점.

마지막 준비로 분주한 천소산 산채에는 묘한 긴장감이 흘렀다. 과연 진양교의 본진과 싸워 이길 수 있을까에 대한 우려가 아니다. 이는 내부적인 문제였다.

새로운 맹주의 무립첩을 받고 얼마 뒤, 나는 간단한 답신을 보냈다.

지금은 사천성에 대한 공세가 임박한 시점이라 함부로 움직일 수 있는 입장이 아니다. 나에 대한 확실한 입장을 듣고 싶다면, 신임 맹주께서 친히 방문해 주셨으면 한다는 것이다. 기한은 사천성의 침공 전까지로 못을 박았다.

무림맹 시절이라면 절대 상상할 수도 없는, 무례하기 짝이 없는 답신이었다. 고작 호위대장이었던 신분 주제에 맹주님을 오라 가라 하는 것도 그렇지만, 이건 신임 맹주의 목숨이 달린 문제이기도 했다.

아니 할 말로, 내가 독한 마음을 품고 신임 맹주님을 시해하면 어쩔 것이며, 실제 그럴 의도도 있었다. 신임 맹주가 우리의 단결을 해칠 인물이라면 과감히 싹을 자르는 것이 나았다. 처음에는 혼란스럽겠지만 이를 발판으로 우리는 더욱 발전할 수 있었다.

이는 내가 무림첩을 받으면서 고심했던 것을 고스란히 되돌려 준 셈이다. 그쪽도 내 답신을 받고 머리가 무척 복잡할 것이다.

나를 얻고 싶다면 당연히 불원천리(不遠千里) 마다하지 않고 달려와야 했다. 하나, 그랬다가는 신임 맹주의 목숨을 장담하지 못하는 처지였다. 또한 목숨이 아까워 내 답신을 무시했다가는 겁쟁이란 비난을 피할 수 없으니 문제인 것이다.

그들이 어떤 선택을 하든 내 의지는 확고했다. 맹주의 그릇이 되지 못하면 과감히 깨버린다.

그리고 사천성의 침공을 불과 이틀 남겨둔 시점, 마침내 신임 맹주님이 천소산 산채를 방문했다.

수행원은 초라할 정도로 단출했다.

여자 시종 두 명에 건들거리며 산채 주변을 둘러보는 사내, 마교무림의 이단아라 불렸던 여주승이 분명했다.

"전(前) 무림맹 제칠(第七) 호위대장 황조령, 새롭게 선출되신 맹주님을 뵙습니다."

최대한 예의를 갖추어 인사를 했다. 일찍이 출가를 했던 자경 부인의 무공은 일반인과 비슷한 수준이라 할 수 있었다. 산세가 험한 곳이라 꽤나 고생했을 터인데, 그녀는 힘든 내색조차 하지 않았다.

"고개를 드세요, 황 대장. 여기까지 오는 내내 그대의 자자한 명성을 실감할 수 있었답니다. 중요한 거사를 앞두고 이렇듯 환대를 해주니 고마울 따름이에요."

"부끄럽습니다, 맹주님. 누추하지만 안으로 드시지요."

자경 부인과 그녀의 수행원들을 귀한 손님을 모시는 영빈관(迎賓館)으로 안내했다. 산채 입구에서 끝부분에 위치한 영빈관까지, 그들을 바라보는 내 수하들의 시선은 그리 호의적이지 않았다.

잔뜩 위축된 시녀들은 걸음도 제대로 떼지 못했다. 반면 자경 부인은 따가운 시선과 마주칠 때마다 부드러운 눈인사를 건넸다. 이에 뜨끔하여 수하들이 시선을 외면했다. 그녀의 대범함보다 더욱 신경 쓰이는 게 있었다. 멍청한 표정으로 계속 주변을 두리번거리는 여주승이었다.

여유가 넘치는 놈이었다. 만약 무슨 일이 터지면 누님인 자경 부인을 데리고 충분히 탈출할 수 있다는 속마음을 엿볼 수 있었다.

영빈관의 상석(上席)은 자경 부인의 몫이었다. 그녀가 앉는 것을 확인하고 우리가 자리했고, 자경 부인은 우리가 모두 다 앉는 것을 기다렸다가 입을 열었다.

"황 대장, 갑작스런 무림첩 때문에 많이 당황스러웠을 거예요."

"……"

입 발린 소리 하지 않고 침묵으로 일관했다.

"맹주의 권위를 내세워 강제로 제 밑으로 들어오라는 의미는 아니에요. 황 대장도 알다시피 저는 일찍이 출가를 했던 몸인지라 무공 수위가 높지도, 현 강호의 정세 또한 제대로 알지 못해요. 맹주가 되기에는 많이 부족하다는 것을 잘 알고 있어요. 그럼에도 불구하고 맹주직을 승낙한 이유는, 오라버니와 동생들의 원수를 갚고자 하는 것도, 명예욕 때문도 아니에요."

"……"

자경 부인은 잠시 말을 끊었지만, 나는 아무런 대꾸도 하지 않았다. 그냥 자경 부인의 말만 조용히 듣겠다는 분위기로 일관했다.

"황실의 만류에도 다시 강호로 돌아온 것은 진양교의 만행이 도를 넘어섰기 때문이에요. 예로부터 무림인은 약자를 보호하고, 무림인이 아닌 사람에 대해서는 절대 피해를 끼치지 않는 것이 불문율이었어요. 그러나 진양교가 강호의 패권을 쥐고 난 이후, 고통받는 백성들이 점점 늘고 있는 실정이에요. 이에 황실에서도 크나큰 우려를 하고 있으나, 무림에 관계된 일은 무림인이 해결한다는 전대의 관례 때문에 수수방관할 수밖에 없는 입장이에요."

"……."

"하여, 연약한 아녀자의 몸이지만 도탄에 빠진 무림과 가련한 백성들의 원성을 더 이상 좌시할 없기에 미약한 힘이나마 보태고자 맹주직을 수락한 거예요. 황 대장도 이런 제 진심을 알아주기를 바랍니다."

자경 부인의 모든 행동엔 기품이 배어 있었다. 말하는 모습이 경망스럽지 않고 단아하며 믿음이 갔다. 우아함 속에 숨겨진 고집이 느껴졌지만, 독선이나 아집이 아닌 지조에 가까운 것이었다.

맹주로서의 덕은 갖추었다 할 수 있었다. 그러나 첫인상만으로 그 사람을 판단할 수는 없는 노릇이다. 겉으로 드러나는 것과 속마음이 전혀 다른 인간들이 넘쳐나는 세상 아닌가 말이다.

이젠 내가 입을 열 차례였다.

"하여, 지금 하신 말씀은 무작정 맹주님을 믿고 따르라는 것입니까?"

"아니요."

"……?"

"제가 황 대장을 믿고 따르겠다는 뜻이에요."

"……!"

잠시 놀라서 말문을 잃었다. 아무리 빈말이라도 맹주의 신분으로 할 말이 아니었다.

"새로운 무림맹의 모든 군사권을 황 대장에게 일임하겠어요. 인사권 또한 마찬가지, 황 대장과 협의없이 제 마음대로 사람을 쓰는 일은 없을 것이며, 새로운 무림맹의 모든 대소사에 대하여 황 대장의 의견을 전적으로 존중하겠어요."

이건 파격이란 말이 부족할 지경이었다. 웃음 띤 얼굴로 바라보는 자경 부인을 향해 조심스럽게 입을 열었다.

"허수아비 맹주님이란 소리를 들어도 좋다는 겁니까?"

"그런 각오도 없이 이런 말을 하겠습니까."

"저는 당최 영문을 모르겠습니다. 모든 권위를 버리고 비난받을 일을 스스로 자청하시다니요? 그럴 바에는 차라리 맹주직을 맡지 않는 게 낫지 않겠습니까?"

"아까도 말했듯이 제가 맹주직을 승낙했던 건 소의(少義)가 아니라 대의(大義)를 위해서예요. 세상을 혼란에 빠뜨린 진양교에 대적할 수 있는 대항마는 오직 황 대장밖에 없어요. 저는 그것을 돕는 것으로 만족합니다. 아마도 황 대장이 가장 힘들어하는 것이 단결을 해치는 무리, 과거 기득권 세력이었던 문파의 압력과 질투일 것이에요."

조용히 고개를 끄덕였다. 사실이었다. 싸워야 할 적보다 오히려 과거의 동지였던 세력이 나를 힘들게 하는 경우가 빈번하게 발생했다.

"황 대장이 온전한 전력으로 진양교에 맞설 수 있도록 제가 맹주의 권위를 내세워 그들의 불만과 간섭을 잠재워주겠어요."

"……!"

그렇다면 더할 나위 없이 기쁜 일이다. 그들은 과거의 직위를 들먹이며 내 결정에 간섭하려 했다.

"우리 둘이 힘을 합친다면 무림맹의 전력은 배가될 수 있다고 확신해요. 황 대장, 명목상이겠지만, 제 오른팔이 되어주지 않겠습니까?"

"싫습니다."

"……!"

자경 부인은 적지 않게 놀랐다. 당황한 기색이 역력한 그녀의 얼굴을 똑바로 쳐다보며 말했다.

"아무리 명목상이라도 오른팔 정도로는 제 성이 차지 않습니다. 오른팔 역할은 누구나 할 수 있는 것 아니겠습니까."

"하면……?"

"저는 맹주님이 큰 뜻을 펼치며 비상(飛上)할 수 있도록, 신임 맹주님의 오른쪽 날개가 되어드리겠습니다."

"ㅎㅎㅎㅎ, 황 대장은 사람 놀라게 하는 재주도 비상(非常)하군요. 기대 이상의 대답에 제 마음은 정말 하늘을 날아갈 것처럼 기쁘답니다. 그 마음은 고맙지만… 어찌 한쪽 날개만 가지고 비상할 수 있겠습니까?"

"겸손이 지나치십니다. 맹주님께선 숨겨진 한쪽 날개를 가지고 있지 않습니까?"

나는 멍한 표정을 짓고 있는 여주승을 살피며 대답했다. 이에 여주승은 당최 무슨 의미인지 모르겠다는 듯 어깨를 으쓱해 보였다.

"승아, 황 대장께서 너를 무척이나 높이 평가하셨구나. 이제 방황은 그만두고 나의 왼쪽 날개가 되어 진양교 타도라는 무림 대업을 달성할 의향이 있느냐?"

순간, 긴장감이 섞인 정적이 흘렀다.

질 싸움과 이길 싸움에 대해 누구보다도 잘 판단한다는 그다. 만약 여주승이 거부한다면 우리 역시 가능성이 없다고 봐도 무방했던 것이다.

여주승은 주위의 강력한 시선이 부담스러운 듯 멋쩍은 표정으로 대답했다.

"뭐, 그러죠……."

영빈관 안에 있던 모든 사람의 표정이 일시에 밝아졌다. 그 중에서도 자경 부인의 기쁨은 이루 말할 수 없었다.

"승아, 드디어 마음을 정한 것이더냐? 참으로 영특한 아인데, 그 누구보다도 무공이 출중한 아인데… 아버님이 연을 끊고 세상 모든 사람들이 비겁자라 욕을 해도 누나는 너를 믿었다. 울면서 중경 무림맹으로 향하는 형제들을 만류했던 것은 막내의 치기 어린 행동이 아니었고, 세상을 등지고 변방을 유랑한 것은 싸늘한 시선으로 돌아온 형제들에 대한 속죄였음을 잘 알고 있단다."

"누님, 제 나이가 몇인데 아직도 아이라고 하십니까?"

"나이가 무슨 상관이더냐? 승이, 네가 환갑이 넘은 가장(家長)이 되었어도 나에게는 보살핌이 필요한 아이일 뿐이다."

자경 부인과 여주승의 사이는 각별했다. 화양교의 안방마님이었던 위씨(爲氏) 부인은 막내인 여주승을 낳은 그 다음해에 지병이 악화되어 별세했다. 때문에 장녀였던 자경 부인이 그를 키우다시피 했던 것이다.

여주승의 불만 어린 표정을 바라보던 자경 부인은 이내 좌중을 보며 말했다.

"내 오늘처럼 기쁜 날은 없을 것 같습니다. 불세출의 영웅호걸인 황 대장의 힘을 얻고, 철없이 방황만 하던 동생까지 마음을 잡았으니 말입니다. 그리고 너무 일이 잘 풀린 탓일까요, 갑자기 피곤함이 몰려오는 것 같습니다."

"죄송하지만, 맹주님께서 쉬실 수 있는 시간은 별로 없을 것입니다."

의자 깊숙이 등을 기대는 자경 부인을 향해 말했다.

"조만간 사천성에 대한 침공이 시작될 겁니다."

"우리에게 치욕스런 과거가 있는 무림맹의 사천 지부 말인가요?"

"그렇습니다. 무림맹 붕괴의 상징이나 다름없는 그곳을 맹주님 앞에서 되찾아 보이겠습니다."

"기대가 큽니다, 황 대장."

"물론 맹주님의 도움도 필요합니다. 일당백(一當百)의 역할을 할 수 있는 절정고수가 있었으면 합니다."

무슨 의미인지 자경 부인은 금방 눈치챘다.

"걱정 말아요. 우리 승아도 최선을 다해 도울 거예요."

여주승은 뚱한 표정을 지어 보였지만 이미 결정된 사항이다. 그는 천소산 결사대의 일원으로 사천성 침공에 참여하게 되었다.

숨 막힐 듯한 긴장감이 감도는 사천성.
한때는 무림맹의 재건을 위해서 일심 단결했던 장소이며, 지금은 진양교의 서른여섯 개 지부 중에서 가장 크고 중추적인 역할을 하는 진양교의 핵심 지부였다.
하늘을 붉게 수놓았던 석양도 기울고 칠흑 같은 어둠이 내려앉은 시점.
쿵, 쿵, 쿵……!
사천성 주위에는 병장기로 땅을 내리찍는 소리만이 울려 퍼졌다. 나의 등장을 알리는 전조였다. 평소 같으면 얼마 후에 대대적인 공격이 시작되겠지만 이번은 달랐다.
사천성의 수장(首長)은 냉철서생(冷徹書生)이라 불리는 맹조덕(孟早悳). 진양교주의 전폭적인 신임을 받는 인물인데, 무공보다는 지략이 더 뛰어나다는 평을 받고 있으며, 매사에 조심스럽기 짝이 없는 위인이었다.
죽든 살든 싸움에 임하면 끝장을 보고야 마는 진양교도와 달리, 우리를 보자마자 수성 체제로 돌아선 것이다.
쿵, 쿵, 쿵, 쿵……!
나의 등장을 알리는 소리는 며칠째 계속 이어졌다. 그 소리만으로도 사천성 안에 있는 진양교도들의 심리적 압박은 대단했다. 이에 맹조덕은 성벽 제일 높은 곳에 올라 수하들을 격려했다.

"동요하지 마라. 불안해할 것 없다. 이 소리는 사면초가(四面楚歌)의 상황을 흉내 낸 적의 농간일 뿐이다. 놈들의 전력이 우리보다 훨씬 우위에 있다면 벌써 쳐들어왔을 것 아니더냐? 경계를 늦추지 말고 놈들의 실질적인 움직임에만 신경을 써라!"

사면초가? 이 상황은 한(韓)의 고조가 폈던 고도의 심리전이 아니다. 성벽 밖의 움직임에만 주의를 기울이고 있을 때, 우리는 지하를 통해 이동하고 있었다. 수많은 목숨을 구했던 송 노공의 비밀 통로였다.

"두치야, 어느 정도 남았느냐?"

"거의 다 온 것 같습니다."

잿더미로 변한 사천성을 재건했던 진양교는 비밀 통로의 존재에 대해서 전혀 모르고 있었다. 군데군데 무너진 곳이 있기는 했지만, 장정 한 사람 정도가 드나들 수 있는 통로는 확보할 수 있었다.

쿵, 쿵, 쿵, 쿵······!

병장기로 땅을 찍는 소리는 고도의 심리전보다는 땅 파는 소리를 위장하려는 방책인 것이다.

푸석.

"형님, 드디어 다 온 것 같습니다."

두치의 목소리는 듣자마자 곧바로 나는 뒤쪽으로 수신호(手

信號)를 보냈다. 그 신호는 뒷사람에게 이어져 비좁은 통로에 움츠리고 있던 침투조를 거쳐 본진까지 전해졌다.

쿵, 쿵, 쿵, 쿵, 쿵…….

전조에 변화가 생겼다. 땅을 내려치는 소리가 점점 빨라지자 사천성 내부는 크게 술렁였다.

"동요하지 마라! 이는 적의 속임수일 뿐이다! 놈들의 전력으로 절대 이 성을 넘볼 수 없다!"

과연 그럴까?

쿠웅~!

일제히 내려친 병장기 소리가 길게 울려 퍼지는 순간이다.

푸악!

두치가 비밀 통로를 박차고 나가며 소리쳤다.

"모두 모두 물렀거라! 무적신검(無敵神劍) 황 대장이 나가신다!"

갑작스런 적의 등장, 그것도 사천성 한복판에 모습을 드러내자 놈들의 혼란은 극에 달했다.

"으아악! 진짜 황 대장이 나타났다!"

"모두 정신 차려라! 저놈은 황 대장이 아니라 놈의 오른팔인 금강역사(金剛力士) 두치라는 놈이다! 겁먹지 말고 황급히 침입자를 처단하라!"

진양교도들이 두치를 향해 몰려들 때였다.

"어리석은 것들, 오른팔과 몸뚱이는 언제나 함께 움직인다는 것을 잊은 모양이구나!"

나는 두치의 등 뒤에서 튀어나오며 검을 휘둘렀다.

서걱, 서걱, 서걱, 서걱!

"크악!"

"으윽~ 지, 진짜 무적신검 황 대장이……."

나의 검에 자비란 없었다. 평생의 숙적인 진양교 무리에게는 더욱 그러했다. 내가 검을 휘두를 때마다 놈들은 추풍낙엽처럼 쓰러졌다.

"사천의 비극을 설욕하자!"

곧이어 비밀 통로에서 빠져나온 침투조원들이 진양교의 진영을 유린하기 시작했다.

"우와아~ 독 안에 든 진양교의 무리를 소탕하자!"

침투조의 본격적인 활약과 함께 본진의 공격도 시작되었다. 예상치 못한 양공작전에 진양교도들은 더욱 당황할 수밖에 없었다.

"당황하지 말고, 내부로 침입한 놈들부터 처리하라!"

"존명!"

성벽에서 내려온 조맹덕이 수하들을 진두지휘했다. 이번 작전의 성공을 위해선 놈의 처리가 급선무였다.

"두치야!"

"예, 알고 있습니다!"

타의 추종을 불허하는 저돌성을 가진 두치가 조맹덕을 향해 움직이기 진전이었다.

후웅~

어둠을 뚫고 바람처럼 달려가는 인영(人影)이 있었다. 자경부인 때문에 마지못해 따라온 여주승이었다.
"어떤 놈이 소심서생(小心書生) 조맹덕이실까?"
"무뢰하구나! 주군(主君)의 별호를 감히 그딴 식으로 부르다니!"
격노한 진양교도가 검을 앞세우고 달려들었다. 그의 날카로운 검끝이 목에 뚫기 직전인데도 여주승은 긴장감 자체가 없었다.
"네놈은 확실히 아니겠고……."
후웅~!
여주승의 움직임은 바람과도 같았다. 목이 뚫리기 직적이었던 여주승은 순간적으로 칼을 뺀 진양교도의 곁을 스치고 지나쳤다.
"이놈도 아니고, 이놈도 아니겠고……."
바람은 약간의 틈만 있어도 통과할 수 있었다. 여주승은 여유롭게 진양교도들 사이를 지나쳤다.
"오라! 네놈이 바로 그놈이구나?"
여주승과 조맹덕의 눈이 마주친 순간이다. 있는 듯 없는 듯 무심했던 바람이 돌풍으로 변했다.
"그대의 모가지… 내가 받아가마!"
펄럭~!
여주승의 소맷자락에서 강맹(强猛)한 기류가 폭사되었다. 장풍(掌風)은 아니다. 주체할 수 없는 내력이 강력한 회오리 바람으로 변해 조맹덕의 전신을 휘감았다.
"이런 술수(術數)를 부리는 놈이 있다니!"
조맹덕은 적잖이 당황했다. 태풍에 날려가지 않으려 버티는 사람마냥 엉거주춤 상체를 숙여야 했다. 제대로 눈도 뜨지 못하는 상황인지라 진짜로 목이 달아날 위기였다.
"갈—!"
조맹덕도 내력을 방출해 여주승의 강풍에 맞섰다.
퍼퍼퍼펑~!
요란한 폭발음과 함께 사나운 바람이 이내 잠잠해졌다. 간신히 위기를 넘기기는 했으나 이로 인한 피해가 만만치 않았다.
"크악!"
"으아악~!"
두 기운이 충돌하면서 발생한 후폭풍 때문에 주변에 있던 수하들이 연달아 피를 토하며 쓰러졌다.
"이 여우 같은 놈이!"
조맹덕이 여주승을 향해 이를 가는 순간이었다.
"누구한테 말하는 거지?"
"……!"
조맹덕의 정면에는 아무도 없었다. 장난스런 여주승의 음성은 그의 바로 귓전에서 들려왔던 것이다.
"감히 나를 능멸하는 것이냐!"
후앙.

조맹덕은 재빨리 검을 빼어 휘둘렀다. 과연 진양교주의 눈에 들 만한 실력이다. 전광석화(電光石火) 같은 쾌검은 나조차도 피해낸다는 보장이 없었다. 그러나 멋들어지게 일검을 휘두른 조맹덕의 모습은 너무 허전해 보였다.

"그런 실력으로 쓰기에는 매우 과분한 검이로군."

"어, 어느새!"

조맹덕의 검은 여주승의 손에 들려 있었다. 이에 조맹덕은 부들부들 몸까지 떨며 분을 주체하지 못했다. 무림인에게 있어 상대에게 검을 빼앗기는 것보다 치욕스러운 일은 없었기 때문이다. 더욱이 여주승이 욕심 가득한 눈으로 살펴보는 검은 조맹덕이 진양교주에게 직접 하사받은 천하의 명검이었던 것이다.

"내 물욕(物慾)은 별로 없는 편인데, 이것만은 예외로 해야겠는걸. 주인을 잘못 만난 이 검이 너무도 불쌍해서 말이야."

조맹덕을 놀리는 데 재미 들린 여주승이 나를 바라봤다. 나는 곧바로 눈살을 찌푸렸다. 지금은 시답잖은 말로 상대를 희롱할 때가 아니었다. 그를 속전속결로 해치워야지만 우리 쪽의 피해를 최소화할 수 있었다.

여주승은 싱긋 눈웃음을 지어 보이고는 이내 조맹덕을 향해 시선을 돌렸다.

"더 놀아주고 싶지만 심하게 눈치 주는 사람이 있어서 말이야. 미안하지만 죽어줘야겠어."

파팟!

여주승은 질풍처럼 달려들었다. 그리고는 내 눈이 쫓아가지 못할 빠르기로 검을 휘둘렀다. 쾌검을 구사하는 조맹덕이 그냥 눈 뜨고 당할 정도였다.

서걱.

푸른빛이 감도는 칼날은 조맹덕의 목 정중앙을 베고 지나갔다. 조맹덕의 목 주위엔 붉은 실을 감아놓은 것 같은 상처만 생겼다. 빗나간 게 아니다. 여주승의 무공 수위가 어느 정도인지 짐작할 수 있는 장면이었다. 예극(銳極)의 경지. 날카로움이 극에 달하면 베어진 부분의 신체가 이를 인식하지 못한다. 여기서 더 발전하면 목이 베어진 상태에서도 말을 할 수 있었다.

"크윽… 대, 대체 네놈의 정체가 무엇이더냐……."

여주승이 바로 그런 경지였다. 조맹덕은 힘겹게 버티고 선 상태에서 물었다. 이에 여주승은 핏기가 전혀 맺히지 않은 검신을 흡족히 바라보며 대꾸했다.

"곧 죽는 마당에 그따위 세 궁금한가?"

"황 대장에게 당했다면 묻지도 않았겠지. 진양교의 핵심 세력이던 칠수장(七首長) 중 한 명인 내가 무림 초출에게 당했다면 도저히 눈을 못 감을 노릇……. 그대의 능력을 대해보니 강호의 다섯 손가락 안에 들어갈 실력. 생이 얼마 남지 않은 나에게 그 이름을 가르쳐 주지 않겠나……."

"그쪽도 한 번쯤은 들어봤겠지. 내가 안 좋은 쪽으로 유명세를 조금 탔거든. 마교 무림의 이단아, 나태한 천재 등 별의별 수식어가 따라다녔으니까."

"후후후, 하남의 잠룡이 바로 그대였다니, 내가 죽을 짓을 했군. 그대의 실력이 뛰어나다는 소리는 아니야. 독불장군인 그대가 황 대장과 손을 잡을 줄은 꿈에도 몰랐거든."

"뭐, 세상에는 어쩔 수 없는 일이란 게 있잖아. 미안하지만 이제 죽어주지 않겠어? 내가 벤 상대와 계속 대화하기가 조금 그래서 말이야."

"그 검의 이름은 강향(江香), 나보다 더 아껴주기 바라네."

여주승이 고개를 끄덕이는 순간,

툭…….

파파팟.

조맹덕의 목이 떨어지면서 피분수가 솟구쳤다.

멀쩡히 대화를 주고받던 조맹덕이 목이 갑자기 떨어지자 그의 수하들이 받은 충격은 이만저만이 아니었다.

"도, 도대체 어떻게 된 거야? 도대체 무슨 일이 벌어진 거란 말인가!"

"말도 안 돼. 쾌검의 달인이신 주군께서……."

"결국 황 대장에게 당하신 건가?"

진양교도들의 시선은 목이 사라진 조맹덕과 가장 가까이 있는 인물에 집중되었다. 잘 빠진 체구에 무림인답지 않은 수려한 외모의 소유자였다.

"저, 저놈은 황 대장이 아니야!"

"그렇다고 금강역사 두치는 더더욱 아니고!"

강향검을 곧추 쥔 여주승이 진양교의 제자들을 향해 입을 열었다.

"뭐가 그리 아니지? 두 번 말하지 않을 테니 똑똑히 들어라. 이 몸은 마교 무림의 이단아라 불렸던 여주승이다. 이제부터 진양교의 적이 되었으니 네놈들도 참으로 복이 없구나."

"여, 여주승이라면… 하남의 기린아로 불렸던 버림받은 무공 천재!"

"강호를 등지고 세상을 떠돌던 이가 어째서 여기에……."

여주승이 유명하긴 유명한 모양이다. 진양교도 대부분이 그에 대해서 알고 있으니 말이다. 그들이 가장 경계해야 할 상대는 나였는데 이제는 그 대상이 둘로 늘어난 것이다.

"그러고 보니 이곳에서 둘째 형님과 넷째 형님이 최후를 맞으셨지? 기억난 김에 그 복수나 해볼까!"

파팟.

내가 눈총을 주지도 않았는데 여주승이 먼저 움직였다. 진양교 진영을 홀로 초토화시키는 광경을 보자 안도의 숨이 절로 나왔다.

그와 적이 되지 않기를 정말 잘했다. 그리고 같은 편이 된 것이 너무도 다행스러웠다. 이는 두치를 포함한 모든 천소산 결사대원들의 마음도 마찬가지였다.

여주승의 활약 속에 우리는 예상보다 일찍 적막했던 새벽하늘이 밝아오기 전에 사천성을 점령하고 회한에 찬 함성을 질러댈 수 있었다.

사천성의 탈환은 참으로 의미가 컸다.

치욕스런 과거에 대한 설욕이자 하나 된 무림맹의 힘을 만천하에 알릴 수 있는 계기가 되었다.

사천성의 재건 공사가 끝날 무렵, 나는 천소산의 결사대가 정사마 통합의 전통을 이어받은 정식 무림맹임을 선포하고 새로운 맹주님에 대한 성대한 추대식을 가졌다.

지극히 맑은 가을 하늘.

무림맹 깃발이 펄럭이는 사천성에 참석한 귀빈의 수는 천 명이 넘어섰다. 우리가 초대한 인원을 훨씬 웃도는 숫자였다. 배분대로 앉힐 자리를 정했고, 그 배가 넘는 손님들이 선 채로 맹주님의 추대식을 보아야 했다.

"쳇, 우리가 도와달라고 할 때는 이런 핑계 저런 핑계 대며 나 몰라라 할 때는 언제고……."

두치는 인산인해(人山人海)처럼 운집한 인파가 못마땅한 표정이었다. 그도 그럴 것이, 여기에 참석한 상당수가 우리가 어려웠던 시절 간절히 청했던 도움을 거부했던 전력을 가지고 있었던 것이다.

"그렇게 인상 구기지 마라."

나는 두치의 어깨에 팔을 걸치며 말했다.

"권력을 따라 움직이는 철새들, 저들을 모일 수 있게 만든 게 바로 우리 아니더냐?"

"뭐, 그건 그렇지요."

삐죽 나왔던 두치의 입이 조금은 들어갔다. 내 생각에, 두치의 기분이 언짢은 것은 빽빽이 운집한 철새들 때문만은 아니었다.

구름처럼 몰려든 군중들의 환호에 부드러운 미소로 화답하는 자경 부인, 그 자리에 있을 사람이 바로 나였으면 하는 아쉬움의 발로일 터였다.

성벽을 따라 도열해 있는 천소산 식구들의 표정이 어두운 것도 바로 그 이유 때문일 것이다.

그러나 저곳은 내가 설 자리가 아니다.

전투에는 일가견이 있는 나지만 사람을 다루는 능력은 자경 부인만 못했다. 내가 조금 고지식하다고 할까, 뜻이 맞는 동지들에겐 아까운 게 없지만, 뭔가를 바라고 접근해 오는 놈들은 상종조차 하기 싫었다.

지금이야 간 쓸개 모두 내놓을 듯 열렬히 환호를 보내는 인간들, 나중에는 이것 달라 저것 달라 계속해서 칭얼거릴 것이 분명했다.

내부적으로 불만이 있었지만 신임 맹주님의 추대식은 차질 없이 진행되었다. 십팔 장로의 충성의 맹약(盟約)이 끝나고, 무림맹의 권위를 나타내는 무림수호령패가 전해지면서 그녀는 진양교 타도를 기치(旗幟)로 내걸고 새롭게 시작하는 무림맹의 초대 맹주가 되었다.

수많은 하객들의 축하를 받으며 맹주님이 연단에 섰다.

그녀는 군중들의 환호가 완전히 잦아들기를 기다렸다가 차분한 어조로 입을 열었다.

"무림 동도 여러분, 여기 계신 모든 분들이 알고 있습니다. 절망과 무기력함이 만연했던 시절, 진양교 타도의 불을 지핀 사람이 누구입니까. 모진 시련을 견뎌내고 꿋꿋하게 무림맹의 중심점을 잡아준 사람이 누구입니까. 사천성을 수복하여 정사마 무림인의 응어리진 한을 풀어준 사람은 또 누구입니까?"

이건 예정에 없던 연설이다. 나를 돌아보는 군중들의 시선이 점점 늘어났다.

"제가 무림맹의 맹주가 되어 가장 먼저 하고 싶은 것은, 그 엄청난 공적을 세우신 분에게 감사를 표하는 일입니다. 황 대장님, 어서 나오세요."

"뭐 하십니까, 형님?"

당황해 마지않는 나를 두치가 툭 밀쳤다.

기쁨과 질투, 부러움과 시기 등 복잡하게 뒤섞인 시선을 받으며 맹주님을 향해 다가갔다.

"전(前) 무림맹 제칠(第七) 호위대장 황조령, 새롭게 선출되신 맹주님의 부르심을 받고 왔습니다."

"고개를 드세요, 황 대장. 그대의 무공(武功)을 생각하면 제가 고개를 숙여도 모자란 참이에요. 맹주인 저는 그동안의 황 대장의 노고와 공로에 진심 어린 감사를 드리는 바이며, 사천성 제남 용아 출신의 황조령 대장을 새롭게 시작하는 무림맹의 병권과 행정, 인사를 아우르는 총대장으로 임명합니다. 총대장의 권위는 맹주에게 뒤지지 않으며, 진양교와 무력 충돌이 발생하는 위급 시에는 맹주의 명(命)보다 우선합니다. 그 증표의 의미로 제가 황제 폐하께 하사받은 이 수호검(守護劍)을 수여하는 바입니다."

수호검은 무림삼대기보(武林三代奇寶)에 속하는 명검 중의 명검으로 무림인이라면 누구나 탐내는 물건이었다. 백여 년 전 갑자기 강호에서 사라졌고, 황실로 흘러갔다는 소문만 무성했다. 참고로 여주승이 조맹덕에게 빼앗은 강향검은 비교할 바가 못 되었다.

"맹주님의 은혜가 하해와 같습니다."

조심스럽게 손을 뻗어 수호검을 받아 든 순간이었다.

"우와아아아~!"

쾅쾅쾅쾅쾅쾅!

우렁찬 함성과 함께 병장기로 땅을 내리찍는 소리가 사천성 전체에 울려 퍼졌다. 천소산 대원이었던 모두가 미친 듯이 소리치고 땅을 두드리며 그 감격을 주체하지 못했다.

내가 총대장으로 임명된 것은 나만의 영광이 아니다. 그들의 노력과 희생 또한 인정받는 것이기 때문이었다.

"혀, 형님……."

산만 한 체격의 두치가 찔끔거리는 것은 가끔 보았다. 놈은 덩치에 어울리지 않게 잔정이 많았다. 그러나 송 노공이 눈시울을 붉히는 순간, 뭉클한 무언가가 가슴속에서 느껴졌다.

그동안 내가 헛된 삶을 산 것은 아니구나. 사내대장부로 태어나서 무언가를 해내긴 해냈구나.

함성은 끊임없이 이어졌다.

그러나 그 생생했던 함성은 오래된 추억처럼 사라지고, 곧이어 우리에겐 예정된 시련이 닥쳤다.

무림맹의 선포를 진양교가 좌시할 리 없었다. 대대적인 진양교의 침공이 세 차례나 이어진 것이다.

가장 힘들고 피해가 컸던 것은 마지막 삼차 침공이었다.

그때 처음으로 모용관과 검을 섞을 수 있었다.

차앙~!

과연 무극(武極)의 경지에 다다랐다는 찬사를 받을 만했다. 검과 검이 부딪치는 순간, 오장육부가 뒤틀리는 고통을 맛보아야 했다.

현격한 내공 차이에 검의 경지 또한 한 수 아래였다. 기선을 잡는 것은 엄두도 못 낼 일이다. 이를 악물고 백 합(百合) 가까이를 버텨냈다.

모용관과 맞붙어 백 합을 견뎌낸 사람은 없었다. 맹주님을 포함한 모든 무림맹 제제들이 열광했지만, 그때 이미 나는 한계였다.

내장이 손상되어 피를 토하기 직전 여주승이 합세했다.

창창창!

정당한 대결에 제삼자가 개입하는 것은 무림 예법에 어긋나는 것이다.

"이런 무례한 놈, 어딜 끼어드는 것이냐!"

모용관은 크게 격노했지만, 여주승은 그딴 것은 안중에도 없었다.

"억울하면 그쪽도 한 명 더 부르던가?"

말도 안 되는 주장이었다. 한데 이에 말려든 놈이 있었다.

"그 입, 닥치거라!"

진양교 칠수장 중 한 명인 곽거일(藿巨一), 그는 모용관을 신처럼 떠받드는 위인이었다. 그런 모용관이 모욕을 당했다는 생각이 들자, 주저 없이 검을 빼 들고 나선 것이다.

미련한 충성심이다.

곽거일이 뛰쳐나오는 것을 확인한 여주승이 모용관을 돌아보며 말했다.

"이제 똑같은 머릿수니까 불만은 없겠지?"

"……."

모용관은 이를 갈았다. 여주승은 모용관을 흥분시키기 위해 말장난을 한 것인가? 아니다. 방금 한 말은 나를 향한 것이기도 했다. 무림 예법과 무인의 자존심을 떠나 지금은 모용관을 물리치지 않으면 안 되는 것이다.

"갈까?"

여주승이 눈을 찡긋하며 말했다. 그와 동시에 나도 움직였다. 모용관이 아니라 곽거일을 향해 동시에 달려들었다.

"……!"

기세 좋게 뛰어나오던 곽거일은 당황한 기색이 역력했다. 그는 변치 않는 충성심으로 모용관에게 인정받은 자였다. 때문에 무공 실력은 칠수장 중에서 제일 떨어진다 할 수 있었다.

서걱.

여주승의 강향검이 놈의 옆구리를 베고,

푸욱.

나의 수호검이 놈의 심장을 꿰뚫었다.

풀썩…….

단숨에 곽거일을 쓰러뜨리고 여주승과 나는 뒤돌아섰다. 그러고는 척, 척, 모용관을 향해 동시에 검을 겨누었다.

"이 찢어 죽일 놈들이……."

모용관의 눈에 핏발이 섰다. 무림맹을 두 번이나 피바다로 물들였던 바로 그 광기의 시작이었다. 감당하기 힘든 살기가 폭사되었지만 내 마음의 동요는 없었다. 여주승이 견뎌준다면 충분히 이길 수 있다는 자신이 섰다.

"모용관—!"

놈의 이름을 외치며 달려들었다.

그리고 시작된 치열한 혈전. 하루 반나절을 싸워도 승부가 나지 않았다. 이틀 밤낮으로 치러지던 전투가 무림맹 쪽으로 급속히 쏠리는 바람에 모용관은 어쩔 수 없이 물러날 수밖에 없었다.

무림맹의 사기는 하늘을 찔렀다.

맹주님의 좌우 쌍 날개가 검황독존 모용관을 패퇴시켰다고 들썩였지만, 내 마음은 편치 않았다.

대대로 내려오는 고지식함이 발동한 것인가. 일대일로 모용관을 이기지 못한 것이 분해서 밤잠을 설치기 일쑤였다.

이 여세를 몰아 예전엔 무림맹, 지금은 진양교의 본채가 있는 중경으로 쳐들어가자는 정벌론(征伐論)이 힘을 얻었다.

십팔장로와 맹주님은 물론, 두치를 포함한 상당수의 천소산 대원들도 이에 동조했다.

그러나 내 생각은 달랐다.

지금 전쟁을 벌이면 피해가 너무도 컸다.

진양교는 현재 내부적인 문제로 골머리를 앓고 있는 실정이었다. 우리가 곧바로 공격을 하면 놈들이 단결할 수 있는 계기가 될 수도 있었다.

문제는 우리의 사기가 언제까지 유지되는 것이었다.

내가 대회의(大會議)를 소집하여 진정론(鎭靜論)을 주장했을 때, 예상했던 반발은 내 생각보다 적었다.

벌떡 자리에서 일어선 여주승이 짝짝짝 박수를 치며 탁월한 결정이라며 찬사를 아끼지 않았던 것이다.

나에게 잘 보이려는 의도라 의심했는데 아니었다.

그의 전략적 생각은 나와 놀랄 정도로 일치했다.

우리는 중경에 대한 직적적인 공략보다 놈들이 자멸하기를 기다리는 포위 전략을 썼다.

여주승은 북동(北東), 감숙과 섬서, 하남으로 세력을 넓히고, 나는 남동(南東), 귀주와 호남, 호북을 점령하면서 진양교를 고립시켰다.

물론 시간은 꽤 걸렸다.

이 년에 가까운 세월이 흘렀으니 말이다.

어느 순간부터 노골적인 불만이 표출되었다. 손만 뻗으면 잡힐 것 같은 떡을 손대지 말라고 만류한 것과 같았다. 진양교 섬멸을 향한 수하들의 열망이 극에 달할 무렵, 마침내 그때가 도래했다.

 진양교의 자금줄이자 대륙 상권의 절반을 장악했던 금란표국(金襴鏢局)이 진양교의 지원을 끊겠다고 선언한 것이다. 참고로 그 시기는 내가 한 단계 높은 검의 경지로 들어선 때였다.

 중경에 대한 공격은 이른 아침부터 이루어졌다.

 둥, 둥, 둥, 둥!

 쿵, 쿵, 쿵, 쿵!

 북소리에 맞춰 울려 퍼지는 병장기 내리찍는 소리가 이제 무림맹의 상징이 되었다.

 일만(一萬)에 달하는 무림맹의 인원이 중경성 앞에 운집했다. 무림맹과 진양교의 존망을 결정짓는 대결에서 꼼수는 필요없었다.

 "날개를 펴라!"

 두치의 쩌렁쩌렁한 외침과 함께 일만의 무림맹 제자가 성을 포위했다.

 둥둥둥둥!

 북소리와 함께 심장 박동 소리도 점차 빨라지는 그 순간, 진양교의 본채를 지그시 바라보던 맹주님이 입을 열었다.

 "치세요."

"존명."

고개를 숙여 답한 나는 두치에게 명했다.

"쳐라."

기다리고 있었다는 듯 일만 대군의 선두에 섰던 두치가 뛰쳐나가며 소리쳤다.

"모두 모두 물렀거라! 무적신검 황 대장이 나가신다!"

"우와아아아~!"

중경 전체가 떠나갈 듯한 함성과 함께 무림맹의 공격이 시작되었다. 그 선봉에는 참마도 대신 거대한 도끼를 쥔 두치가 있었다.

"모두 뽀샤 버린다!"

서들 퍼런 도끼날이 백 년 이상 된 박달나무에 철갑까지 덧댄 진양교의 정문에 작렬했다. 그 어떤 공성무기(攻城武器)도 통하지 않는다는 불허문(不許門)이 박살났다.

"진양교 새끼들의 씨를 말려라—!"

두치를 위시한 선봉 돌격대가 성안으로 진입했다. 곧이어 치열한 싸움이 벌어지고 주요 건물들이 불타올랐다. 대규모 인원의 본진이 사방에서 들이닥치면서 철옹성이라 불리던 진양교의 본채는 순식간에 무너졌다.

"우리도 가지요."

마침내 맹주님이 움직였다. 무공이 약한 그녀는 나와 여주승의 호위를 받으며 산산조각 난 불허문을 지났다.

성안은 지옥이었다.

적이라 생각되면 무조건 죽이는 살육이 자행되었다.

사방에서 피분수가 튀고, 끔찍한 비명 소리와 함께 사람들의 신체가 절단되었지만, 맹주님은 눈살을 찌푸리지 않았다.

그녀는 묵묵히 불타오르는 진양교 본채를 지났다.

"네년이 바로 무림맹의 암캐로구나!"

맹주님을 알아본 진양교의 습격이 이어졌다.

맹주님의 무공 실력은 일반인과 다를 바 없었지만, 그녀의 곁엔 나와 여주승이 있었다.

서걱, 서걱, 서걱!

맹주님을 향해 달려드는 놈들은 무조건 벴다. 베고 또 벴지만, 놈들은 끊임없이 달려들었다.

어느새 그녀가 지나간 자리는 피바다가 되고 시체가 산을 이루었다. 불나방처럼 덤벼드는 놈들을 모두 베고, 진양교 본채를 반쯤 가로질렀을 때였다.

"죽고 싶은 놈들은 얼마든지 덤벼라!"

상처 입은 맹수의 처절한 외침이 들려왔다. 진양교주 모용관이었다. 피범벅이 된 그는 무차별적으로 검을 휘두르고 독장(毒丈)을 퍼부었다.

이 년이 지났어도 무공 실력만큼은 여전했다.

그가 검을 휘두를 때마다 내 수하들의 목이 달아나고, 독장에 적중되면 온몸이 녹아내렸다. 미친 듯이 날뛰던 모용관이 잠시 검을 멈췄다.

"황 대장 이놈……."

그는 광기 어린 눈으로 나를 노려보았다. 진양교가 이 지경에 이른 것이 나 때문임을 알고 있었다. 이번 전쟁의 결과가 어떻게 되든 상관없이 나만은 반드시 요절을 내겠다는 각오가 느껴졌다.

"비켜라!"

서걱!

무림맹 제자를 일도양단(一刀兩斷)한 모용관이 나를 향해 다가왔다. 반드시 승부를 내고 싶은 마음은 나 또한 마찬가지였다.

"맹주님."

"조심하세요, 황 대장."

맹주님의 허락이 떨어지자마자 그를 향해 다가갔다.

서걱, 서걱!

눈에 거슬리는 놈들은 가차없이 뱄다.

서걱, 서걱, 서걱!

모용관 역시 그를 막아서는 장애물을 제거하며 나를 향해 뚜벅뚜벅 다가왔다. 그리고 마침내 평생의 숙적이라 할 수 있는 모용관과 다시 대면할 수 있었다.

긴 말은 필요없었다.

"모용관!"

"황 대장, 이놈—!"

우리는 영역 싸움을 벌이는 맹수처럼 맞붙었다.

방어에 대한 생각은 없었다. 오직 상대를 해치기 위해 검을 휘둘렀다.

서걱.

옆구리를 베며 곧바로 놈의 어깨를 벴다. 가슴 언저리에 시큰함이 느껴지는 순간, 놈의 허벅지에도 피가 솟았다.

아비규환을 방불케 하는 전쟁터 한복판이었다. 그러나 나의 귀에는 모용관과 나의 거친 숨소리밖에 들리지 않았다.

내가 힘든 만큼 놈도 힘들 것이다.

오장육부가 뒤틀리는 고통을 참고 검을 휘둘렀다. 두치의 말대로 독한 놈이 이기는 것이다. 그동안 쌓인 모용관과의 악연, 차마 눈도 못 감고 돌아가신 두 분의 맹주님과 무참히 살육당한 동료들을 생각하면 아무리 힘들어도 손을 쉴 수가 없었다.

그렇게 내공과 체력, 정신력도 한계에 봉착하여 무의적으로 검을 휘두르던 순간,

서걱~!

손에 전해지는 묵직한 느낌과 함께 빙글빙글 하늘로 솟구치는 팔을 볼 수 있었다. 검을 쥔 모용관의 오른팔을 잘라낸 것이다.

그 순간 정신이 번쩍 들었다.

미치도록 힘든 이 싸움을 끝낼 수 있는 절호의 기회를 잡은 것이다.

"모용관―!"

주저없이 그를 향해 뛰어들었다.

한쪽 팔이 잘리고, 무기도 없는 상대라고 얕본 것이 실수였다. 십 년이 넘는 세월 동안 무림지존의 자리를 지켜왔던 그다.

절묘한 신법을 펼쳐 내 검을 피해낸 모용관이 한쪽 남은 손을 뻗어 내 얼굴을 잡았다.

치이이익.

"크악!"

순간, 시뻘겋게 달군 인두로 내 얼굴을 지지는 듯한 고통이 느껴졌다. 모용관의 독장(毒丈)에 당한 것이다.

"황 대장, 이놈… 뼛속까지 녹여 버릴 것이다."

치이이이익~!

"크아악~!"

살이 타는 매캐한 냄새와 함께 참을 수 없는 고통이 뼛속까지 전해졌다. 놈의 손을 떼어내야 했지만 그럴 수가 없었다. 모용관의 독공에 당하면 모든 진기를 흡수당한 채 녹아내리고 만다.

이대로 죽는 것인가…….

그동안의 삶이 주마등처럼 스치고 지나갔다.

아버님의 혹독한 수련을 받아야 했던 어린 시절, 무림첩을 받고 중경에 도착하여 맹주님을 수발들던 일, 송 노공과 함께 불타는 무림맹을 빠져나왔던 기억과 기나긴 방랑을 해야 했던 시절, 두치를 만나고, 맹주님을 만나고, 여주승과 함께 무림맹의 쌍날개가 되어 여기까지 왔는데…….

의식이 점점 가물가물해져 가는 그때, 문득 떠오르는 기억이 있었다. 언제 죽을지 모르는 사지(死地)로 나를 보내야 했던 어머니의 애처로운 눈빛이었다.

어머니의 얼굴도 못 뵙고 죽을 수는 없었다.

"이야아아아~!"

혼신(魂神)의 힘을 다해 왼손을 뻗었다. 그리고는 산발이 된 모용관의 머리카락을 움켜잡았다.

"크크크, 그 기세는 가상하지만 소용없는 짓이다. 여태껏 본좌의 독공에서 벗어날 수 있었던 인간은 아무도 없었다."

모용관의 비아냥거림은 오히려 내게 득이 되었다. 그 말을 듣는 순간 오기가 솟구쳐 올랐다.

"끄아아악!"

혀를 깨물고 죽고 싶을 정도로 가혹한 고통을 감내하며 검을 쥔 오른손을 움직였다.

"부질없는 발악이다!"

치이이이익~!

"크아아악~!"

모용관과 나, 과연 누가 더 독한 놈일까.

부들부들 떨리는 오른손으로 모용관의 목을 겨냥했다. 지금이야말로 승패의 갈림길. 참을 수 없는 고통 때문에 정신을 잃기 직전 팔을 뻗었다.

푸악!

시뻘건 핏물이 내 얼굴에 쏟아지면서 혼미해지던 정신이 맑아졌다.

"꺼억……."

목을 관통당한 모용관이 나를 내려다보고 있었다. 잔뜩 부릅뜬 두 눈은 절대 일어날 수 없는 일이 일어났다는 의미였다. 잘 알고 있다. 두 분 맹주님의 마지막 표정도 그러했으니까.

서격.

관통시킨 검으로 모용관 목의 절반을 벴다. 그리고는 놈의 머리카락을 쥔 왼손에 힘을 실어 덜렁거리는 모용관의 목을 잡아 뜯었다.

우두둑.

거북한 소리와 함께 모용관의 수급이 내 손으로 들어왔다.

"크하하하하, 크하하하하!"

나는 앙천대소를 터뜨리며 소리쳤다.

"진양교의 졸개들아 보아라! 네놈들이 우러러보던 교주의 목이 내 손에 들려 있다! 진정한 무림천하지존이 누구인지 똑똑히 보란 말이냐!"

그리곤 정신을 잃었다.

2

다시 정신을 차렸을 때,
깜깜했다.
어둠이 지배하는 세상인가?
술에 취한 듯, 잠에 취한 듯 멍한 기분은 남아 있었다. 그래도 모용관의 수급을 들고 소리쳤던 기억만은 여전히 생생하게 느껴졌다.
나 또한 목숨을 잃은 것인가?
내가 구천을 떠도는 원혼이 된 것은 아닌지 의심이 들려는 찰나였다.
"형님! 제발 눈 좀 떠 보십시오!"
멍한 기운이 사라지면서 두치의 음성이 들렸다. 바로 내 귓가에서 말하는 듯 생생하게 들려왔다.
"고정하십시오. 황 대장님은 아직 안정을 필요로 합니다."
두치를 만류하는 송 노공의 음성도 들렸다.
송 노공, 이게 대체 어찌 된 일입니까?
소리쳐 묻고 싶었지만, 그럴 수가 없었다. 나는 손도 발도 입도 움직일 수 없었다.
곧이어 근심 가득한 맹주님의 목소리가 들렸다.
"송 노공, 황 대장의 상태는 어떻습니까? 벌써 사흘이 지났는데, 아직도 의식을 차리지 못하다니요."
"죄송합니다, 맹주님. 제 의술로도 더 이상 어찌 힘써볼 방도가 없습니다. 모용관의 독기(毒氣)가 피부는 물론 혈맥을 타고 오장육부 전체에 퍼졌습니다. 더욱이 문제인 것은 그 독기가 골수까지 침입하여 마땅한 치료 방법이 없다는 것입니다."
"안 됩니다, 송 노공. 황 대장만은 무슨 수를 써서라도 살려내야 합니다. 그는 넘볼 수 없는 산이라 여겨졌던 모용관을 참수한, 우리 무림맹의 영웅 중의 영웅입니다."
"소인도 그러고 싶지만……."
떨리는 음성으로 뒷말을 흐리는 송 노공 때문에 내 가슴이 아렸다. 나를 살려내지 못해 가장 속상하고 안타까운 사람이 바로 송 노공일 것이다.
"송 노공, 궁금한 것이 있는데……."
여주승도 함께 있는 모양이었다.
"황 대장은 죽은 것이오, 산 것이오?"

"승아! 무슨 막말을 하는 것이냐!"

맹주님의 질타에도 불구하고 여주승은 계속 말을 이었다.

"지금 무림맹의 명령 체계는 혼란에 빠져 있습니다. 맹주님의 명을 따르지 않고 황 대장의 회복을 기다리는 것이 말이 됩니까? 진양교의 잔당을 소탕해야 할 아주 중요한 시기에 말입니다. 황 대장이 계속 저런 상태라면, 차라리 그의 죽음을 선포하고 무림맹의 힘을 한곳으로 모아야 합니다."

"군사(軍師)님, 계속 듣자 하니 너무한 것 아닙니까! 우리 형님이 왜 저 지경이 되었는지 잊었습니까?"

"돌격대장, 이건 그것과 무관한 문제일세."

"대체 뭐가 무관합니까?"

두치가 발끈했지만 여주승의 말이 맞다. 진양교의 세력은 완전히 와해된 것이 아니다. 모용관의 추종 세력이 다시 뭉칠 수 없도록 철저히 토벌해야 했다.

"모두 그쳐라."

맹주님의 싸늘한 음성에 두치와 여주승 모두 입을 다물었다.

"방금 승이 네가 한 말은 못 들은 것으로 하겠다. 그리고 나는 황 대장이 깨어날 것이라 믿어 의심치 않는다. 대신, 황 대장이 깨어나기만을 기다리지 않고, 내 직접 진양교의 잔당을 토벌하는 데 앞장설 것이다."

"그렇다면 시간이 촉박하니 지금 당장 몸을 추스르고 일어서시지요."

"그전에 할 일이 있다. 송 노공, 황 대장의 얼굴을 가린 붕대를 풀어주세요."

"어인 일 때문이신지요?"

"무림맹의 위해 싸우다 다친 상처를 제가 한번 씻어주고 싶어요. 그게 아무런 도움도 주지 못한 맹주의 도리라고 생각합니다."

"무슨 뜻인지 잘 알겠습니다. 그러나 황 대장님의 상처는 보시지 않는 게 나을 것 같습니다. 감당하지 못할 수도 있습니다."

"무슨 소리를 하는 겁니까? 비록 아녀자의 몸이지만 무림맹의 수장으로서 수차례 전투에 참가했던 저예요. 맹주로서의 명이니 어서 붕대를 푸세요."

"맹주님의 뜻이 정 그러시다면……."

내 얼굴에 묶인 붕대를 푸는 모양이다. 촉감은 느낄 수 없었지만 감으로 알 수 있었다. 그리고 마침내 붕대가 모두 풀린 순간이었다.

"우욱~!"

갑자기 토악질을 하는 맹주님을 느낄 수 있었다.

송 노공은 재빨리 내 얼굴을 가리며 말했다.

"맹주님, 그래서 소인이 말리지 않았습니까?"

"소, 송 노공… 대체 이게 무슨 일입니까? 황 대장이 누군데… 내가 그 면전에 대고 헛구역질을 하다니… 아무리 상처가 끔찍해도 그렇지……."

"황 대장의 상처가 끔찍하기 때문이 아닙니다. 모용관의 독기는 극양(極陽)의 기운입니다. 음(陰)의 기운이 강한 여인들은 이를 감당할 수 없습니다."

"하, 하면… 모든 여인들이 황 대장의 얼굴조차 제대로 볼 수 없다는 뜻입니까?"

"상처를 가린다면 모를까, 맨 얼굴을 본다면 아마도 그럴 것이라 사료되옵니다."

"어찌 이런 변고가……."

"누, 누님, 괜찮으십니까. 시원한 바람을 쐴 수 있도록 어서 밖으로 나가시지요."

여주승이 맹주님을 부축하여 밖으로 나갔다. 곧이어 한숨 섞인 송 노공의 음성이 들렸다.

"황 대장님, 모용관 그놈이 아주 못된 저주를 걸고 떠났군요."

맞는 말이다. 아직 모용관과 나의 악연은 끝나지 않았다. 그러나 지금은 죽은 것도 아니요, 산 것도 아닌 처지에 얼굴이 문제던가?

송 노공은 엄청난 저주라며 속상해했지만 나는 아니다. 이것이야말로 모용관 그놈을 처리했음을 알려주는 영광의 상처였다. 놈이 남기고 떠난 독기를 이겨내고, 반드시 훌훌 털고 일어나 보이겠다는 의지를 다졌다.

며칠이나 흘렀을까.

갑자기 세상이 밝아졌다.

"황 대장님, 제 얼굴이 보이십니까?"

손바닥으로 내 눈꺼풀을 들어 올린 송 노공이 바싹 얼굴을 들이대며 대며 물었다.

보여, 송 노공! 의술에 정통한 그대는 내 정신이 멀쩡한 것을 알고 있겠지. 그렇지!

"에휴……."

땅이 꺼질 듯한 한숨을 내쉬며 고개를 가로젓는 송 노공의 모습에 내 희망은 무너졌다.

"이리도 기이한 일이 있나. 동공(瞳孔)의 움직임은 확실한데, 왜 의식이 없는 것인지……."

송 노공은 답답함을 금치 못했다. 그러나 나는 더 답답했다. 몸만 움직이지 못할 뿐, 정신은 온전함을 알리고 싶었지만 그럴 방도가 없었다.

그래도 뭔가가 보이니 한결 낫다.

매우 낯익은 풍경이다. 백토(白土)를 바른 천장과 고풍스런 칠을 한 방문을 보니 내 처소가 분명했다.

드르륵.

굳게 닫혀 있던 방문이 열리면서 두치가 들어섰다.

"혀, 형님! 드디어 눈을 뜨신 겁니까!"

나와 눈이 마주친 두치는 기쁨을 감추지 못했다. 물론 오래가지 못할 기쁨이었다. 천천히 고개를 가로젓는 송 노공의 모습에 두치는 참담한 심경을 감추지 못했다.

"형님, 대체 왜 이러고 계십니까? 천하제일이라던 모용관의 목을 땄던 형님 아닙니까. 제발 의식을 찾고 훌훌 일어나 주십시오, 형님~!"

통곡해 마지않는 그 마음 나도 잘 알고 있다. 그러나 나는 두치에게 위로의 말을 건넬 수도, 함께 울어줄 수도 없는 비참한 처지였다.

드르륵.

"송 노공, 황 대장의 용태는……!"

아무 생각 없이 문을 열던 여주승은 식겁해 마지않았다. 눈을 뜨고 있는 나와 정면으로 마주쳤기 때문이다. 뜻밖이라는 표정이 두치와는 사뭇 달랐다.

"황 대장……."

"아닙니다, 군사님. 황 대장님의 몸 상태를 점검하기 위해 제가 잠시 눈을 뜨게 한 것뿐입니다."

"그, 그렇군."

억지로 아쉬운 표정을 지어 보였지만 안도하는 기색이 분명했다. 내 의지로는 손가락 하나 움직일 수 없는 처지였지만, 감으로 느껴지는 능력은 더욱 강해졌다.

"하면 황 대장이 깨어날 기미는 아직도 없는 것인가?"

"송구스럽게도 그렇습니다."

"군사님, 뭔가 특단의 조치를 취해야 하지 않습니까?"

홀로 분을 삭이고 있던 두치가 여주승을 향해 목청을 높였다.

"무슨 조치를 말하는 것이지? 황 대장의 회복을 위해서 건통전에 있는 모든 의원이 매달려 있는 걸 모른단 말인가?"

"그거 말고 말입니다. 무림맹 창고에는 그 뭐시냐, 만년설삼(萬年雪蔘)이나 공청석유(空淸石乳), 대환단(大還丹) 같은 엄청난 영약들이 보관되어 있지 않습니까? 바로 그것을 쓰자는 말입니다. 맹주님께서도 형님이 의식을 회복하는 데 그 어떠한 지원도 아끼지 말라고 명하시지 않았습니까?"

"어허, 그것들은 맹주님도 손을 대지 못하는 것이다. 이미 주인이 정해져 있는 물건들이란 말이다."

"우와, 미치겠네? 그런 법이 어디 있습니까? 진양교의 비밀 창고에 숨겨져 있던 그 영약들을 얻은 게 누구 덕분인데 함부로 남을 준다는 말입니까?"

"남이 아니다. 본 맹이 진양교와 결전을 벌이는 데 있어 커다란 도움을 주신 분들께 진상할 물건들이란 말이다."

"그냥 미안하다고 하고 주지 마십시오. 아니면 다른 것으로 대신하면 되지 않습니까? 제가 이번에 받은 땅과 금은보화를 모두 내놓겠습니다. 그것으로 땜하면 되지 않습니까?"

"지금 제정신으로 하는 말인가? 이는 본 맹의 신뢰와도 관계된 사항이다. 우리의 처지가 급하다 하여 함부로 약속을 깰 수 있겠는가?"

"세상에는 어쩔 수 없는 일이라는 게 있지 않습니까?"

"그랬다가는 황 대장의 신뢰 또한 저버리게 된다. 그 약조를 했던 사람이 바로 황 대장이란 말이다."

점점 믿음이 가지 않는 여주승이었지만 거짓말은 하지 않았다. 무림맹의 지원 세력들과 그 약속을 했던 사람은 바로 나다. 이쯤 되면 영약에 대한 미련을 떨칠 만도 하건만, 두치는 그러지 못했다.

"군사님, 정말 이러깁니까?"

자리에서 일어선 두치가 인상을 쓰며 여주승을 노려보았다. 가슴팍까지 풀어 헤치는 것이 한판 붙어보자는 행위와 진배없었다.

"내가 뭘 그리 잘못했기에 도발을 거는 것이지?"

"제발 그 좋은 머리 좀 굴려보란 말입니다. 군사님이라면 그 영약들을 형님에게 줄 수 있는 묘안을 찾아낼 수 있을 것 아닙니까."

이에 여주승은 두치의 헝클어진 옷깃을 여며주며 입을 열었다.

"좀 전에 자네가 말했지. 이 세상에는 어쩔 수 없는 일이 있다고 말이야. 황 대장이 그런 경우라 생각하면 어떻겠나? 그리고 걱정이 되어 하는 말인데, 영약에 대한 미련은 접게. 만약 약재 창고에 함부로 손을 댔다가는 진양교 타도의 일등 공신인 그대라도 참수를 면치 못할 것이야."

여주승은 단정해진 두치의 앞섶을 톡톡 치며 한 걸음 물러섰다. 흡족한 듯한 여주승의 표정을 보자 두치의 화가 폭발하고 말았다.

"이런… 염병!"

쿠앙!

차마 여주승을 때리진 못했다. 애먼 탁자를 박살 낸 두치는 씩씩거리며 밖으로 나갔다. 그래도 성이 차지 않는지 내 처소를 벗어나는 내내 무언가 부서지는 소리는 계속 들려왔다.

주위가 조용해지자 여주승이 송 노공에게 말했다.

"황 대장의 몸에 변화가 생기면 즉각 기별을 주게나."

"여부가 있겠습니까, 군사님."

"그리고 두치 대장에게 잘 일러두게. 쓸데없는 행동으로 무림맹의 기강을 해치지 않도록 말이야. 송 노공 그대와 두치 대장의 사이는 각별하지 않은가."

"너무 심려 마십시오. 황 대장님이 저런 상태라 마음을 잡지 못하는 것뿐입니다. 자기 목이 달아날 정도의 우둔한 짓은 하지 않습니다."

"자네가 그렇다면 믿어도 되겠지. 그리고 송 노공에게 확실히 약속하건대, 황 대장이 의식을 회복하는 데 있어 물심양면의 지원을 아끼지 않을 것이야. 물론 두치 대장이 언급했던 영약은 빼고 말이야. 이를 제외하고는 그 어떤 약재를 써도 좋네."

"감사합니다, 군사님."

여주승은 약속을 지켰다. 건통전 약재 창고를 털어 내가 의식을 회복하는 데 전적으로 사용하도록 명했다.

그러나 나에게는 백약이 무효였다.

송 노공이 그 어떤 처방을 내려도 호전될 기미조차 보이지 않았던 것이다. 송 노공은 자신이 병을 얻어 쓰러질 정도였고, 두치는 술에 취해 찾아오는 날이 잦아졌다.

그렇게 한 달이 지나자 나 역시 지치기 시작했다. 이런 상태로 평생을 지내야 하는가. 끔찍한 상념 때문에 점점 희망을 잃어가던 어느 날이었다.

"흐흐흐, 형님, 눈을 떠보십시오."

술에 취한 두치가 내 눈꺼풀을 들어 올렸다. 만취한 상태로 찾아와 괜한 넋두리를 늘어놓는 게 한두 번 있는 일도 아니었지만, 오늘은 왠지 분위기부터 달랐다.

그렁그렁한 눈으로 바라는 것도 그렇고, 두치의 몰골 또한 가관이었다. 어디서 불장난을 하고 왔는지 얼굴 곳곳에 숯검정이 묻어 있었다.

"형님, 이게 뭔지 아십니까?"

두치의 손에는 사기그릇이 들려 있었다.

"요것이 말입니다, 만년설삼과 공청석유, 대환단을 한꺼번에 넣고 푹 고아 삶은 탕약입니다."

두, 두치야…….

네가 결국 해서는 안 될 짓을 벌이고 말았구나!

가슴이 미어져 미칠 지경이었다.

"그 귀하다는 약재만을 넣고 삶았으니 영약 중의 영약 아니겠습니까? 이것을 드시면 형님도 벌떡 일어나실 수 있을 겁니다. 흐흐흐, 흐흐흐흐……."

두치는 한 숟갈씩 탕약을 떠서 내 입에 넣어주었다. 고마움

보다는 원망이 앞섰다.

왜 이런 멍청한 짓을 했단 말이냐. 무림맹의 규약은 국법보다도 더 엄했다. 극소수만의 접근이 허락된 본채의 약재 창고를 털었으니 아무리 일등공신이 두치라도 참수를 면키 어려웠다.

"매우 귀한 것이니 한 방울도 남기지 않고 모두 드셔야 합니다."

두치야! 이럴 시간이 없다.

어서 달아나야 한다. 달아나야 해!

그래야만 네 목숨을 보전할 수 있다. 너를 희생하여 내가 살아난다면 그게 무슨 소용이란 말이더냐!

"어이구, 이 아까운 걸 흘리면 안 되지요."

두치는 입 밖으로 흐르는 탕약 줄기까지 정성스레 입속으로 넣어주었다. 그럴수록 내 속이 탔다. 두치가 한시라도 빨리 이곳을 벗어나야 살아날 수 있는 가능성 또한 높아지기 때문이었는데, 그때였다.

요란한 발소리가 들리는가 싶더니 이내 방문이 열렸다.

드르륵!

"역시나 이곳에 있었구나!"

여주승이었다. 그는 얼굴 전체가 붉게 상기될 정도로 흥분해 있었다.

"말하라! 약재 창고에서 훔친 영약들은 어찌하였느냐!"

"보면 모르슈? 이렇게 푹 우려내서 형님에게 드리고 있지 않습니까? 영약들이라 그런지 아주 진국입니다."

"뭐, 뭐라? 그 영약들을 한꺼번에 넣고 삶았단 말이더냐? 이런~ 미친!"

여주승은 속이 터져 죽으려 했다. 그도 그럴 것이, 모든 영약에는 그 성질이란 게 있었다. 양의 기운을 띠는지 음의 기운을 띠는지, 이를 무시하고 함께 썼다가는 그 효용이 모두 중화되어 사라지는 것이다. 나 또한 그 사실을 알고 있었기에 더욱 가슴이 먹먹했던 것이다.

"뭣들 하는 것이냐? 어서, 저 죄인을 끌어내라!"

"존명!"

여주승의 명을 받은 경비무사들이 달려드는 순간이다.

"멈춰라!"

두치의 일갈에 경비무사들이 흠칫하고 말았다. 천소산 시절부터 상관으로 모셨던 두치를 체포하려니 그들로서도 참으로 난감한 상황이었다.

이에 두치는 부탁하는 어조로 말했다.

"형님께 이 탕약을 모두 먹이면 나 스스로 걸어나갈 것이다. 그때까지만 참아주었으면 한다."

나를 생각하는 두치의 마음은 그들에게도 전해졌다. 곧추쥐었던 무기를 내린 경비무사들은 제발 그렇게 해달라는 표정으로 여주승을 바라보았다.

"본 맹의 지엄한 규약을 잊었느냐? 사사로운 정에 얽매이지 말고 지금 당장 저놈을……!"

극도로 흥분한 여주승의 소매를 잡는 손길이 있었다.
"군사님……."
송 노공이었다. 그는 애틋한 눈길로 여주승을 바라보았다.
무슨 의미인지는 뻔했다. 천하의 영약들을 못 쓰게 된 것은 참으로 애석한 일이다. 그러나 이미 엎질러진 일 아닌가, 큰 죗값을 치를 두치의 소원이라도 풀어주자는 것이다.
연신 눈가에 경련을 일으키던 여주승이 입을 열었다.
"이래서야 어찌 무림맹의 기강이 바로 서겠는가! 이놈이나 저놈이나 모두 정에 끌려서는……."
끝까지 매정하지 못한 것은 여주승도 마찬가지였다. 뒷말을 흐린 여주승은 그대로 자리를 박차고 나갔다.
이에 송 노공이 두치에게 손짓했다. 하고 싶은 대로 하라는 의미였다.
두치는 한 방울도 남기지 않고 탕약을 나에게 먹였다. 그리고는 약속대로 몸을 일으켜 걸었다.
활짝 열려 있는 방문을 나서기 직전, 두치가 나를 향해 돌아보았다.
"형님, 반드시 쾌차하셔야 합니다. 저는 믿습니다."
주르르 눈물 흘리며 바라보던 모습이 마지막이었다.
날이 밝은 다음날,
내 처소에 배치된 경비무사들이 소곤거리는 소리를 들었다.
동이 트자마자 두치는 참수를 당하고 말았다.
대성통곡을 하고 싶어도 그럴 수 없는 처지였다. 심장이 뻥

뚫린 듯 멍해 있던 것도 잠시, 차라리 죽고 싶었다.

내가 먼저 죽었다면 두치는 살아 있을 것이고, 송 노공 또한 병석에 눕지도 않았을 것이다.

죽는 것만이 이 기구한 처지에서 벗어나는 것이다. 그러면 저승에서 두치를 만나 고맙다는 말이라도 전할 수 있을 것 아닌가!

그러나 나는 마음대로 죽지도 못했다.

억지로 연명하면서 듣게 되는 소식은 더욱 가슴 아픈 것이었다. 두치의 일이 세상 밖으로 퍼져 나갔다. 두치의 의리있는 희생이 인정받은 게 아니었다.

세상 사람들은 '두치우행(頭治愚行)', '두치의 탕약'이라 하여, 근시안(近視眼)적인 생각 때문에 매우 중요한 일을 망치는 사례(事例)로 예를 들었다.

내 모든 걸 주어도 아깝지 않은 두치가 세상의 놀림감으로 전락하고 말았다.

참을 수 없는 살심이 솟았다.

내 다시 일어설 수 있게 된다면 세상을 향해 뛰쳐나갈 것이다. 그리고는 두치에 대해 허언(虛言)을 일삼는 놈들은 모조리 참수할 것이라 다짐했다.

세상에 대한 적의를 불태울수록 내 몸은 더욱 쇠약해졌다.

타고난 근골(筋骨), 무공을 배우기 위해 하늘이 점지해 준 신체라 하여 모든 이의 부러움을 샀던 몸이 뼈만 앙상하게 남은 강시와 진배없게 변했다.

내 의지로는 아무것도 할 수 없는 세상, 하루 빨리 두치가 있는 저승으로 가는 것 또한 내가 원했던 바가 아니던가.

두치, 그놈······.

참으로 소탈하면서도 대범한 성격이었다.

지금쯤 염라대왕을 형님, 형님 하며 의형제를 맺었을지도 모를 일이었다. 살아야 한다는 의욕보다 죽음에 대한 애착이 점점 강해지던 시기였다.

"황 대장님, 이 초라한 몰골이 대체 뭡니까? 불굴의 상징인 황 대장님답게 어서 기운을 차리셔야지요."

어느 야심한 밤, 송 노공이 나를 찾아왔다. 병색이 완연한 얼굴에도 인자한 미소는 여전했다. 그러나 삶의 의욕을 완전히 상실한 나였기에 송 노공의 말도 더 이상 위로가 되지 않았다.

"자, 이것을 드시고 얼른 기력을 차리십시오."

송 노공은 조심스레 내 입 속으로 탕약을 흘려보냈다. 그 불편한 몸에도 탕약을 달여준 정성은 고맙지만, 나는 더 이상 송 노공, 아니, 송 노공이 처방한 약을 믿지 않았다. 정말 골백번도 넘게 송 노공이 만든 탕약을 먹었지만 아무런 효과도 없었다.

얼음처럼 차가운 빛을 띠는 탕약은 내 입속으로 넘어가는 것보다 입 밖으로 흐르는 것이 더 많았다. 내 의지로 거부하는 건 아니다. 쇠약해질 대로 쇠약해진 신체인지라 물 같은 것도 제대로 넘길 수 없는 지경에까지 이른 것이다.

송 노공은 나직이 한숨을 지었다. 그리고는 다시 한 술 떠서는 내 입에 넣어주며 귓속말로 속삭였다.
 "황 대장님, 몸이 따르지 않으면 마음으로라도 드셔야 합니다, 그래야 두치 대장의 희생이 결실을 맺을 수 있습니다."
 무슨 의미인지 도통 짐작이 가지 않았다.
 "두치 대장은 근시안적인 생각 때문에 중요한 일을 그르칠 사람이 아닙니다. 그 똑똑하다는 여주승을 속여 넘긴 유일한 인물일 것입니다."
 서, 설마……
 "어서 드십시오. 이것은 만년설삼을 열흘 동안 해동시키고 보름 동안 달인 탕약입니다. 극한(極寒)과 음의 기운을 띠고 있기에 모용관의 독기를 어느 정도 중화시킬 수 있을 겁니다. 그 다음에는 대환단과 공청석유로 기력을 회복하고, 극양(極陽)의 기운을 가진 만년지극혈보를 복용할 겁니다. 극양의 기운을 쓰는 것은 이열치열이라고 할까요. 백약이 무효인 상황인지라 극단의 처방을 쓰는 것이지요."
 송 노공의 설명이 귀에 들어올 리 없었다.
 두치의 마지막 모습이 떠올라 미칠 지경이었다. 자신의 목숨을 바친 것도 모자라, 이 세상의 놀림까지 되는 수모까지 감내한 것이다.
 "그리고 군사님을 너무 원망하진 마십시오."
 순간, 피가 거꾸로 솟는 느낌이었다. 물론 이성적으로 생각하면 그럴 수도 있다. 여주승은 무림맹의 규범대로 처리한 것이니 말이다. 그러나 두치의 공적을 고려하면 과한 면도 없지는 않았다.

새로운 무림맹의 전신은 천소산 결사대, 바로 두치가 결성한 단체가 그 원천이라 할 수 있었다. 내가 깨어나면 어떤 식으로든 여주승과 결판을 낼 생각이었는데…….

"두치 대장이 손을 댄 것은 영약들만이 아닙니다. 바로 이것……."

송 노공은 낡은 책 한 권을 꺼내 보였다. 책 제목이 없기에 어떤 내용인지는 알 수 없었다.

"바로 극양심법(極陽心法)의 귀결이 적혀 있는 비급입니다."

극양심법!

모용관이 익힌 내공이었다.

진양교의 비밀 창고 어딘가에 숨겨져 있을 것이란 소문은 있었지만, 실제로 존재할 줄은 몰랐다. 여주승이 찾아서 숨겨 놓을 것을 두치가 손댄 모양이었다.

"극양의 기운을 다룰 수 있다면 모용관의 독기도 이겨낼 수 있을 겁니다. 물론 이것은 황 대장님이 몸만 움직이지 못할 뿐, 의식은 깨어 있다는 가정하에 가능한 일이겠지요. 제 의학적 소견으로도 채 일 할이 안 되는 확률이지만, 마지막으로 황 대장님과 함께 모험을 걸어보겠습니다. 저는 포기하지 않을 테니 황 대장님도 절대 포기하지 마십시오. 우리가 함께하여 못 해낸 일이 있었습니까?"

송 노공은 내가 위기에 처할 때마다 큰 도움을 주었고, 이번에도 역시 마찬가지였다.

"탕약을 모두 드셨으니 이제 극양심법의 첫 장을 넘겨보겠습니다. 모용관을 꺾고 무림지존의 위치에 오르신 분이니 쉽게 이해하리라 믿습니다."

촤르르.

이렇게 송 노공과 나의 비밀스런 모험은 시작되었다.

둘이 함께 불타는 무림맹을 두 번이나 탈출했고, 기나긴 방랑도 함께했고, 열 명 남짓한 천소산 결사대를 지금의 위치까지 키워왔다.

모용관의 극양심법은 예상보다 난해했지만, 송 노공의 믿음을 저버릴 순 없었다. 이는 두치의 믿음도 함께였기 때문이다.

계절이 바뀌어 겨울이 찾아왔다.

영약의 복용은 모두 끝마쳤고, 극양심법은 절반 정도를 이해했다. 깡말랐던 몸은 예전의 상태를 회복했고, 무엇보다 중요한 것은 삶에 대한 희망이 생겼다는 것이다.

"콜록콜록… 오늘은 이만 하겠습니다."

송 노공은 눈이 오나 비가 오나 하루도 거르지 않고 나를 찾아왔다. 그가 떠난 조용한 시간이면 극양심법의 오의(奧義)를 찾으려 노력했다.

아무것도 할 수 없는 육신이 오히려 도움이 되었다.

달마 대사도 구 년간의 면벽좌선(面壁坐禪)하고 나서야 도를 깨달았다 하지 않은가? 나는 그보다 훨씬 괜찮은 조건(?)을 가지고 있었다.

한없이 무료했던 나날은 수련을 위한 귀중한 시간으로 바뀌었다. 그리고 뭔가에 집중하자 시간 또한 빠르게 흘러갔다.

유난히 추웠다는 겨울이 지나고 따스한 봄이 찾아왔을 때, 나는 극양심법의 오의를 완벽히 터득할 수 있었다.

하늘을 날아갈 듯한 기분이었다.

그러나 기분만 좋을 뿐이었다.

극양심법을 완전히 터득했건만 내 몸의 변화는 없었다. 내 의지로는 손끝 하나 움직일 수 없는 상태는 계속되었다.

기쁨이 컸던 만큼 실망 또한 컸다.

극양심법을 내 것으로 만들면 곧바로 자리를 박차고 일어설 줄 알았는데…….

"황 대장님, 왜 이리 기운이 없으십니까……."

내 마음을 알아주는 건 송 노공뿐이었다. 그러나 기운이 없기는 송 노공도 마찬가지였다. 극단의 처방까지 쓴 상황인지라 더 이상 어찌해 볼 도리가 없는 것이다.

"황 대장님과의 마지막 모험은 결국 실패인가요. 저는 아니라고 믿고 싶습니다. 황 대장님은 분명 쾌차하실 겁니다. 제 의술이 모자랄 따름이지요. 마지막으로 이 극양심법의 귀결을 잘 보십시오. 너무 위험한 물건인지라 몰래 숨기는 것도 한계가 있습니다."

촤르륵, 촤르륵, 촤르륵…….

송 노공은 천천히 극양심법의 책장을 넘겼다. 장과 장 사이에 꽤나 시간을 두었지만 쓸데없는 배려였다. 나는 이미 극양심법의 모든 귀결을 외우고 있었다.
"이제 이 위험한 물건은 이 세상과 하직해야 합니다."
송 노공은 극양심법을 한 장 한 장 찢어 불태웠다. 깨끗이 다 타버린 재를 창문을 열고 훌훌 날려 버린 다음, 나에게 돌아왔다.
"얼굴 상처를 치료해 드리겠습니다."
인상을 찌푸리는 송 노공을 통해 알 수 있듯, 모용관에게 당한 상처는 쉽게 아물지 않았다.
"허허, 모용관의 독기가 정말 대단하군요. 그 일이 있은 지 벌써 반년이 지났는데 말입니다. 어서 이 상처가 나아야 우리 황 대장님이 장가를 가실 수 있을 텐데……."
쓸데없고도 너무나 앞선 걱정이었다. 나에겐 이 기구한 처지에서 벗어나는 것이 가장 시급한 문제였다. 혼사(婚事)니 뭐니 그 밖의 일은 생각하고 싶지도 않았다.
송 노공은 정성스레 붕대를 갈아준 다음 입을 열었다.
"황 대장님, 만약 이 상태에서 깨어나시게 되면 강호를 떠나십시오. 황 대장님은 외부의 적에 대해서는 그 누구보다 잘 싸우실 수 있는 분입니다. 그러나 진양교가 무너진 지금은 내부에서 불거지는 알력 싸움만이 존재할 뿐이지요. 그 더러운 싸움에 휘말리지 말고 미련없이 무림맹을 떠나는 겁니다. 고향을 떠나온 지도 꽤나 되셨지요?"
추호도 그럴 마음이 없었다. 두치의 일도 그렇고, 여주승과는 반드시 결판을 지을 생각이었다.

"고향으로 돌아가시면 장가부터 드셔야 하는데, 이놈의 상처가 문제군요. 그러나 너무 염려하지는 마십시오. 짚신도 짝이 있다고 하지 않습니까. 모용관의 독기가 맥을 못 추는 천생배필을 꼭 만나실 수 있을 겁니다. 황 대장님이 아들딸 낳고 행복하게 사시는 모습을 보고 싶었는데… 그러지 못하고 먼저 떠나야 할 것 같습니다. 황 대장님, 그동안… 즐거웠… 습니다……."

점점 고개가 숙여지던 송 노공은 더 이상 움직임이 없었다. 순간적으로 불길한 생각이 나를 사로잡았다.

송 노공……?

송 노공! 송 노공~!

밖에 아무도 없느냐! 송 노공의 상태가 이상하다! 정말 아무도 없는 것이냐!

송 노공, 송 노공! 제발 눈을 뜨시오! 송 노공마저 나를 버리고 먼저 가는 겁니까? 송 노공~!

부슬부슬 비가 내리는 무림맹.

송 노공의 장례는 성대하게 치러졌다.

진양교의 잔당을 소탕하기 위해 전국 지부를 순회 중인 맹주님과 십팔장로, 백인대장 이상의 거의 모든 간부들이 빠짐없이 참석했다. 무림맹과 연관있는 무림 인사는 물론 일반인의 숫자도 꽤 되었다. 틈날 때마다 송 노공이 의술 선정을 베푼 덕분이었다.

송 노공, 그는 나에게 정신적인 지주였으며, 무림 안팎으로 존중받는 몇 안 되는 인물이었다.

송 노공의 장례엔 나도 참석했다.

송 노공이 가는 길에 어찌 내가 빠질 수 있느냐는 맹주님의 배려 덕분이었다.

장례가 시작되기도 전에 서럽게 우는 사람들이 많았다. 천소산 때부터 함께했던 수하들이다. 송 노공의 죽음은 천소산 시대가 막을 내렸다는 의미이기도 했다.

나는 살아도 산 것이 아닌 목숨이요, 두치는 비참하게 참수를 당했다. 이제 송 노공마저 세상을 뜨고 말았으니 천소산 시절의 대원들은 그 중심점을 완전히 잃었다.

그들이 서럽게, 아주 서럽게 우는 이유는 또 있었다. 무림맹의 규범을 어기고 참수당한 두치는 장례조차 제대로 치르지 못했다. 그 설움까지 보태진 것이다. 맹주님도 울고 십팔장로도 울고, 가식적인 눈물인지는 모르겠지만 여주승도 울었다.

송 노공의 장례식에서 나만 울지 못했다.

공허한 나날의 연속이었다.

송 노공을 잃고, 나는 정신적으로 무너졌다.

삶에 대한 애착이 없었다. 송 노공, 두치와 함께했던 행복한 추억만 떠올리며 멍하니 하루하루를 보내던 어느 날이었다.

스르륵.

내 눈을 뜨게 하는 손길이 있었다.

당찬 체구에 긴장한 기색이 역력한 사내놈인데, 내 눈을 바라보며 주섬주섬 뒤로 물러섰다. 내가 잘 볼 수 있게 자리를 잡는 것이다.

 얼추 됐다고 판단한 그는 서둘러 옷매무새를 추슬렀다. 그리고는 꾸벅 허리를 숙여 인사하며 입을 열었다.

 "안녕하십니까요, 황 대장님. 소인의 이름은 개똥, 아니, 소똥이라 하옵니다. 헤헤, 원래는 개똥이였는데, 큰맘 먹고 소똥으로 바꾸었습니다. 사내대장부의 이름이 개똥이 뭡니까? 소똥 정도는 되어야지요."

 그는 뒷머리를 긁적이며 말했다. 한데, 개똥이나 소똥이나 똥은 똥 아니던가? 그보다 내 처소에는 무슨 일로 찾아온 것이지?

 "소인은 건통전에서 잡일을 하던 놈이온데 오늘부터 황 대장님을 간병하는 중책을 맡게 되었습니다."

 건통전 소속의 의원도 아니고 잡일을 보던 하인이 내 간병을? 내 신세가 이 정도로 전락했던 말인가? 여주승의 농간인가 의심했는데 아니었다.

 "소인도 처음에는 제 귀를 의심했습니다. 송 노공 어르신께서 돌아가시기 얼마 전, 갑자기 저를 부르시더니 이런 중책을 맡기시는 것 아니겠습니까? 건통전에는 내로라하는 의원님들 천지인데 말입니다."

 송 노공이? 왜……?

 "왜 저일까? 곰곰이 생각했는데… 진짜 모르겠습니다요. 어쨌든 무적신검 황 대장님을 모시게 되어 영광입니다. 이 목숨 다 바쳐 황 대장님을 간병하겠습니다. 참, 송 노공 어르신께서 특별히 부탁한 것은 한 가지였습니다. 산송장…… 으아악! 죄송합니다. 정말 죄송합니다."

소똥이는 연신 고개를 숙이며 사과했다. 죽을죄를 지었다는 표정인데, 그게 무슨 대수란 말인가? 대놓고 말하지 못할 뿐, 친한 사이끼리 모이면 모두 그렇게 부르고 있었다.

"정말 죄송합니다요. 다시는, 결단코 이런 실수가 없을 겁니다. 어쨌든 송 노공 어르신께서 당부하신 사항을 말씀드리면, 황 대장님을 의식이 없는 환자가 아닌, 정신은 온전한데 이를 표현하지 못하는 상태라 여기라는 것이었습니다. 첫 소개는 이쯤 하고 얼굴의 붕대부터 갈아드리겠습니다."

붕대 가는 일은 금방이었다. 그리고는 소똥이의 대책없는 수다가 시작되었다. 자신이 살아온 과정과 그가 만났던 주변 사람들 이야기 등을 끊임없이 늘어놓았다.

나는 관심을 두지 않았다.

나만의 세계인 추억 속에 빠져 살았다.

그런 날들이 며칠 지나자 변화가 생겼다. 소똥이의 수다를 기다리게 된 것이다.

"아무리 생각해도 의원이 돈벌이가 되겠다 싶었지요. 그런데 자기 자식이나 친인척 아니면 누가 의술을 가르쳐 주겠습니까? 그러다 소문을 들었는데, 무림맹인가에 들어오면 공짜로 의술을 배울 수 있다고 하지 않습니까?"

진양교와의 결전 때문에 모든 부분에서 손이 부족한 시절이었다.

"칼 맞고 죽을 수도 있다고 주변에서 말렸지만 결정했습니다. 사내대장부로 태어나 죽음 따위를 두려워하면 무슨 일을 할 수 있겠습니까? 곧바로 무림맹에 들어와 건통전에 배속되었습니다. 다행히 칼 맞고 죽지는 않았는데, 커다란 문제가 생겼습니다."

소똥이가 잠시 말을 끊었다. 멀쩡한 사람에게 말하듯 호기심을 극대화하려는 것이다.

"아, 글쎄, 저에게는 의술에 대한 재능이 없었지 뭡니까. 재능이 없는 정도가 아니라, 생사람 잡을 놈이라면 몇 번이나 건통전에게 쫓겨날 뻔했지요. 그때마다 싹싹 빌어서 위기를 넘기곤 했는데요, 그런 제가 황 대장님을 간병하는 중책을 맡게 된 것 아니겠습니까? 당연히 건통전이 발칵 뒤집혔지요. 뭔가 대단한 착오가 있을 것이다, 의원님들이 단체로 송 노공 어르신을 찾아갔지만 소용없었습니다. 소인은 지금도 말입니다, 송 노공 어르신께서 왜 저 같은 놈에게 이런 중책을 맡기셨는지 여전히 모르겠습니다."

소똥이는 불가사의한 일을 경험한 것처럼 고개를 가로저었다. 아무리 생각해도 모르겠다는 의미였다.

그러나 나는 확실히 알 것 같다.

소똥이의 소탈하면서도 우직한 성격, 꼭 두치를 보는 느낌이었다. 송 노공은 내 육신이 아닌, 마음의 상처를 치유해 줄 간병인을 선택한 것이었다.

"날이 저물었으니 소인은 이만 물러가겠습니다. 내일은 말이지요, 제 첫사랑에 대해 말씀드리겠습니다. 나름 애절하고 가슴 아픈 사연이라 기대하셔도 좋습니다."

소똥이가 사라지면 극양심법의 귀결을 떠올렸다.

대체 무엇이 잘못되었을까?

'심법(心法)'이라는 것 자체가 난해하기 이를 데 없는 무공이었다. 그러나 그 심법에 담겨진 오의를 이해하고 내 것으로 만들면 내 마음이 움직이는 대로 몸이 따라오는 경지에 이르게 되는 것이다.

몇 번이나 거듭하여 귀결을 되뇌었지만 실수는 없었다. 나는 극양심법의 오의는 완벽하게 터득했다. 그러나 내 마음의 의지가 육신으로 전달되지 않는 것이 결정적인 문제였다.

'왜일까?'라는 생각은 가질 필요가 없었다.

어떻게 해서든 마음과 육신이 통하게 만들어야 했다. 매우 위험한 발상이지만 그 방법이 없지는 않았다. 극양심법의 정해진 귀결에 얽매이지 않고 새로운 시도, 내가 기존에 익히고 있던 황가심법(黃家心法)과 접목시키는 모험을 하는 것이었다.

무공에 대해 조금 안다고 하는 사람이 들으면 미쳤다고 난리를 칠 것이다. 심법은 위험한 외줄타기와도 같았다. 까딱 그 귀결에서 벗어나면 주화입마(走火入魔)에 빠지기 때문이다.

이판사판의 심정으로 이를 결정한 건 아니다. 나에게는 손해 볼 게 없는 모험이었다. 극양심법을 완벽히 터득했는데도 몸이 따라주지 않는다? 그렇다면 주화입마에 빠져도 내 육신엔 별다른 이상을 주지 못한다는 결론에 도달한 것이다.

송 노공도 말했듯, 끝까지 포기하지는 않는, 독종 중의 독종이 바로 나였기에 모용관을 꺾고 무림지존의 위치까지 오를 수 있었던 것이다.

그 다음날,

소똥이는 약속대로 첫사랑 이야기를 들려주었다.

그의 장담대로 나름 애절함이 느껴지기도 했다. 한데 이놈은 첫사랑으로 끝난 게 아니다? 두 번째 사랑, 세 번째 사랑, 네 번째 사랑…….

하루에 한 가지씩 이야기해 주는데, 계절이 바뀌어도 끝날 기미가 보이지 않았다. 한마디로, 주변에 있던 모든 여자에게 전부 찝쩍거렸다는 소리이다.

내가 마음과 육신을 통하게 하는 방법을 찾는 게 빠를지, 소똥이의 사랑 이야기가 먼저 끝날지 내 속에서 내기가 붙었다. 그만큼 마음이 평온해졌다는 증거였다.

극양심법과 황가심법을 결합시키는 과정이 순탄치 않았어도 초조함이나 절망감에 빠지지는 않았다.

그렇게 산송장처럼 지낸 지도 어언 일 년이 다 되어갈 무렵, 무림맹에서 나를 대우하는 태도가 확연히 달라졌다.

"하이고, 무사님? 여기서 또 어디로 옮기란 말씀입니까?"

소똥이가 내 침상을 옮기려는 경비무사를 막아섰다. 두 달 전 총대장 신분의 처소에서 쫓겨난 나는, 건통전의 별실을 잠시 거처 하급 무사들의 숙소 한 칸을 빌려 쓰고 있는 처지였다.

"이곳은 곧바로 전쟁에 참가할 수 있는 무사들을 위한 숙소다. 이에 합당하지 않는 자는 모두 내치라는 상부의 명령이다."

"하, 하지만 이분이 누구신지는 무사님들도 잘 알고 계시지 않습니까?"

"그 누구도 열외는 있을 수 없다는 지엄하신 분부가 계셨느니라. 방해하지 말고 썩 비켜나라."

"무사님! 무사님!"

소똥이가 몸을 던져 저지했지만 소용없었다. 결국 나는 볕조차 제대로 들지 않는 허름한 창고로 옮겨졌다.

여주승은 왜 이러한 결정을 내린 것일까?

그는 무림맹에서 내 존재 자체를 없애고 싶어했다. 그래야 무림맹이 온전히 자경 부인의 손으로 넘어올 수 있었고, 이를 위해서 본격적으로 칼을 빼어 든 것이다.

맹주님에 대한 원망은 없었다. 이러한 일을 맹주님이 허락할 리 만무했다. 진양교의 잔당들을 처리하기 위해 다시 하남으로 떠난 맹주님을 기다리면 되는 것이다.

그러나 맹주님의 귀환 시기는 점점 늦춰졌고, 나에 대한 냉대는 더욱 심해졌다.

"마, 말도 안 됩니다! 약재를 주지 못하겠다니요? 이번만큼은 절대 양보 못하겠습니다."

"양보?"

경비무사는 어이없다는 표정을 지었다.

"네놈 따위가 양보라는 말을 할 수 있는 신분이더냐?"

"송 노공 어르신께 확실히 들었습니다. 황 대장님의 회복을 위한 약재는 어떤 것을 써도 좋다고요. 이는 군사님께서 직접 약속하신 사항이라 하셨습니다."

"이노옴~ 그 입 다물라! 네놈 따위가 어찌 군사님을 함부로 입에 올릴 수 있단 말이냐!"

"그러니까 약속을 지켜달란 말입니다. 여기, 여기, 송 노공 어르신의 처방전에 적혀 있는 약재를 달란 말입니다요."

"이놈이 자기 주제도 모르고……."

퍽, 퍽, 퍽, 퍽!

무지막지한 폭력이 시작되었다. 경비무사가 연신 주먹을 휘둘렀지만 소똥이는 굴하지 않고 대들었다.

"제발 약재를 달란 말입니다!"

"이놈의 새끼가 진짜 죽고 싶은 모양이구나!"

푸악! 푸악~!

폭력의 강도는 더욱 거세졌다. 아무리 하급 무사라도 무림인은 무림인. 감정을 실은 주먹과 발길질을 감당하지 못하고 소똥이는 쓰러졌다.

"크윽, 야… 약재……."

붉은 선혈을 쏟아내며 소똥이는 경비무사의 바짓가랑이를 붙잡고 매달렸다.

부질없다고 말리고 싶었다. 반항을 할수록 자신의 몸만 축나는 것이다. 그러나 소똥이는 두치만큼이나 우직한 면이 있었다.

"약재… 약재를 주십시오……."

"이 미친 새끼가……!"

소똥이는 초주검이 될 정도로 흠씬 얻어맞았다. 뒤늦게 달려온 건통전 동료들에게 실려 나갔는데, 삼 일이 지나도록 모습을 나타내지 않았다. 혹시나 잘못된 것이 아닌가 하는 초조함에 잠 못 드는 밤이었다.

"황 대장님, 오래 기다리셨지요?"

소똥이다!

조심스레 내 눈꺼풀을 들어 올린 소똥이는 어색한 웃음을 지어 보였다. 뚱뚱 부은 얼굴이었고, 입가에는 피딱지도 가라앉지 않은 상태였다.

"약재를 구하느라 조금 늦었습니다. 서둘러 얼굴의 상처를 돌봐드리겠습니다."

소똥이의 내 얼굴의 붕대를 풀기 시작했다. 그런데 탕약 그릇에 담긴 약재를 어디서 구했단 말인가? 나에게 주어지던 약재는 모두 금지당한 상태였다.

서, 설마!

치 떨리는 불안감이 몰려드는 순간이었다.

털컹!

창고 문이 열리면서 경비무사들이 들이닥쳤다.

"소똥이, 네 이놈! 감히 약재 창고에 손을 대다니, 네놈이 진짜 죽고 싶어 환장을 했구나! 뭣들 하느냐? 당장 저놈을 끌어내어 참수하여라!"

"자, 잠시만 기다려 주십시오. 황 대장님의 붕대만 갈아드리고 제 발로 가겠습니다."

"이런 미친놈!"

소똥이에겐 두치 같은 기회마저 주어지지 않았다. 지체없이 달려든 경비무사들이 소똥이를 포박하여 끌고 갔다.

나는 아무것도 할 수 없었다.

초점없는 눈으로 멍하니 바라보는 그때, 눈물범벅이 된 소똥이가 뒤돌아보며 말했다.

"황 대장님, 반드시 쾌차하십시오!"

그 순간, 온몸의 피가 거꾸로 솟는 느낌이 들었다. 경비무사에게 끌려가는 소똥이가 마지막 두치의 모습과 겹쳐 보이기 시작했다.

두, 두치야…….

내 어찌 너를 두 번씩이나 죽게 할 수 있겠느냐? 내 기필코 너를 구해줄 것이다!

이 무엄한 것들아, 그 손 놓아라! 두치를 잡은 그 손을 놓으란 말이다! 그 손 놓으라! 그 손 놓으라고 했다! 제발, 그 손 좀 놓으란 말이다!

"그 손… 놓아라……."

"……!"

순간, 아수라장처럼 떠들썩했던 창고에 정적이 감돌았다. 치열한 몸싸움을 벌였던 소똥이와 경비무사들 모두가 경악한 표정으로 바라보았다.

곧이어 환해진 표정의 소똥이가 조심스레 입을 열었다.

"화, 황 대장님? 방금 하신 말씀, 황 대장님께서 하신 것입니까?"

"그 손… 놓으라 했다……."

"세, 세상에… 화, 화, 화, 황 대장님이 깨어나셨다! 무적신검 황 대장님이 마침내 깨어나셨다~! 무적신검 황 대장님이 깨어……."

미친 듯이 고함치는 소똥이의 목소리를 들으며 나는 다시 정신을 잃었다.

스르륵.

내 스스로 눈을 뜰 수 있었다.

백토를 정갈하게 바른 천장이 보였다. 볕조차 들지 않던 허름한 창고가 아니었다. 나의 보금자리나 다름없는 무림맹 총대장의 처소였다.

그리고 찾아오는 불편한 느낌, 너무도 오랫동안 육신을 움직이지 못했기 때문일까.

낯설다.

내 몸이 내 몸 같지가 않았다. 가위에 눌린 것처럼 몸을 제대로 움직일 수 없었다.

눈동자만 굴려 주변 상황을 살펴보고 있을 때, 내 상태를 살피던 의원과 눈이 마주쳤다.

"화, 황 대장님! 드디어 깨어나셨군요!"

그는 입이 찢어질 정도로 반색하며 말했다. 하나, 내 눈에는 당황하는 기색으로밖에 보이지 않았다.

"물러서라."

"예?"

내 기억이 맞는다면 하남 출신의 주홍경(周弘慶), 그는 송 노공이 아끼는 제자 중 한 명이다. 그러나 내가 기이한 상태에 빠졌을 때, 제일 먼저 여주승 쪽으로 돌아선 인물이기도 했다.

"귀가 막혔느냐. 물러서라 했다."

"하, 하지만… 황 대장님께서는 한 해가 넘게 혼수상태로 지내다가 깨어나셨습니다. 서둘러 용태를 살펴야……."

"그동안 간이 많이 부은 게로구나. 언제부터 내가 하는 말에 토를 달게 되었지?"

"소, 송구하옵니다."

그때야 주홍경이 물러섰다. 내 몸 상태를 살핀다는 것은 진심이었다. 하나, 그 목적이 무엇일까? 내 안위를 위해서나 의술적인 호기심 때문에? 아니다. 내 몸 상태를 확인하고 이를 여주승에게 보고하기 위함이 분명했다.

피곤하여 휴식을 취하는 척 조용히 눈을 감고 진기를 불러 일으켰다.

오호, 통제라……. 단전(丹田)에 느낌이 없다!

무림인의 생명이라 할 수 있는 내공이 사라진 것이다. 이런 상태가 알려지면 여주승에게 주도권을 빼앗기게 된다.

다시 눈을 뜨고 주홍경에게 나직한 음성으로 물었다.

"소똥이는 무사한가?"

"건통전에서 잡일을 거들던 그 소똥이 말입니까?"

대답 대신 눈가에 힘을 주었다. 순간적으로 흠칫한 주홍경이 몸을 조아리며 대답했다.

"소, 소똥이는 무사합니다. 몸 상태가 좋지 않기에 건통전에서 치료를 받고 있습니다."

그렇다면 다행이다. 속으로는 안도의 한숨을 내쉬고, 겉으로는 위엄을 잃지 않는 표정으로 말했다.

"여주승 군사를 오라 하라."

"예……?"

주홍경은 당혹스런 표정으로 반문했다. 내 말을 잘못 들은 게 아닌 것은 확실했다.

"정말 귀가 막힌 것인가? 지금 당장 여주승 군사를 불러오란 말이다!"

"아, 알겠습니다요, 황 대장님!"

주홍경은 혼비백산(魂飛魄散)하여 내 처소를 빠져나갔다.

그리고 잠시 후,

감격에 겨워하는 여주승이 들어왔다.

"세상에, 이리 경사스런 일이 있나! 정말로 눈을 뜨셨구려, 황 대장~!"

침상에 누워 사람들의 표정을 관찰한 덕분일까, 여주승의 가식적인 모습이 역겨울 정도로 잘 느껴졌다.

"앉게."

아직 몸을 움직이는 것은 무리였다. 나는 침대 옆 의자를 눈짓하며 말했다. 그리고는 단도직입적으로 물었다.

"우리는 아직도 동지인가?"

"……!"

의자에 앉던 여주승이 주춤했다.

"아니면, 피를 흘리며 싸워야 할 적인가."

순간적으로 당황했던 여주승의 얼굴에 묘한 미소가 감돌았다. 털썩 의자에 앉은 그는 팔짱을 끼며 대답했다.

"적이라……. 어떤 면에선 그렇다고도 할 수 있지."

피식 나는 소탈한 미소를 지어 보였다. 그런 대답이 나올 줄 알았다는 의미였다.

여주승 또한 엷은 미소를 띠며 내 시선을 피하지 않았다. 둘 다 웃고는 있지만, 서로에 대한 적의로 가득했다.

팽팽한 긴장감 속에 먼저 입을 연 것은 나였다.

"자네는 승산없는 싸움은 하지 않기로 유명하지."

"그건… 황 대장 자네도 마찬가지 아닌가? 백전백승의 신화, 지는 싸움은 피하고 이기는 싸움만 했기에 가능했던 것이지."

"그럼, 내가 하나 묻지. 이번 싸움, 내가 피할 것 같나?"

"……."

여주승은 한동안 말이 없었다. 어떤 대답을 하건 그에게 득이 될 것이 없기 때문이다.
　"너무 어려운 질문인가? 그 해답은 간단해. 내 조건 몇 가지만 들어주면, 예전 동지 간의 피비린내 나는 싸움은 없을 거야. 첫째, 두치의 신원을 회복시켜 줄 것. 둘째, 천소산 대원들을 차별하지 않는다는 것을 문서상으로 보장할 것. 셋째……."
　황당한 표정을 짓는 여주승과는 상관없이, 나는 삼십여 항목에 달하는 조건을 읊어 나갔다.
　"마지막으로 군신의 권위를 남용하지 않을 것. 이상의 조건만 들어준다면, 자네와 나의 진흙탕 싸움 끝에 무림맹이 자멸하는 비극적인 사태는 일어나지 않을 거네."
　마냥 어이없어하던 여주승이 입을 열었다.
　"이젠 내가 하나만 묻지. 자네의 그 조건, 내가 수용할 것이라 생각하나?"
　나는 지체없이 대답했다.
　"물론."
　이내 눈살을 찌푸리는 여주승을 보며 말했다.
　"그 조건이 수용되는 즉시 나는 무림맹을 떠날 것이네."
　"……!"
　"내 존재를 없애고, 무림맹을 자네의 누님 체제로 완전히 탈바꿈시키는 것, 그것이 자네가 진정으로 바라던 바가 아니던가."
　"……."

여주승은 한동안 말이 없었다. 머리를 굴리는 것이다.

조건부라지만 왜 싸움을 포기하는 것일까?

굳이 승산을 계산하자면 반반. 상층부는 여주승이 장악했지만 천소산 대원들의 신임까지 얻지는 못했다. 이런 상태에서 죽자고 싸우자면 공멸하고 만다.

그러한 사태를 막고자 하는 대승적 결단?

여주승은 아닐 것이라 판단할 것이다. 두치가 살아 있으면 모를까, 그를 참수한 자신을 내가 용서할 리 없다는 것이 더욱 설득력 있었다.

그렇다면 왜?

여주승의 의문점을 풀어줘야 했다.

"빨리 결정해 줬으면 하는데. 이 더럽고 치졸한 인간 군상의 소굴, 한뜻으로 뭉친 동료끼리 서로 헐뜯고 죽이는 곳에서는 한시도 머물고 싶지 않거든. 무림맹을 떠나면 다시는 강호에 발을 들이지 않을 생각이야."

"……!"

여주승은 내가 온갖 권모술수가 난무하는 비정한 무림에 정나미가 떨어졌고 판단했다. 이는 내가 원하던 바다.

여주승이 계산했을 반반이라는 승산은 내가 모용관을 꺾었을 때의 무공 경지임을 근거로 산출되었다. 내공이 완전히 사라진 지금은 그의 한수 적수도 되지 못했다.

그래도 여주승이 제대로 판단한 것이 있었다.

나는 승산없는 싸움은 절대 하지 않는다는 것이다. 지금 내가 할 수 있는 최선은 천소산 대원들이 차별받지 않게 하는 것이 고작이었다.

물론 이것 또한 여주승의 결정이 남아 있었다.

"그리 잔머리만 굴릴 거면 이만 돌아가 주겠나. 내 몸이 조금 피곤해서 말이야. 맹주님이 돌아오신 다음 자네의 결정을 들어도 늦지는 않겠지."

"……!"

천하에 두려울 것이 없다는 여주승도 약점은 있었다. 바로 그의 누님인 자경 부인이었다. 그녀에게 여주승이 그동안 내게 했던 짓거리를 말하면 어떻게 될까? 팔은 안으로 굽는다고, 여주승의 편을 들어줄 것인가? 아니다. 스스로 맹주 자리에서 물러나는 극단적인 선택을 할지도 모를 일이다.

"마지막으로 확인할 것이 있는데, 나에게 무림맹을 넘기고 정말 떠날 수 있겠나?"

"자네가 아니라 맹주님이지. 맹주님이 꿈꾸는 세상과 내가 바라는 세상은 거의 일치한다고 봐도 무방하지. 물론 자네가 초를 치지 않는다면 말이야."

"후후, 걱정하지 말게. 자네의 그 조건, 흔쾌히 수용하지."

"고맙군. 언제 떠났으면 하는가?"

"빠르면 빠를수록 좋겠지. 자네가 깨어났다는 소식이 퍼진다면 만사를 제쳐 두고 달려오실 분이니 말이야."

"쇠뿔도 단김에 빼라고, 내일 당장 출발하는 것으로 하지."

나 역시 무림맹에 오래 있어 좋을 건 없었다. 내공을 상실했다는 사실이 들통나면 여주승의 태도가 어떻게 변할지 모를 일이었다.

 무림맹에서의 마지막 밤.

 내 얼굴의 상처를 치료하는 소똥이는 유난히 실수가 많았다.

 "하이고! 죄송합니다요. 죽여주십시오! 아니, 아니, 한 번만 더 기회를 주십시오."

 바싹 긴장한 기색이 역력했다. 그도 그럴 것이, 나는 멍한 표정으로 침상에 누워 있는 게 아니라 근엄함 얼굴로 의자에 앉아 있었다.

 "괜찮다. 천천히 하여라."

 "감사합니다, 감사합니다. 백골난망입니다요."

 몇 번의 실수가 더 있었지만 무사히 얼굴의 붕대를 간 다음이었다. 방문 앞을 지키던 경비무사의 목소리가 들렸다.

 "총대장님, 철마각주(鐵馬閣主)께서 뵙기를 청하옵니다."

 철마각주는 송 노공과 절친한 사이로 신용해도 되는 인물이었다. 병장기를 비롯한 쇠로 만든 모든 물건의 제작과 수리를 담당하는 철마각의 책임자였다.

 "들라 하라."

 내 허락이 떨어지자 철마각주가 문을 열고 들어섰다.

 드르륵.

 "오오, 황 대장님, 드디어 쾌차하셨군요."

 감격에 겨운 표정이었다. 그러나 지금 완전히 신뢰할 수 있는 사람은 소똥이뿐이었다.

"무슨 일이오?"

나는 딱딱한 어조로 말했다. 이에 철마각주는 재빨리 몸을 조아리며 대답했다.

"다, 다름이 아니오라, 송 노공께서 주문하셨던 물건을 가지고 왔나이다."

"송 노공이 주문했던 물건?"

철마각주는 양손으로 들고 있던 기다란 함(函)에 담긴 물건을 꺼내 보였다. 푸르스름한 기운이 감도는 쇠로 만든 지팡이였다.

"이 철장(鐵杖)을 송 노공이 부탁했단 말인가?"

"그러하옵니다. 황 대장님이 깨어나시면 필요할지도 모른다며 소인에게 특별히 부탁을 하셨습니다. 주문하신 것은 일 년 전 일이옵고, 완성한 지는 육 개월이 지났습니다. 제 혼신의 힘을 담아 만든 물건인데, 이제야 주인을 찾게 되었습니다."

무릎을 꿇은 철마각주는 양 손바닥에 올린 철장을 공손히 내밀었다. 받아달라는 의미였다. 송 노공이 준비한 마지막 선물인데 어찌 외면할 수 있겠는가.

"마침 필요했던 물건이군."

아직 혼자의 힘으로는 거동조차 불편한 상태였다. 철장을 의지하며 몇 발자국 걸어 보였다.

"한결 편하군. 이 철장에 이름은 있는가?"

특별한 물건에는 그에 걸맞은 이름이 붙게 마련이다.

"그렇습니다, 황 대장님. 그 철장은 진심장(眞心杖)이라 하옵니다."

"진심장?"

"송 노공께서 황 대장님을 생각하는 마음이 담겨 있기 때문입니다."

"……."

그 마음이 뭔지 알 것 같았다.

송 노공의 마지막 바람, 내가 비정한 강호를 떠나 행복한 가정을 꾸리는 것이었다. 그제야 내 마음 깊숙이 담아두었던 앙금, 내공을 회복하는 즉시 여주승과 결판을 짓겠다는 미련을 완전히 떨칠 수 있었다.

"소똥아."

"예, 황 대장님."

침대 가장자리에 걸터앉아 소똥이를 불렀다.

"나에게는 진심장이 생겼으니 이 물건은 더 이상 필요가 없을 듯하구나. 너에게 주마."

"허억!"

소똥이는 내가 내미는 물건을 받기는커녕 함부로 쳐다보지도 못했다. 그도 그럴 것이, 내 손에 들린 것은 맹주님에게 하사받은 수호검이었다.

"괜찮다. 어서 받아라."

"하, 하오나 그 보검은……."

"이 검을 누구에게 받았는지, 얼마나 귀한 것인지는 중요치 않다. 그냥 너에게 고마워하는 마음이 담겨 있는 물건이니라. 이런 내 진심을 외면하려는 것이냐?"

"아, 아닙니다!"

소똥이는 반사적으로 수호검을 넙죽 받았다. 얼떨결에 받기는 했지만, 자기 수중에 수호검이 있다는 것이 실감이 나지 않는 표정이었다.

"그리고 소똥아."

"예, 황 대장님."

"개똥이든 소똥이든 네 이름이 싫어서 미치겠다고 했지?"

"그, 그러하옵……!"

생각없이 대답하던 소똥이가 눈을 똥그랗게 떴다. 그런 말을 한 적은 있었지만, 이는 내가 산송장처럼 침상에 누워 있을 때였던 것이다.

어안이 벙벙해 있는 소똥이에게 말했다.

"상황이 어찌 되었든, 너는 내 검을 하사받은 몸이다. 이제부터는 수검(受劍)이라 부르겠다. 괜찮겠느냐?"

"서, 서, 성은이 망극하옵니다!"

소똥… 아니, 수검은 왕에게나 하는 표현까지 썼다. 그만큼 기쁘고 당황스럽다는 반응일 것이다. 새로운 이름을 부여받고 들떠 있는 수검을 보며 이제야 진정 홀가분한 마음이 느껴졌다.

다음날 새벽.

여주승이 보낸 전령이 일찌감치 내 처소를 찾아왔다.

떠날 준비가 완료되었다는 것인데, 빨리 떠나라는 독촉이나 다름없었다.

쩔룩쩔룩.

진심장을 의지하며 마당으로 나섰다.

무림맹에서 준비한 마차가 대기하고 있었다. 짐은 간출했고, 수행원은 수검이뿐이었다.

"황 대장님을 또 모시게 되어 영광입니다."

말고삐를 쥔 수검이 꾸벅 고개를 숙여 인사했다. 내가 준 수호검을 허리춤에 차고 있는데, 아직은 자세가 어색하다.

"그래, 황가장까지 잘 부탁한다."

"염려 놓으십시오. 소인이 한때는 표국에서 마부를 한 적이 있었습니다요."

나도 들어 알고 있는 이야기다.

한데, 그 결말은 썩 좋지 않았다. 표행 도중 산적 떼를 만나 구사일생으로 도망친 수검이를 빼고 모두 전멸했다.

현재의 나는 내공을 상실한 것은 물론, 육신의 상태 또한 좋지 않았다. 한쪽 팔과 한쪽 다리를 제대로 쓸 수 없는 처지였다. 무림지존까지 올랐으면서 산적 따위를 경계하는 처지가 된 것이다.

잠시 후, 여주승이 측근들을 거느리고 다가왔다.

"황 대장, 인사도 없이 떠나려는가?"

"자네가 원치 않을 것 같아서 말이야."

순간적으로 여주승의 눈가에 주름이 갔다. 내 비아냥거림에 반응한 것이 아니다. 수검의 허리춤에 어색하게 달려 있는 수호검 때문이었다.
 "강호를 떠나는 마당에 검이 무슨 소용 있겠나? 목숨 걸고 나를 지켜준 은인에게 감사의 선물로 주었네. 불만이라도 있는가?"
 "아, 아닐세……."
 여주승은 손사래를 치며 대답했다. 나 스스로 검을 버렸다는 것, 정말 강호를 떠나겠다는 너무도 확실한 증거가 되기 때문이다.
 "얼굴 봤으니 이만 가도 되겠지. 수검아."
 "예, 황 대장님."
 수검은 황급히 나를 부축하여 마차에 태웠다. 그리고는 말머리 옆에 서서 출발해도 되냐는 눈으로 쳐다보았다.
 내가 고개를 끄덕이자마자 수검은 말고삐를 끌어당겼다.
 "가자꾸나."
 약간의 출렁거림과 함께 마차가 앞으로 움직였다. 여주승의 측근들이 일제히 고개를 숙였지만, 나는 눈길조차 주지 않았다. 그들이 원하는 것은 내가 빨리 무림맹을 벗어나는 것이기 때문이다.
 달그락달그락…….
 수검이 이끄는 마차는 무림맹 본채를 가로질렀다.
 적막하다.

꼭두새벽부터 수련에 매진하는 무사들의 함성으로 우렁차야 할 연무장(研武場)엔 개미새끼 하나 얼씬거리지 않았다.

여주승의 입김이 작용한 것이다.

역시나 세상은 있는 자와 가진 자가 주도권을 쥐고 있었다. 위에서 하지 말라고 하면 밑에서는 따를 수밖에 없는 것이다.

모든 것을 이해하며 쓴웃음을 짓는 때였다.

쿵…….

어디에선가 병장기를 내리찍는 소리가 울려 퍼졌다.

내 어찌 이 소리를 잊을 수 있겠는가. 진양교를 벌벌 떨게 했던, 나의 등장을 알리는 전조였다.

쿵, 쿵, 쿵!

첫 울림이 사라지기 전, 이에 화답하는 소리들이 들려왔고, 그 파장은 점점 더 커졌다.

쿵, 쿵, 쿵, 쿵…….

병장기를 내리찍는 소리가 사방에서 울려 퍼졌다.

당혹한 여주승의 측근들이 이를 만류하려 했지만 소용없었다. 병장기를 내리찍는 소리는 점점 더 크게 무림맹 전체에 울려 퍼졌다.

내가 앞장서서 싸우던 전투를 연상케 했다.

쿵! 쿵! 쿵! 쿵! 쿵……!

병장기를 내리찍는 소리는 더 빨리, 더 강하게 울려 퍼졌다, 마치 내 심장의 울림처럼.

그리고 마침내 내가 탄 마차가 불허문, 무림맹 입구에 당도

하는 때였다.

쿵~!

일시에 내려치는 절정의 순간을 기다렸다는 듯 수검이가 목청을 높였다.

"모두 모두 물렀거라! 황 대장님이 나가신다!"

"우와아아~!"

무림맹 전체가 떠나갈 듯한 함성이 울려 퍼졌다. 그 어떤 전투보다 감격스러웠다. 줄기 되어 흘러내리는 눈물을 주체하지 못할 정도였다.

"모두 모두 물렀거라~ 무적신검 황 대장님이 나가신다!"

"우와아아아~!"

듣고 있느냐, 여주승!

이것이 바로 나의 저력이다.

나의 존재를 지우려 안달난 너에게 이 소리는 평생의 짐으로 남을 것이다.

"모두 모두 물렀거라! 황 대장님이 나가신다!"

"우와아아아~!"

끊임없이 이어지는 함성 속에서 내가 탄 마차는 무림맹을 벗어났다.

그리고 시작된 고향행은 쉽지 않았다.

불편한 다리는 나아질 기미가 보이지 않았다. 때문에 수검이의 고생이 많았다. 마차가 다닐 수 없는 산길은 나를 업고 지나야 했고, 나의 수발과 치료는 물론 노략질을 일삼는 무리까지 홀로 물리쳐야 했다.

다행히 수검이는 진짜 사람 잡을 놈이었다.

다부진 체격과 튼실한 근골, 의원이 되지 않기를 정말 잘했다. 대범한 성격에 악착같은 끈기까지, 수검이는 무인으로서 딱 적합한 신체와 재능을 가지고 있었다.

반년에 걸친 대장정 끝에 고향인 용아촌에 도착했다.

진양교를 토벌하고 무림지존의 위치까지 올랐으니 금의환향(錦衣還鄉)이라 할 수도 있겠지만 내 몰골은 그러하지 못했다.

붕대로 칭칭 감은 얼굴, 절룩거리는 다리로 제일 먼저 찾은 곳은 아버님의 산소였다. 내가 온다는 기별을 듣고 악착같이 투병 생활을 하셨던 아버님은 한 달 전 숨을 거두시고 말았다.

"불초 소자…… 이제야 돌아왔습니다."

묘비 앞에 무릎을 꿇고 귀향 인사를 올렸다.

열셋 나이에 집을 떠나 서른이 되었으니 십칠 년 만에 돌아온 셈이었다.

"아버님의 뜻을 받들어 반도들은 섬멸하고 무림정의의 대업을 세웠으니 편안히 잠드십시오, 아버님……."

흐느껴 우는 내 어깨를 잡는 손길이 있었다. 주름 가득한 얼굴의 어머니였다.

"몸은 괜찮은 것이냐?"

노환으로 거동이 불편하신 어머님은 자식 걱정부터 하셨다.

"죄송합니다, 어머니. 신체발부수지부모(身體髮膚受之父母)

인데, 이런 몰골로 돌아오고 말았습니다."

"괜찮다. 이 어미는 네가 살아 있다는 것으로도 천지신명께 감사를 드렸단다. 그런데 완전히 돌아온 것이더냐?"

"그렇습니다. 이제부터는 어머님을 봉양하고 어머님이 바라시는 대로 살아가겠습니다."

"이 나이의 내가 무엇을 바라겠느냐. 그저 조령이 네가 좋은 배필 만나서 아들딸 낳고 잘사는 것밖에 말이다. 이 소박한 바람을 들어줄 수 있겠느냐?"

"예, 어머님……."

반드시 그러하겠다고 몇 번이나 약속드렸다.

그러나 나의 혼사는 모용관의 저주 때문에 순탄치 않았다. 그냥 어려운 정도가 아니라 고역 중의 고역이었다. 모용관을 꺾고 무림지존에 올랐던 일이 더욱 쉬웠다.

第一章
백선백퇴

용아촌 황가장에 봄이 왔다.
중경으로 떠났던 황조령 가주가 돌아오고, 벌써 세 번째 맞이하는 봄이었다.
그때나 지금이나 황가장은 변한 것이 없었다. 무림지존까지 배출한 유명 무가(武家)가 아니라 산중에 위치한 조용한 사찰 같은 분위기였다.
황가장과 이어지는 골목길.
무료한 적막함을 깨고 가마꾼들을 독촉하며 다가오는 사내가 있었다.
"왜 이리 굼뜬 게냐? 서둘러 따라오너라."
당당한 체구, 이제는 허리춤에 찬 수호검이 전혀 어색하지 않은 수검이었다. 한때는 건통전에서 허드렛일을 하던 그였지만, 지금은 일인전승으로 유명한 황가장의 첫 번째 외부 제자가 되었다.

황가장의 칠대가주인 황조령은 그에게 '황' 씨 성을 하사함은 물론, 바로 밑 항렬로 족보에도 올려놓았다.

"여기서 대기하고 있어라."

"예, 황 장군님."

용아촌에서 수검은 황 장군으로 통했다. 일취월장(日就月將)하는 무공 실력으로 용아촌은 물론 재남의 주먹계(?)를 평정했다.

끼이익.

대문을 열고 들어선 수검은 별채로 향했다. 황 가주의 모친인 유씨 부인께 인사를 드리기 위함이었다.

"큰마님, 수검이입니다요."

드르륵.

기다렸다는 듯 유씨 부인이 창문을 열고 모습을 드러냈다. 팔순이 넘은 나이인지라 거동조차 쉽지 않았다.

"어이구, 큰마님. 나오지 마십시오."

"그래그래… 우리 가주님을 잘 부탁하마."

"걱정 마십시오. 오늘은 반드시 좋은 소식이 있을 겁니다요."

"그래야지. 당연히 그래야지……."

수검은 유씨 부인의 기대에 찬 시선을 받으며 본채 건물로 향했다. 한때 무림지존의 위치까지 올랐던 황조령의 처소가 있는 곳이었다.

"황 대장님, 수검입니다."

"들어오너라."

곧장 방문을 열고 들어선 수검은 흠칫하고 말았다.

"황 대장님? 지금 뭐 하고 계십니까?"

"책 읽는 거 처음 보느냐……."

"지금 책이나 읽을 때가 아니지 않습니까? 서둘러 선볼 차비를 하셔야지요."

"선이라……."

생각만 해도 골치 아픈 듯 황조령은 부정적인 표정으로 고개를 가로저었다. 그도 그럴 것이, 싸움에서는 백전백승의 신화를 창조한 그였지만, 배필을 찾는 일에는 백선백퇴짜의 불명예를 달성할 위기에 처한 것이다.

모용관의 저주가 문제였다.

그의 맨얼굴을 본 처자들은 헛구역질에 경기도 모자라 거품 물고 쓰러지는 상황이라 어찌할 방도가 없었다.

"기운 내십시오, 황 대장님. 절대 포기하지 않았기에 지금의 황 대장님이 계신 것 아닙니까. 우선은 의복부터 챙기시고요……."

수검은 밖에 나가기 싫어하는 아이를 달래듯 의복을 입히고, 머리를 정돈해 주고, 얼굴의 붕대까지 새것으로 갈았으며, 마지막으로 진심장까지 손에 쥐어주었다.

"자, 이제 일어나시지요."

"흐음……."

황조령은 마지못해 몸을 일으켰다. 패할 것이 확실한 전쟁에 임하는 심정이었다. 지는 싸움이라면 절대 하지 않는 그였지만, 세상에는 어쩔 수 없는 일이라는 게 있었다.

어머님의 소박한 바람을 생각하면 패할 것이 뻔한 전투도 감수할 수밖에 없었다.

절룩절룩.

황조령은 진심장을 의지하며 처소를 나섰다.

"서둘러 오르십시오."

수검의 독촉은 계속되었다. 여전히 미적거리는 황조령을 부축하여 태우고는 곧바로 가마를 출발시켰다.

"어서 가자!"

가마에 탄 황조령은 착잡한 심경으로 대문을 지났다.

황가장의 입구인 정의문(正義門), 삼 년 전만 해도 이 문은 전국 각지에서 몰려든 중매쟁이들 때문에 문턱이 닳던 곳이다.

얼굴의 상처와 절룩이는 다리는 문제가 되지 않았다.

무적신검 황조령은 무림지존의 무공 실력은 물론, 미련없이 무림맹을 떠난 것으로 군자 중의 군자라는 찬사를 받은 인물이었다.

황조령의 혼사 이야기가 나오자마자 내로라하는 집안에서는 황가장과 연을 맺기 위해 치열한 경쟁을 펼쳤다. 그러나 그러한 호황은 오래가지 못했다.

황조령의 맨얼굴을 본 처자들은 죽어도 못하겠다며 울고불고 난리를 치고, 심하면 병석에 눕기도 했다.

애지중지 키운 딸이 싫다는데 어쩌겠는가. 상당수의 집안이 중매를 거둬들였다.

그러나 이를 감수하고서라도 연을 맺고 싶어 안달하는 집안은 있었다. 강호에 몸담고 있는 무림가(武林家)였다. 비록 황조령이 은퇴를 한 몸이지만, 무림지존까지 올랐던 그와 혼맥을 맺으면 가문의 영광이 될 것이다.

억지로 끌려 나온 처자와 선을 보는 것도 고역이었고, 그런 중매가 잘될 리도 없었다. 구체적인 혼인 날짜까지 언급되었던 처자가 목을 매는 사건이 벌어진 것이다.

다행히 죽지는 않았으나 황조령이 받은 상처는 컸다.

이후 황조령은 당사자가 원치 않는 선은 거부한다는 선언을 했다. 일부 소신있는 처자들이 나서기는 했지만 결과는 마찬가지였다. 싸움에서는 백전백승의 신화를 창조했던 황조령이 아흔아홉 번의 고배를 연이어 마셔야 했다.

백 번째 도전하는 용감한 처자는 과연 누구일지…….

기대보다는 백 번째 퇴짜의 불명예를 달성하지나 않을지 근심스러운 표정이었다.

잠시 후,

황조령의 가마는 행인들로 붐비는 저잣거리로 들어섰다.

"휘이~ 물렀거라. 무적신검 황 대장님 행차시다."

선두에 선 수검이 목청 높여 소리쳤다. 예전 같았으면 무림 전체가 요동치는 상황이었다. 그러나 지금은 아무도 신경 쓰지 않았다. 물건 파는 상인들은 그냥 물건을 팔고, 지나가던 행인들은 그냥 자신의 길을 갔다.

"휘이~ 물럿거라! 무적신검 황 대장님 행차시다!"

한 꼬마가 반응을 보였다.

무적신검 황 대장?

그게 누군지 잠시 발길을 멈추고 돌아선 꼬마의 얼굴에 피식 썩은 웃음이 번졌다. 동네 꼬마가 보기에는 그냥 다리 병신에 장가가지 못해 안달 난 노총각일 뿐인 것이다.

"휘이~ 물럿거라! 무적신검 황 대장님 행차시다!"

그렇게 황조령이 탄 가마는 맞선 장소로 향했다. 간간이 황조령을 알아보고 인사를 하는 사람도 있었다. 황 대장의 행차라면 이유야 뻔했다. 이번에는 제발 좀 잘되었으면 하는 표정들이었다.

재남에서 가장 경치 좋은 곳에 위치한 죽림각(竹林閣).

빼어난 풍경에 요리 솜씨까지 좋은 이곳이 황가장의 칠대가주가 선을 볼 장소였다.

대대로 죽림각과 황가장은 친분이 두터웠다. 때문에 현 죽림각의 주인인 소진(蘇秦) 역시 황조령의 혼사가 맺어지기를 간절히 바라는 사람 중 한 명이었다.

"휘이~ 물럿거라. 무적신검 황 대장님 행차시다."

수검의 목소리가 들리자 소진이 재빨리 뛰어나왔다.

"오~ 황 가주, 이제 오시는가?"

"예……."

"어서 들어오시게. 내 황 가주를 위해서 특별히 좋은 자리를 찜해두었네."

소진은 황조령이 가마에서 내리자마자 소매를 잡고 죽림각 안으로 들어갔다.

"자네도 익히 들어 알고 있지 않은가? 우리 죽림각의 명물하면 바로 죽연루(竹淵樓)! 수많은 여인들이 경치에 취해서 청혼을 받아들인다 소문난 곳 아닌가 말이네. 내 특별히 황 가주를 위해서 비워두었으니 힘을 내시게."

"아, 예… 감사합니다."

황조령의 대답은 힘이 없었다. 그도 그럴 것이, 죽연루의 기연도 그에게는 통하지 않았다. 죽연루에서 본 맞선도 벌써 열 번이 넘었는데, 그 경치 좋은 곳에서 여인네들은 자지러지는 비명을 지르기 일쑤였다.

"자, 앉게나."

황조령은 약속한 시간보다 항상 먼저 와서 자리했다. 불편한 다리로 움직이는 모습을 보이기 싫었던 것이다.

"차 한잔 마시며 기다리시게. 처자 일행이 도착하면 곧바로 모셔오겠네."

소진은 황조령의 어깨를 두드려 주고 죽연루를 떠났다.

황조령의 손은 이내 찻잔으로 향했다. 급히 갈증난 목을 축

이는 모습이 벌써부터 긴장했다.

 목숨이 경각에 달린 위태로운 전쟁에서도 눈 하나 깜짝하지 않았던 황 대장이 어찌 이리 소심해졌단 말인가?

 어쩔 수 없는 일이다. 연전연패, 아흔아홉 번이나 퇴짜를 맞은 그였기에 완전히 자신감을 상실했다.

 "덥군……."

 황조령은 이마에 맺힌 땀을 닦았다. 그러나 별로 더운 날씨는 아니었다. 긴장감에 식은땀까지 흘리는 것이다.

 작은 발소리만 들려도 황조령의 고개는 돌아가기 일쑤였다. 패배가 예견된 싸움, 황 대장과 싸워야 했던 진양교도들이 그러했었다.

 쿵, 쿵, 쿵, 쿵, 사방에서 병장기 내리찍는 소리가 들려오면 정신을 차리지 못했다. 도망치고 싶은 마음 간절했지만 그럴 수도 없었다. 전쟁에서 도망친 배신자로 낙인찍히면 그 영향이 가족들에게 미치는 것이다.

 황조령도 마찬가지였다. 어머님의 소박한 바람을 생각하면 결코 자리를 뜰 수 없었다. 뻔히 지는 싸움이라도 일말의 희망을 갖고 임해야 하는 그때였다.

 "황 가주, 기다리던 귀빈께서 오셨다네."

 "……!"

 순간, 황조령의 심장은 철렁 내려앉았다.

 "모두 모두 물럿거라~! 무적신검 황 대장이 나가신다!"

 쩌렁쩌렁 울려 퍼지는 두치의 외침을 듣고 허둥대는 진양교도들의 모습과 흡사했다. 정신이 혼란스러운 황조령은 무엇부터 해야 할지 막막했다.

"일찍 나오셨군요, 황 가주님."

매파의 인자한 음성을 듣고는 안정을 찾을 수 있었다.

"아, 예……."

"일어서지 않으셔도 됩니다, 황 대장님."

매파와 함께 온 여인이 황조령을 만류했다. 불편한 몸으로 하는 인사치레는 과분하다는 의미였다.

멈칫했던 황조령이 다시 자리했다.

곧이어 매파와 선을 볼 여인도 의자에 앉았다. 황조령의 손이 찻잔으로 향하려는 순간, 매파가 입을 열었다.

"여기 계신 황 가주님에 대한 설명은 따로 필요없겠지요?"

용감한(?) 여인은 화사한 눈웃음으로 대답을 대신했다. 곧이어 여인에 대한 설명이 이어졌다.

"여기 계신 아가씨는 강소(江蘇), 안휘(安徽), 절강(浙江)의 상권을 쥐락펴락하는 금호상단(金虎商團)의 외동딸이십니다."

"……?"

순간, 황조령은 의아한 표정을 지었다. 그 의미는 뻔했다.

이 과분한 여자가 왜 여기에 있는 것이지?

유명한 거부(巨富) 집안에 외모 또한 멀쩡, 아니, 출중했다. 그와 선을 본 여인 중에서 단연 으뜸이었다.

슬쩍 황조령에게 눈치를 준 매파는 계속 말을 이었다.

"이런 말씀 드려도 되는지 모르겠지만, 금호상단의 주 대인께서는 이 중매에 대해 상당히 못마땅하게 여기셨습니다. 그러나 여기 계신 아가씨의 의지가 너무도 확고하여서 이 선을 주선하게 된 거지요. 참, 중요한 것을 빠뜨렸군요. 어디에 내놓아도 빠지지 않는 이 영애(令愛) 분의 이름은 영란(瀛蘭)입니다."

"참 좋은 이름입니다, 주 소저."

무조건 칭찬하라. 황조령이 아흔아홉 번의 선을 보면서 터득한 기술 중 하나였다.

"과찬이십니다, 황 대장님. 황 대장님의 위명은 익히 들어 알고 있습니다. 그 악명 높은 모용관을 꺾은 무인 중의 무인이시며, 누구보다도 심성이 곧고 올바른 군자 중의 군자라는 찬사를 말입니다. 이렇게 직접 뵈오니 결코 과장된 소문이 아니라는 확신이 들었습니다."

"주 소저야말로 과찬이십니다. 그야 옛날 소싯적 일이고, 지금은 강호를 은퇴하여 책이나 읽으며 소일하고 있는 몸입니다."

"지극히 겸손까지 한 분이시군요. 지금도 황 대장님의 무림 배분은 무림맹주님에게 뒤지지 않으며, 강호를 쥐락펴락하는 여주승 또한 황 대장님만큼은 어찌하지 못한다고 들었습니다."

아는 사람은 안다, 황 대장이 얼마나 대단하며 전설적인 인물인지를.

"많은 여인들이 그 업적과 명성 때문에 황 대장님과 연을 맺으려 하지만, 소녀가 황 대장님을 특별히 마음에 두고 있었던 이유는 따로 있습니다."

"......?"

"황 대장님은 모든 일에 있어 신분의 고하(高下), 남녀의 차별을 두지 않으셨던 분입니다. 맹주님이 여자라고 얕보지 않고 진심으로 모셨으며, 아랫사람을 대하는 데 있어 그 뜻이 맞으면 좋은 친구이자 동반자가 되었습니다. 수많은 사내들이 저를 탐내지만, 그 대부분이 우리 집안의 재력을 먼저 본 것이고, 소녀가 집안에만 틀어박힌 현모양처가 되기를 원합니다. 외람된 말씀이지만 소녀에게 야망이 있습니다. 강소, 안휘, 절강에 안주하고 있는 금호상단을 대륙 최고의 상단으로 키우고 싶습니다. 황 대장님과 동반자가 되어 그 꿈을 이루고 싶습니다.

"......"

이처럼 자기 주관이 확실한 여인 또한 처음이다.

"소녀가 너무 당찬 말을 했나요?"

"아, 아닙니다."

가식적인 대답이 아니다. 주영란은 황조령의 인물됨을 제대로 파악하고 있었다. 황조령은 권위적인 성격과는 거리가 멀었다. 뜻을 같이하는 사람은 평등해야 한다는 것이 그의 지론이었고, 이는 그의 혼인에 대한 생각까지 영향을 주었다.

혼사(婚事)란 집안과 집안의 만남이기 이전에, 평생을 같이

해야 할 동반자를 만나는 것이라는 생각이었다.

 그러나 신념에는 희생이 따르는 법. 그 때문에 백 번이나 선을 보는 우스꽝스런 사태가 발생한 것이다.

 아니 할 말로, 황조령이 막무가내로 밀어붙였다면 십여 명의 처첩을 거느렸을 힘과 명예를 가진 인물이었다. 어머님의 소박한 바람도 좋지만, 그 때문에 한 여인의 불행해지는 것 또한 간과할 수는 없었던 것이다.

 하나 고생 끝에 낙이 온다고, 이제야 제대로 된 상대를 만난 듯싶었다.

 "나는 주 소저의 생각을 백번 이해하며, 그 야망 또한 적극적으로 지지합니다. 만약 주 소저와 좋은 인연을 맺게 된다면 그 뜻을 펼칠 수 있는 날개가 되어드리겠습니다."

 "황 대장님……."

 주영란은 상당히 감격한 듯했다. 황조령과 무림맹주 자경 부인의 첫 만남은 요즘도 많이 회자되는 이야기였다. 황 대장이란 날개를 단 자경 부인은 결국 그 뜻을 이루었다.

 이는 수검이 가르쳐 준 비장의 기술이었다.

 정말 마음에 차는 처자가 나타나면 그런 식의 말을 하라는 조언이 있었다. 황조령은 이를 무시했었다. 자존심 때문이었다. 그러나 오늘은 밑져야 본전이라는 심산으로 날개 이야기를 꺼냈는데 정말 효과가 탁월했다.

 "황 대장님께 그런 말을 듣게 되어 정말 몸 둘 바를 모르겠습니다. 소녀 역시 성심으로 황 대장님을 섬기겠습니다."

이보다 분위기가 더 좋은 순 없었다. 맞선을 주선한 매파의 얼굴에도 환한 웃음꽃이 피어났다. 그러나 이 둘이 맺어지기 위해선 반드시 넘어야 할 몇 가지 고비가 있었다.

"죄송스럽지만, 저희 아버님께서 제시하신 혼사의 조건 말인데요……."

순간, 황조령의 표정이 굳었다.

백 번째 혼담에 어느 집 처자가 나오는지 관심조차 없었던 것이 바로 이것 때문이었다. 주영란이 천생배필이라 해도 도저히 수용할 수 없는 조건이었다.

"그건 아무래도……."

황조령이 부정적인 표정으로 입을 여는 찰나 매파가 끼어들었다.

"잠시만이요, 황 가주님. 그건 영란 아씨의 말부터 듣는 게 순서일 듯싶습니다."

황조령이 고개를 끄덕이자 주영란이 자리에서 일어섰다. 그리고는 크게 허리 숙여 인사하며 사과의 뜻을 전했다.

"저희 아버님의 무례를 너그러이 용서해 주십시오. 무림지존의 위치까지 오른 황 대장님께 데릴사위라니요? 그 말을 듣는 순간 제가 화를 참을 수 없었습니다."

황조령 또한 마찬가지였다. 말도 안 되는 혼사의 조건보다 이를 묵묵히 받아들여야 했던 어머님 때문에 더욱 가슴이 아팠다.

"자식으로서 부모님의 허물을 탓해서는 안 되지만, 저희 아버님은 자신이 유리하다 싶으면 이내 가격을 올리는 냉혹한 장사치의 마음을 버리지 못하고 계십니다. 소녀가 이리 사죄를 드리오니 부디 아버님의 무례를 용서하여 주십시오."

"주 소저가 그리 말한다면야……."

황조령의 화는 눈 녹듯이 풀렸다. 둘 사이를 가로막았던 중대한 장애물이 허물어진 것이다. 그러나 황조령과 주영란이 맺어지기 위해선 가장 큰 고비가 남아 있었다.

"감사합니다, 황 대장님. 마지막으로 소녀는… 황 대장님의 상처를 보기를 청하옵니다."

"그, 그건……."

황조령은 난감했다. 아무리 분위기가 좋았어도 맨얼굴을 드러낸 순간 모든 선이 끝장났던 것이다. 심하게 머뭇거리는 황조령에게 주영란이 말했다.

"소녀는 집안에만 틀어박혀 있는 심약한 여인네들과 다릅니다. 어릴 적부터 아버님을 따라 상행(商行)을 떠났습니다. 눈 뜨고는 보지 못할 처참한 광경도 많이 보았고, 피고름 찬 수하의 얼굴 상처를 직접 치료해 주기도 했습니다."

황조령의 갈등은 더욱 커졌다. 그가 보이기에도 주영란은 일반 여인들과는 달랐다.

이 여자라면 내 상처를 감싸줄 수 있을까…….

스르륵.

황조령의 손이 얼굴로 향하는 순간, 몇 번이나 신신당부했던 수검의 모습이 떠올랐다.

"황 대장님! 제발, 제발 부탁컨대, 첫날밤을 치를 때까진 절대로 상처를 드러내지 마십시오!"

얼굴로 향하던 수검의 손길이 주춤하는 그때였다.
"황 대장님, 부디 소녀를 믿어주십시오."
그녀는 진심이었다. 모든 것을 감내하겠다는 그녀의 진심 어린 눈빛을 외면할 순 없었다.
그래, 믿자!
멈칫했던 손길이 다시 얼굴로 향했다. 칭칭 감아놓은 붕대가 풀려 땅에 떨어지는 순간이었다.
"까아아악~!"
자지러지는 여인의 비명이 죽림각 전체에 울려 퍼졌다.
"에휴……."
입구에 있던 수검이 몸을 일으켰다. 땅이 꺼질 듯 한숨을 내쉬며 고개를 젓는 수검의 심정은 착잡하기 그지없었다. 오늘은 좋은 소식이 있으려나 했는데 백전백승의 신화를 창조했던 황조령이 마침내 백선백퇴의 불명예스러운 대기록을 달성한 것이다.
잠시 후,
선을 봤던 주영란이 하녀들의 부축을 받으며 나왔다. 당차던 모습은 찾아볼 수 없었다. 호랑이라도 쫓아오는지 혼비백산하여 죽림각을 벗어났다.

아무리 기다려도 황조령이 나오지 않자 수검이 죽림각 안으로 들어섰다.

맞선 장소는 뻔했다. 수검의 발길은 지체없이 수많은 여인들이 경치에 취해서 청혼을 받아들인다는 죽연루로 향했다.

곧이어 축 처진 황조령의 등이 보이고, 길길이 열을 내고 있는 죽림각 주인의 모습이 정면으로 들어왔다.

"염병할 계집년들 같으니라고! 우리 황 가주가 무슨 괴물이라도 된단 말이여? 이년이나 저년이나 다들 꽤액꽤액 비명이라 질러 싸고 말이야!"

"……."

"황 가주, 너무 상심하지 말게나. 저리 담 작은 년들은 황 가주의 짝이 아니라네. 분명 황 가주에게 걸맞은 배필감을 찾을 수 있을 것이야. 그때까지 천 번이고 만 번이고 우리 죽림각을 통째로 빌려주겠네!"

"……."

황조령은 아무런 말도 없었다. 주위의 그런 배려가 그를 더욱 힘들게 만들었다. 죽림각의 주인이나 좋은 소식을 기다릴 어머니나 정말 얼굴 볼 면목이 없었다.

"소진 어르신, 고정하십시오."

"오~ 수검이, 자네 왔는가? 수고스럽겠지만 우리 황 가주님을 잘 부탁하네."

"예, 염려 마시고 일 보십시오."

소진이 떠나자 황조령이 입을 열었다.

"주 소저는 잘 갔느냐?"

"예…… 갑자기 소리를 질러 죄송하다는 사과의 말씀도 있었습니다."

거짓말이다. 쓴웃음을 짓는 황조령 또한 믿지 않는 기색이 다분했다.

"여기서 좀 더 머무시겠습니까?"

"아니다. 그만 일어나자꾸나."

황조령은 진심장을 의지하며 몸을 일으켰다. 그리고는 절룩절룩 불편한 다리로 출구를 향해 걸었다.

수검은 아무 말 없이 그 뒤를 따랐다. 괜한 위로가 필요없는 상황임을 잘 알고 있었던 것이다.

그리고 오후의 햇살이 내리쬐는 출입문을 나섰을 때, 수검이 한층 밝아진 표정으로 물었다.

"황 대장님, 기분도 꿀꿀한데 술 한잔하실까요?"

"술이라……."

황조령은 뭉게구름이 떠 있는 하늘을 바라보며 대꾸했다. 별로 당기지 않는다는 반응이었다.

"풍류각(風流閣)의 초희 아씨께서 좋은 술이 들어왔으니 꼭 들러달라는 당부를 했습니다."

"좋은 술이라……."

황조령은 여전히 하늘을 보며 대꾸했다. 그러나 심드렁한 표정이 아니라 상당히 끌리는 기색이 엿보였다.

"얼마나 좋은 술인지 맛은 봐야겠지?"

"당연하신 말씀입니다. 어서 가마에 오르시지요."

가마에 오르는 황조령은 과연 좋은 술에 끌린 것인가? 아니다. 풍류각의 주인이자 유명한 기녀였던 초희, 그녀는 황조령에게 위로가 되는 유일한 여자였다.

"출발하겠습니다요."

"그러려무나."

수검은 가마가 움직이자 반사적으로 목청을 높였다.

"휘이~ 물렀거라! 무적신검……!"

"수검아."

"예, 황 대장님?"

"오늘은 조용히 가고 싶구나."

"……."

황조령이 탄 가마는 조용히, 아주 조용히 풍류각으로 향했다.

떠들썩한 분위기의 홍등가(紅燈街).

가마에서 내린 황조령은 수검과 함께 풍류각으로 들어섰다. 아직 해가 떨어지지도 않았는데 풍류각 안은 취객들로 넘쳐났다.

가까이에서 말하는 것조차 들리지 않는 소란스러운 내부, 손님 술시중을 들던 기녀 한 명이 출입문 쪽으로 시선을 돌렸다.

"어머나! 황 대장님~!"

그녀는 술병을 팽개치듯 하며 황조령을 향해 달려왔다. 그녀뿐만이 아니다.

"어머, 어머! 황 대장님~!"

"세상에나, 황 대장님 오셨어요!"

풍류각 안의 기녀들은 경쟁적으로 애교를 부리며 달려나왔다. 그러나 기녀들이 마음대로 자리를 떴다고 불만을 갖는 손님은 없었다. 그들 또한 황조령의 눈에 들기 위해 온갖 아부를 떨어댔다.

"아이고, 황 대장님. 소인은 저잣거리에서 자그만 포목점을 하고 있는데, 잘 부탁드리겠습니다요."

"아, 예……."

대체 뭘 부탁한단 말인가? 황조령은 마지못해 대답했다.

"감사합니다, 황 대장님. 그런 의미로, 오늘 황 대장님의 술값은 제가 계산하겠습니다."

"무슨 소리야? 황 대장님의 술값은 내가 낸다니까."

"아니야, 아니야. 오늘 황 대장님의 술값은 내가 대신 낼 거라고!"

황조령은 금세 기녀들과 아첨꾼들의 무리에 둘러싸였다. 무림맹 시절을 연상케 할 정도의 극진한 환영이었다. 그러나 천성적으로 아첨과 아부를 싫어하는 황조령에겐 별로 달갑지 않은 상황이었다. 이는 어색한 표정으로 인사를 받는 그의 얼굴에 고스란히 드러나 있었다.

그때, 순간적으로 황조령의 표정이 밝아졌다.

사뿐사뿐 다가오는 여인과 눈이 마주친 것이다. 한때는 산동 일대에서 알아주는 기녀였고, 지금은 풍류각의 주인이 된 초희였다.

보기만 해도 남자들의 가슴이 뛰는 그녀의 수려한 외모 때문에 황조령이 웃는 것은 아니다.

벌써 일 년 전 일인가…….

선에서 퇴짜를 맞은 황조령이 풍류각에서 진탕 술을 마신 적이 있었다. 정신을 차리지 못할 정도로 술을 마셔댔고, 술기운에 그녀와 내기를 했다. 맨 정신에는 상상도 못할 일이었다.

자신의 얼굴 상처를 보고 비명을 지르지 않으면 술값을 두 배로 내겠다는 것이었다.

초희가 승낙하자마자 황조령은 얼굴을 가린 붕대를 풀었다. 그리고는 야수 같은 눈빛으로 그녀를 노려보았다. 그 당시는 줄줄이 퇴짜 놓는 처자들 때문에 세상의 모든 여자들이 원망스럽게 느껴지던 때였다.

풍류각이 떠나가라 고래고래 소리칠 거라 예상했는데, 아니었다. 여인의 자지러지는 비명 대신 부드러운 입술의 감촉이 느껴졌다.

"……!"

황조령은 술이 확 깰 정도로 놀랐었다. 그 징그러운 상처에 입맞춤을 할지는 정말 예측하지 못했다.

입술을 뗀 그녀가 황조령의 귓가에 대고 속삭였다.

"남자들의 상처엔 반드시 사연이 있지요. 제가 보아왔던 그 어떤 절경보다 아름다운 상처예요."

그때, 황조령의 가슴이 두근거렸다. 여자를 대하면서 처음으로 설렘이라는 감정을 느꼈던 순간이다.

"어서 오세요, 황 대장님."

지척까지 다가온 초희가 다소곳이 인사를 했다.

"오랜만이구나."

초희를 대하는 황조령의 얼굴에 웃음이 번졌다. 그녀를 볼 때마다 그날의 기억과 감정이 되살아났기 때문이다.

"하도 발길이 뜸하셔서 소녀를 잊으셨나 했습니다. 별채로 모시겠습니다."

"그렇게 하려무나."

초희는 다소곳이 황조령의 팔짱을 꼈다. 그리고는 불편한 다리로 걷는 황조령을 부축하며 별실로 행했고, 그 뒤를 기녀들에 둘러싸인 수검이 따랐다.

고급스럽게 꾸며진 풍류각의 별실.

황조령은 초희와 담소를 나누며 조용히 술잔을 기울였고, 흥겨운 술판의 분위기는 수검이 주도했다.

"그 순간 우와~ 하는 함성 소리가 울려 퍼지면서 정말 난리가 났었지. 그때 맹주님께서 우리 황 대장님께 하사하신 검이 바로 이 수호검이란 말이지!"

"어머, 정말이에요? 그것이 바로 천하의 보검이라는 수호검이 맞아요?"

유난히 하얀 살결의 기녀가 지대한 관심을 보였다. 기명(妓名)은 명월(明月), 앳된 얼굴에서 드러나듯 풍류각의 기녀가 된 지 얼마 안 된 여인이었다.

"아무렴! 황 대장님께서 직접 나에게 주신 아주 귀한 물건이란 말이다."

"오호, 그래서 황 장군님의 이름이 수검이 되었군요."

"그렇지. 이제 제법 머리가 돌아가는구나."

"정말이요? 밖에서는 진짜 맹하다는 소리를 많이 들었어요. 그래서 소박까지 맞았잖아요? 그런데 기녀가 되고 더 똑똑해진 거 같아요. 수호검에서 '호' 자를 뺀 수검(守劍) 맞지요?"

"……."

역시나 잘못 짚었다. 기녀들의 한바탕 폭소가 잦아들자 수검이 이를 정정해 주었다.

"그 수검이 아니라 황 대장님의 검을 하사받았다 하여 붙여진 수검(受劍)이란 말이다. 수검."

"에이~ 그래도 반은 맞혔잖아요. 어쨌거나 황 대장님은 참으로 대단하신 분이었군요?"

선배 기녀가 농을 던졌다.

"요것아, 그것도 모르고 황 대장님, 황 대장님 아양을 떨면서 뛰쳐나갔더냐?"

"그야 언니들이 술시중도 팽개치고 뛰어나가니까 저도 그래야 하는구나 싶었지요. 어쨌거나 잘 부탁드립니다, 황 대장님. 소녀는 명월이라 하옵니다."

"그래, 잘 지내보자꾸나."

철없이 아양을 떨던 명월이 수줍게 상기된 얼굴로 대답했다.

"우와, 목소리도 참 근사하시다. 생김새도 사내대장부 같으시고, 훤칠하신 키에 성인군자 같은 말투 하며… 무림맹에 있었을 때 황 대장님을 흠모하는 여인네들이 줄을 섰겠어요."

이를 놓칠세라 재빨리 수검이 끼어들었다.

"당연하지! 내로라하는 명문정파의 여제자들은 물론, 부엌데기 하녀들까지 우리 황 대장님의 준수하신 용모를 보려고 난리를 쳤었지."

황조령은 쓴웃음을 지었다.

거짓은 아니다. 그 당시 황조령은 모든 여인의 흠모의 대상이라고 해도 과언이 아니었다. 진양교 타도를 위해 몰두한 황조령이 이를 철저히 무시했던 것이다.

가끔씩 황조령은 후회 섞인 회상을 했다.

그때 못 이기는 척, 죽자 사자 매달리던 여인 중 한 명과 연을 맺었다면 어땠을까. 별의별 여자에게 다 차이는 수모는 당하지 않았을 것 아닌가?

부질없는 상상이었다.

몇몇 강호에 몸담고 있는 당찬 여인들이 황조령의 배필이 되겠다며 스스로 찾아왔지만, 백선백퇴에 숫자만 보탰을 뿐이다.

"어머나! 그렇게나 황 대장님의 인기가 대단했어요?"

"두말하면 잔소리지. 혹시나 무림과 연관된 인물이 만나면 황 대장님과 같이 술을 마셨다고 말해보라고, 그쪽에서 어떤 반응을 보이나."

"오~ 그렇게나 황 대장님이 대단하신 분이었군요. 그런데 말이에요, 그리도 엄청나게 대단하신 분이 왜 아직도 장가를 못 가셨대요? 오늘도 차였다면서요?"

"……"

순간, 싸한 공기가 별실 전체가 가득했다.

화들짝 놀란 수검은 황조령의 눈치를 살피기 급급했고, 기겁한 기녀들은 명월이를 향해 눈총 세례를 퍼부었다. 저러니 소박을 맞았지 하는 의미였는데, 전혀 통하지 않았다.

"왜요? 언니들은 내기까지 걸었잖아요. 대부분 또 차인다에 걸어놓고선……"

기녀들은 완전히 사색이 되었고, 이제는 수습 자체가 불가능하다 여겨지는 분위기였는데…….

"그야 황 대장님의 대해(大海)처럼 넓은 마음을 감당할 수 있는 여인이 흔치 않기 때문이지."

조용히 상황을 지켜보던 초희가 입을 열었다.

"황 대장님은 진정한 무림의 영웅이며 군자 중의 군자이니라. 그런 분을 지아비로 섬길 수 있는 배포 큰 여인을 쉽게 찾을 수 있겠느냐?"

"소녀는 할 수 있을 것 같아요!"

명월이 번쩍 손을 들며 말했다. 모르면 용감하다는 표현이 정확했다. 주위의 반응이 과히 좋지 않자 목소리가 점점 작아졌다.

"기녀의 신분이라 정실(正室)은 될 수는 없지만… 뭐, 첩 정도는 가능하지 않을까?"

"호호호, 호호호호……."

초희는 흐드러지게 웃어댔다. 얼마나 심하게 웃었는지 손수건을 꺼내 눈물을 닦아낸 다음, 말을 이었다.

"그건 더 불가능할 것 같구나."

"왜, 왜요?"

명월이는 똥그랗게 눈을 뜨며 반문했다. 정실을 노리는 것도 아닌데 뭐가 문제냐는 것이다.

"용아촌의 황가장은 말이다, 한 번도 첩을 둔 역사가 없느니라. 대가 끊기게 될 절체절명의 상황에서도 말이다."

"우와~ 너무 심하다. 황 가장은 왜 이리 요상한 전통들이 많답니까? 일인 뭐시기냐 해서 무공도 한 명에게만 전수해 주고요, 게다가 첩도 금지였습니까?"

"명월아, 말이 심하구나. 황 대장님이 계시지 않느냐?"

"아니, 뭐… 저야 첩이 되든 안 되는 상관없지만 초희 아씨는 다르지 않습니까? 그리 황 대장님을 연모……."

명월이는 말을 다 끝내지 못했다. 초희가 살벌한 눈초리로 노려보았기 때문이다.

다시 원래의 표정으로 돌아온 초희는 황조령의 소매를 끌며 말했다.

"황 대장님, 오늘은 달빛이 무척이나 곱습니다. 소녀와 함께 밤 산보를 하지 않으시겠습니까."

"그럴까?"

황조령은 흔쾌히 몸을 일으켰다. 불편한 다리 때문에 다른 사람과 함께 걷는 것을 꺼리는 편이었지만 그녀는 예외였다.

휘영청 보름달이 뜬 풍류각의 후원(後園).

다정히 팔짱을 끼고 걷던 황조령과 초희는 잠시 발길을 멈췄다. 밤 구름에 가려졌던 보름달이 그 웅장한 자태를 드러냈기 때문이다.

황조령은 멍하니 달을 바라보았고, 초희는 그런 황조령의 옆모습을 지켜보며 물었다.

"괜찮으십니까?"

"뭐가 말이더냐."

황조령은 쏟아질 듯한 달빛에 시선을 떼지 못하고 대꾸했다.

"금호상단의 무남독녀 말입니다. 여장부라 소문난 그녀 역시 황 대장님의 배필이 아니었더군요."

"잠시 기대를 가졌다만… 안 되는 건 역시 안 되는 것이었다. 잠시나마 좋은 상상을 할 수 있었던 것에 만족해야지."

"참 속도 좋으십니다. 이런 상황에도 웃음이 나오다니요. 걱정스러워 묻는 것인데… 혼사에 대해서는 완전히 체념하신 겁니까?"

황조령의 웃음 띤 얼굴에 이채가 번뜩였다. 체념은 곧 포기, 그가 가장 싫어하는 말이었다.

"내가 누군지 모르고 하는 소리더냐? 백 번의 실패는 있어도 결코 포기란 없다."

황조령은 초희의 눈을 똑바로 보며 대답했다. 어떠한 시련에도 굴하지 않겠다는 강한 의지를 느낄 수 있었다. 이에 살포시 눈웃음을 지어 보인 초희가 물었다.

"소녀가 정녕 궁금한 것이 있습니다. 어떠한 일이든 거듭된 실패는 사람을 주눅 들게 만듭니다. 백 번이나 퇴짜를 맞고도 그리 초연할 수 있는 비결이 무엇입니까? 몇몇 호사가들이 우스갯소리로 말하는 것처럼 황 대장님은 정녕 포기 자체를 모르는 바보입니까?"

그냥 웃자고 하는 농이었건만 황조령의 대답은 진중했다.

"모용관 때문이다."

"예?"

"여인들이 비명을 지를 때마다 칼칼거리며 웃어대는 모용관이 모습이 떠오른다. 그놈이 남기고 간 저주스러운 상처… 이는 모용관과 나의 끝나지 않은 싸움이기도 하다."

"죄송합니다. 소녀가 괜한 것을 물었군요."

"아니다. 너는 충분히 물을 자격이 있다. 너는 나에게 희망이자 위로가 되는 여인이다."

"어떤 희망과 위로이온지요. 이 상처를 보고도 아무렇지도 않은 여인이 있다. 그러니 천 번이고 만 번이고 선을 보아 저 같은 사람을 찾으면 된다는 생각이십니까, 아니면… 마지막 방편으로 기녀인 저를 정실로 맞이할 각오가 생긴 건지요?"

"그, 그건……."

초희는 고개를 가로저었다. 직접 대답할 필요가 없다는 의미였다.

"황 대장님, 답은 이미 나와 있습니다. 이 저주스런 상처를 감싸줄 수 있는 다른 여인을 찾으십시오. 소녀를 선택하면 포기하는 것이나 진배없습니다. 그 순간 모용관은 깔깔거리며 자신이 이겼다고 난리를 칠 것입니다."

"……."

황조령의 머리는 혼란스러웠다. 초희가 직접 답을 가르쳐 주었어도 그녀에 대한 감정은 복잡하고 또 복잡했다.

"밤이 깊었으니 이제 돌아가셔야 할 것 같습니다."

복잡한 마음이 풀릴 때까지 밤새 술을 마시고 싶었다. 그러나 황가장에서 백 번째 선의 결과를 기다리고 있을 어머니를 생각하면 돌아가야 했다.

"그래야겠군."

황조령과 초희는 발길을 돌려 다시 별채 쪽으로 향했다. 은은한 달빛이 참으로 고운 밤이었다.

"숙수에게 일러 큰마님께서 드실 만한 음식을 준비해 두라 하였습니다."

"매번 고맙구나."

"한데 큰마님께서도 꽤 완고하시다 들었습니다. 기루(妓樓)에나 드나든다고 뭐라 하시지 않으십니까?"

"뭐라 하긴… 외려 반기시는 편이지."

"예?"

초희가 뚱한 표정으로 반문했다. 어렸을 적부터 기루에서 산전수전 다 겪은 그녀였다. 어느 집안에서든 남정네가 기루에 드나드는 것을 반겨하진 않았던 것이다.

"그런 게 있느니라."

황조령은 그녀의 의문 섞인 시선을 외면하며 걸었다. 직접 말로 하기가 민망했기 때문이다.

최고의 신랑감이라 할 수 있는 황조령이 줄줄이 퇴짜를 맞자 별의별 소문이 다 돌았는데, 그중 하나가 모용관과 접전을 벌이다 그게(?) 잘려 남자 구실을 못한다는 것이었다.

불행인지 다행인지 황조령이 풍류각에 드나들기 시작하면서 그런 민망한 소문들은 잦아들었던 것이다.

第二章
진심장법

나른한 오후, 황가장의 수련장.

황조령은 다리가 불편하여 가부좌를 틀지 못했다. 때문에 투박한 등받이 의자에 앉아 기(氣)의 흐름을 살폈다.

성난 파도처럼 용솟음치던 기의 흐름은 사라진 지 오래였다. 아무리 집중에 집중을 거듭해도 실낱같은 기의 흐름도 느끼지 못했다.

"후우……."

탄식과도 같은 숨을 내뱉으며 황조령이 눈을 떴다.

단전의 파괴, 아니다. 이는 소멸에 가까웠다.

혹독한 수련을 통해 얻은 내공은 물론, 두치의 목숨과 맞바꾼 만년설삼, 대환단, 공청석유, 만년지극혈보 등을 섭취했던 영약의 자취도 찾을 수 없었다.

머리부터 발끝까지 땀범벅이 되었지만 쉴 여유가 없었다. 이가 없으면 잇몸이라고, 내공의 약점을 외공을 통해 보충해야 했다.

그러나 설상가상, 황조령은 육신조차 성치 않은 몸이었다. 불편했던 한쪽 팔과 다리 중 오른손은 어느 정도 회복했지만, 왼쪽 다리는 여전히 제 구실을 못하는 형편이었다.

흥, 흥, 흥~!

황조령은 계속 의자에 앉아 지팡이를 휘둘러야 했다. 절룩이는 다리로는 중심 잡기가 힘들었고, 앉아 있는 상태가 가장 안정적이었다.

진심장법(眞心杖法).

무림지존의 위치까지 올랐던 황조령이 삼 년간의 각고(刻苦) 끝에 창안해 낸 무술이다. 그동안 그가 접했던 모든 무공의 기교가 총망라되었지만, 노력에 비해 그 효율성은 극히 낮았다. 사지가 멀쩡한 사람에게는 전혀 필요 없는 앉은뱅이 무술이기 때문이었다.

내공까지 상실했기에 예전 실력의 십분의 일, 아니, 백분지 일에도 못 미치는 실력이지만, 결코 좌절하지 않고 수련에 매진하는 그때였다.

끼이익.

문 열리는 소리와 함께 조심스런 음성이 들려왔다.

"황 대장님……."

수검이었다.
"무슨 일이더냐?"
 황조령은 진심장을 내려놓으며 물었다. 수련 시간에 찾아온 것을 보면 보통 일이 아님이 분명했던 것이다.
 "재남 사시는 외숙부님이 급히 뵙기를 청하였습니다."
 "셋째 외숙부님이?"
 황조령은 칠대독자였지만 외가 쪽으로는 친척이 많았다. 용아촌과 가장 가까운 재남이라면, 지방 관리로 일하고 있는 셋째 외숙부가 틀림없었다.
 "매우 급한 일이라 하셨습니다."
 외숙부님이 직접 발걸음을 했는데 이유를 따질 때가 아니었다.
 "곧 나간다 여쭈어라."
 "예."
 황조령은 곧바로 땀에 젖은 무복을 갈아입고 본채를 향해 걸어갔다.
 "오~ 황 가주!"
 재남 관리로 일하는 유석남(柳晳湳)은 황조령이 다가오자 크게 반색했다. 구세주라도 만난 반응이었는데, 이내 곧 주춤하는 모습을 보였다.
 "내, 내가 수련을 방해한 겐가?"
 붉게 상기된 황조령의 얼굴엔 굵은 땀방울이 맺혀 있었다. 무림인의 수련을 방해하는 게 얼마나 실례인지 귀동냥으로 들었던 것이다.

"아닙니다, 외숙부님. 상관치 마시고 안으로 드시지요."

황조령은 본채로 안내하려 했지만 유석남은 꼼짝도 하지 않았다.

"아닐세, 황 가주. 우리 관청에 골치 아픈 일이 생겼는데, 도움을 청할 데가 황가장밖에 없어서 말이야."

"무슨 일인지는 모르겠지만 말씀만 하십시오. 외숙부님 일이라면 만사를 제쳐 두고 도와드려야지요."

"자네가 그렇게 말해주니 일단은 안심일세. 황 가주는 강호에 대해서 누구보다 잘 알지 않은가. 혹시 홍강(紅江)의 파천문(破天門)이라 들어봤는가?"

"예……."

동지가 아닌 적으로 알고 있었다. 강남 일대에 근간을 둔 유명한 사파였으며, 패도적이라 소문난 문파 중 하나였다. 특히나 이십일대 문주였던 장무일(張武一)은 그 야심이 커 무림대전이 발발하자마자 진양교의 편에 섰었다.

한때는 강남의 패자(覇者)로 군림했지만 그들의 권세 또한 진양교 쇠퇴와 함께 몰락했다.

진양교의 일차 침공 때 장무일이 전사했고, 이차 침공 때는 이십이대 문주 장기보(張期寶), 모용관이 출정했던 삼차 침공 때는 이십삼대 문주 장우량(張優亮)을 포함한 칠 할에 가까운 전력을 상실했다.

이십사대 문주인 장연무(張聯武)는 소심하고 심약한 인물이었다. 십 년 봉문을 조건으로 먼저 화친을 청해왔고, 황조령은 이를 수용했었다.

"그들이 무슨 문제라도……?"

"아, 글쎄 며칠 전부터 우르르 몰려와서는 재남에 있는 객잔 하나를 점령하지 않았나?"

"점령이요?"

"무력으로 어찌한 것은 아닌데… 놈들의 분위기가 워낙 험악해야 말이지. 그 객잔 주인은 나와도 친분이 있는데, 그놈들의 먹성이 얼마나 좋은지 이거 해와라, 저거 해와라, 엄청 먹기만 하고 돈은 내지 않고. 그놈들이 진을 치고 있으니 손님도 뚝 끊기고……."

황조령은 어떤 상황인지 대충 짐작이 갔다. 한때 강호에 몸담고 있던 입장에서 참으로 수치스러운 일이었다.

"도저히 안 되겠던지 관청으로 찾아와 날 잡고 통사정하는데… 무림에 대한 일은 관이 함부로 나설 수도 없는 일이고, 그렇다고 친우의 부탁을 외면할 수도 없고……."

"잘 오셨습니다, 외숙부님. 의복을 갖추는 대로, 아니, 지금 당장 그곳으로 가시지요."

"고맙네, 황 가주!"

입이 귀에 걸린 유석남보다 더 반겨하는 이가 있었다. 황조령의 분신이자 황가장 최초의 외부 제자인 수검이었다.

"드디어 제대로 된 무림인과 싸워보는 겁니까?"

황 장군으로 명성은 얻은 그였지만 무림인과의 진검 승부는 전무했다. 주먹깨나 쓴다는 왈패 무리나 멋모르고 덤벼드는 한량들을 상대한 것이 고작이었다.

이는 산동 일대를 황가장이 꽉 잡고 있기 때문이다. 그 어떤 무림문파도 황가장에게 도발을 거는 행위는 하지 못했다.

"그리 흥분하지 마라. 아직 놈들이 파천문의 제자라고 확신하기는 이르다."

"하면 그놈들이 남의 문파 이름을 팔아먹는 사기꾼 새끼들이란 말입니까?"

"그 가능성도 배제하진 못한다는 것이지. 파천문의 세가 아무리 쇠락했어도 한때는 강남 일대를 호령했던 문파이다. 그들에게도 무림인의 자존심은 남았을 것인데, 어찌 왈패들이나 하는 파렴치한 짓을 할 수 있겠느냐?"

"오… 그럴 수도 있겠는데요?"

"하나 이 또한 확실한 것은 아니다. 놈들의 정체를 밝혀낼 때까지 내가 누군지 알리는 짓은 삼가라."

"명심하겠습니다."

황조령은 수검과 이야기를 나누며 출입문을 나섰다. 문밖에는 두 대의 가마가 대기하고 있었다.

관에서 쓰는 가마는 유석남이 타고 온 것이고, 다른 한 대는 다리가 불편한 황조령을 위해 따로 준비한 것이었다.

"어서 오르게나."

"감사합니다, 외숙부님."

가마는 그들이 타자마자 곧바로 움직였다.

한데, 선두에 서서 걷는 수검이 무척이나 심심한 모양이다. 놈들의 진면목을 밝힐 때까지 정체를 숨기라 했으니 황 대장이 나가신다 외칠 수도 없는 노릇이다. 그러다 갑자기 심각한 표정이 되어 구시렁거리는 수검이었다.

"그놈들이 사기꾼이면 진짜 재미없겠는데……."

제대로 된 무림인과의 진검 승부가 무산될까 걱정이었다. 그러나 가마에 타고 있는 황조령의 머릿속은 이보다 더 복잡했다.

어떤 놈들이기에 재남에서 소란을 피우는 것일까?

황조령이 무림지존의 위치에 오른 이후, 산동에서 무공 자랑 하지 말라는 속설까지 생겨났다. 그만큼 황가장이 산동에서 차지하는 위치는 컸다. 지난 삼 년 동안 무림맹은 물론, 진양교의 어떠한 잔존 세력도 산동에서는 모습을 드러내지 않았던 것이다.

파천문이라 했으니 선대 문주들의 원수를 갚기 위해?

그럴 가능성도 있지만 미심쩍은 부분이 더 컸다.

황조령이 내공을 상실한 것은 수검도 모르는 비밀이었다. 그들의 문주들도 황조령의 십 합 적수도 되지 못했는데, 단체로 죽고 싶지 않은 이상에야 함부로 도발을 걸어올 리 만무했다. 또한 그 정도로 의리가 있는 놈들이라면 무단 취식으로 민폐를 끼치는 행동은 하지 않았을 것이다.

괜히 의심이 가는 존재도 있었다.

그렇다면 여주승의 사주를 받고…….

황조령은 이내 고개를 저었다. 그는 그렇게 멍청하지 않았다. 만약 황조령을 어찌하려는 마음이 있었다면 섣불리 건들이지 않고 완전히 끝장내는 방법을 썼을 것이다.

그렇다면 사기꾼 무리의 개념없는 행동인가?

황조령의 고민이 원점으로 돌아온 그때였다.

"황 가주?"

"예, 외숙부님."

가마를 타고 나란히 가던 유석남이 고개를 돌렸다. 모든 짐을 황조령에게 떠맡겼기 때문인지 한결 편안해진 표정이었다.

"내달 초이레가 무슨 날일지 알고 있겠지?"

"예, 물론입니다."

막내 이종제(姨從弟), 황조령과 함께 노총각 소리는 듣던 이종사촌동생의 혼인날이었다. 바로 유석남의 막내아들이었다.

"드디어 막내 놈까지 짝을 찾게 되었군. 그놈이 장가갈 생각은 않고 노상 기루만 드나들어 걱정이 많았는데 말이야. 참, 운남으로 출가하신 둘째 누님 식구들도 참석하다는 기별을 받았다네. 오랜만에 모든 친척들이 모이는 경사스런 자리가 될 거야."

"그, 그렇군요."

황조령이 웃는 모습은 어색했다. 그 많은 친척들이 모인 자리에서 무슨 소리가 나올지 뻔했던 것이다.

"황 가주도 얼른 장가를 들어야지. 그래야 우리 큰누님도 커다란 시름을 덜 것 아닌가? 하루빨리 적당한 처자를 찾아야 할 텐데……."

큰일이다!

황조령의 고민거리가 바뀌었다.

외숙부가 셋에 이모가 다섯이다. 거기에 외숙모와 이모부를 더하고, 사촌동생인 이종제만 해도 삼십이 넘고, 조카들까지 합치면 근 백에 달하는 숫자였다.

그 경사스러운(?) 날, 어떤 상황이 벌어질지 절로 상상이 갔다.

'황 가주, 이제는 우리 큰누님의 원을 풀어줄 때도 되지 않았나? 아직도 무림에 대한 미련이 남아 있는가?'

'형님, 도대체 뭐가 문제입니까? 백 번이나 선을 봤으면 어떤 결과가 있어야 할 것 아닙니까?'

'큰외숙부님은 왜 자꾸 여자들한테 차이는 거예요?'

상상만 하는 것으로도 골치가 아팠다. 지금의 황 대장에겐 파천문의 무단 취식이 문제가 아니었다. 어떻게 하면 그 경사스런 날 빠질 수 있을지 고심에 고심을 거듭하며 황가장을 벗어났다.

평소보다 더욱 북적거리는 재림의 저잣거리.

유곽과 객점이 몰려 있는 길목 초입엔 구름처럼 몰려든 구경꾼들로 인산인해를 이루었다.

풍림객잔(風林客棧).

파천문 제자들 때문에 골머리를 썩는 객잔 주인은 관에만 도움을 청한 게 아니었다.

법보다 주먹이 가깝다고, 재남에서 제법 이름이 알려진 복호문(伏虎門)에 그 해결을 부탁했다. 객잔 주인과 연이 있는 복호문주는 곧바로 수하들을 불러 모았다. 그러고는 자신이 직접 인솔하여 풍림객잔으로 쳐들어갔다.

객잔 주인의 하소연은 사실이었다.

풍림객잔과 그 주위는 그야말로 난장판, 불량스런 몰골의 파천문 제자들은 지나가는 아녀자를 희롱하기를 일삼았다.

복호문주는 준엄히 경고했으나 소용없었다. 곧바로 두 문파 간의 대대적인 충돌이 벌어졌다.

양측의 숫자는 비슷했지만 싸움의 양상은 일방적이었다.

야수로 돌변한 파천문의 공세에 복호문 제자들이 추풍낙엽처럼 쓰러졌고, 결국 사망자까지 나오고 말았다.

"이를 어째, 이를 어째……."

군중들은 팔다리가 잘리고 피범벅이 되어 실려 나오는 복호문 제자들을 보며 발을 동동 굴렸다. 재남에서, 그것도 백주에 칼부림은 상상도 할 수 없는 일이었다. 더욱이 사람 좀 죽인 게 무슨 대수냐며 키득거리며 장난질을 일삼는 파천문 제자들을 보며 무림인이 얼마나 무서운 존재인지 새삼 깨달은 모습이었는데…….

"좀 비킵시다."

수검이 꽉 막힌 길을 뚫고 진심장을 의지한 황조령이 그 뒤를 따랐다. 마침내 황가장이 나선 것이다. 그러나 대부분의 사람들은 몸이 불편한 황조령보다 듬직한 체구의 수검에게 더욱 기대를 거는 눈치였다.

"오~ 황 장군! 저 극악무도한 놈들이 글쎄, 무전취식에 여인네들을 희롱하는 것도 모자라 사람까지 죽였다네! 어서 본때를 보여주게나, 황 장군!"

괜히 무안해진 수검의 목청이 높아졌다.

"아, 시끄럽게 굴지 말고 비켜나란 말이오! 우리 황 대장님이 지나가야 하잖소?"

"아니다. 나는 됐으니 먼저 가거라."

"황 대장님?"

"괜찮다. 나는 천천히 따를 것이니 먼저 가보라니까."

"알겠습니다. 그럼……."

꾸벅 인사를 마친 수검이 먼저 군중 속을 빠져나왔다. 그리고는 성큼성큼 풍림객잔을 향해 다가갔다. 서로의 얼굴을 확인할 수 있는 거리에 이르자 수검은 허리춤에 찬 수호검을 검집째로 빼 들었다. 그러고는…….

쿵~!

검집 끝으로 땅을 찍어 파천문 제자들의 시선을 모은 다음 이를 가는 음성으로 물었다.

"네놈의 새끼들이 무단 취식에 아녀자 희롱, 백주에 살인까지 일삼는 파천문의 개새끼들인가?"

진심장법 185

순간, 놈들이 조용해졌다. 수검의 기백을 보고는 만만치 않은 상대임을 직감한 것이다.

"아무런 대답도 없는 것을 보니 대충 맞는 모양이군."

단번에 분위기를 휘어잡은 수검이 등 뒤로 손을 가져갔다. 또 다른 무기를 꺼내나 싶었는데 아니었다. 그가 등 뒤에서 꺼낸 것은 나무로 만든 접이식 의자였다.

처억!

수검은 힘차게 의자를 펴 땅에 놓고는 이내 뒷걸음치며 물러났다. 엄청난 기백의 등장과 달리 너무도 어이없는 퇴장이었다.

곧이어 절룩절룩 진심장을 의지한 황조령이 걸어나왔다.

그의 진면목을 모르는 구경꾼들은 우려의 눈빛을 보냈고, 파천문의 분위기 또한 마찬가지였다. 제대로 걷지도 못하는 다리 병신이 뭘 어쩌겠냐는 반응인 것이다.

황조령은 이에 아랑곳 않고 최대한 꿋꿋이 걸었다. 그리고 수검이 펴놓은 의자에 앉아 진중한 음성으로 물었다.

"이 중에 누가 우두머리인가?"

"……"

아무도 대답하지 않았다. 속된 말로, 병신 지랄한다는 반응이다. 자기들끼리 툭툭 어깨를 치며 서로 우두머리 하라는 장난질을 했다.

"그대들은 홍강(紅江)의 의미를 아는가?"

"저 병신, 뭐라는 거야?"

"큭큭큭, 모가지 뎅강 하고 싶은가 보지."

역시나 빈정거리는 놈들 사이로 눈에 이채를 띠는 이가 있었다. 황조령은 그에게 시선을 집중하며 말을 이었다.

"파천문 앞을 흐르는 강이 바로 홍강이다. 한데 사람들은 의아해하지. 강물 색은 맑고 투명한 하늘빛인데, 왜 붉다는 이름이 붙었을까? 예전 파천문은 강대한 문파들 사이에 끼인 조그만 문파였다. 인원수나 지리적 위치 모든 것이 열세(劣勢)였지만, 그 기백만큼은 대단하여 어떠한 문파와의 결전에도 물러서는 법이 없었지. 때문에 홍강의 물은 항시 붉을 수밖에 없었다."

"그래서, 뭐 어쩌라고!"

한 놈이 발끈하여 벌떡 일어섰다. 금방이라도 허리춤에 찬 검을 뽑을 기세였지만 황조령은 신경 쓰지 않았다. 맨 처음 반응을 보인 놈을 주시하며 계속 말을 이었다.

"그 피로 쌓은 파천문의 명성을 이리도 짓밟아놓을 수 있는가. 약자를 괴롭히고 아녀자를 희롱하고, 자기 멋대로 사람의 생명까지 해하고, 이래서야 인간 망종으로 불리는 시정잡배와 무엇이 다르단 말인가."

"이 다리 병신 새끼가… 뚫린 입이라고!"

스캉!

자리를 박차고 일어난 놈이 결국 칼을 빼 들었다. 황조령은 개의치 않고 훈계를 계속했다.

"지금의 행동 또한 막돼먹은 시정잡배와 무엇이 다른가. 진정한 무인은 가벼이 검을 뽑지 않는다."

"그 주둥이, 찢어버린다!"

화를 참지 못한 놈이 달려들었다.

순간, 구경꾼들 사이에선 우려 섞인 탄성이 튀어나왔다.

"이야야아~!"

사납게 달려드는 파천문 제자의 검날이 황조령의 머리를 쪼개놓을 것 같았지만 쓸데없는 우려였다.

황조령은 슬쩍 진심장을 내뻗었을 뿐이다.

푹.

"컥!"

피하지 못하고 명치를 찔린 놈은 이내 게거품을 물며 고꾸라졌다.

운인가?

"저 앉은뱅이 새끼가!"

분기탱천한 파천문 제자들이 연달아 뛰어들었다.

툭.

"캑!"

푹.

"캑!"

빡!

"캐액~!"

황조령이 진심장을 휘두를 때마다 기세 좋게 달려들던 파천문 제자들은 외마디 비명을 지르며 줄줄이 쓰러졌다.

복호문과 파천문의 대결 때처럼 붉은 피와 비명이 난무하는 처절한 싸움이 아니었다.
　아이들의 유치한 칼 장난 같은 장면의 연속이었다.
　그러나 무공의 무 자도 모르는 저잣거리 상인과 구경 나온 나무꾼, 농사꾼, 약초꾼, 애를 업은 아녀자, 황조령에게 썩은 미소를 날렸던 꼬마도 알 수 있었다.
　차원이 다르다!
　투박한 의자에 앉아 있는 것은 호랑이, 악에 받쳐 달려드는 것은 쥐새끼들이나 다름없었다. 그냥 앞발을 들어 툭툭 쳐내는 듯한 느낌이었다.
　"그만!"
　황조령의 눈길을 받았던 파천문 제자가 마침내 몸을 일으켰다. 다부진 체격과 표정을 알 수 없는 눈빛, 불량기만 가득했던 놈들과는 사뭇 분위기가 달랐다.
　그의 말이 끝나기가 무섭게 사납게 달려들던 놈들이 일제히 멈춰 섰다. 진심장을 거둬들인 황조령은 그럴 줄 알았다는 표정으로 입을 열었다.
　"자네가 이 무리의 우두머리인가?"
　"그건 중요치 않다."
　"……?"
　"내가 중요히 여기는 것은… 누군가 내 동료들에게 상처를 입혔다는 것이지!"
　스캉!

놈은 주저없이 검을 빼 들었다. 그 순간 검끝의 궤적을 따라 진한 흙먼지가 발생했다.

"저것이 무슨 조화래?"

대부분의 사람들이 신기한 구경거리로 여겼다. 그러나 무공에 대해 어느 정도 조예가 있는 이들은 경악했다.

"거, 거, 검풍(劍風)!"

상승의 내공이 아니고서는 검풍을 펼칠 수 없었다.

이에 황조령은 고개를 가로저었다. 벅찬 상대를 만났다는 표현이 아니다. 말귀가 통할 놈인줄 알았는데 극히 실망했다는 의미가 분명했다.

"타앗~!"

매서운 기합 소리와 함께 놈이 달려들었다.

"저, 저리도 빠르다니!"

군중들은 자기 눈을 의심했다. 한 걸음 내닫는다 싶었는데 벌써 황조령의 지척에서 검을 내려치고 있었다.

"이야압~!"

"저, 저런!"

구경꾼들의 안타까운 탄성이 터지는 순간이었다.

황조령은 서슬 퍼런 검날을 막을 생각은 않고 뒤쪽으로 몸을 기울였다. 의자 등받이를 방패막이 삼을 모양이다.

하나, 이것이 내공이 충만한 고수에게 통할 짓인가? 황조령의 의도를 눈치챈 놈은 더욱 공력을 실어 내려쳤다. 의자와 함께 황조령의 머리통까지 박살 내겠다는 생각이었다.

쩌억!

투박한 의자 등받이는 검날에 닿자마자 쪼개졌다.

"으아아아~!"

그의 사나운 기세로 보아 의자 전체를 두 동강 내는 것은 문제없을 듯 보였는데…….

"……!"

놈은 당황한 기색이 역력했다. 황조령의 정수리를 쪼개기 직전, 검이 멈춰 버린 것이다. 문제는 이뿐이 아니다. 재빨리 검을 회수하려 했지만 꼼짝도 하지 않았다. 속된 말로 빼도 박도 못하는 상황인 것이다.

"용쓰지 말게나. 이 의자는 악귀목(惡鬼木)으로 만들어졌다네."

악귀목은 석화목(石化木)의 일종이다. 돌처럼 단단하여 불단목(不斷木)이라 불리기도 하는데, 악귀목은 그중에서도 희귀종으로 중심으로 들어갈수록 단단해지기 때문에 이처럼 빼도 박도 못하는 상황이 발생하는 것이다.

"이런 간사한……."

황급히 몸만 빼내려 했지만 늦었다.

빠악!

진심장의 손잡이가 놈의 턱을 강타했다. 황조령의 혼신의 힘이 담긴 공격이었다.

휘깍 고개가 젖혀진 놈의 몸뚱이가 허공으로 떠올랐다. 손과 발엔 힘이 빠져 축 늘어진 상태. 휘날리는 머리칼 사이로 고통을 참아내려 이를 악문 놈의 표정이 보였다.

그 의지만은 대단했다. 그러나 놈이 받은 충격은 정신력의 한계를 넘어섰다. 포물선을 그리며 뒤로 넘어가던 놈은 결국 의식을 잃고 뒤통수부터 땅바닥에 떨어졌다.

쿵~!

요란한 소리가 울려 퍼지는 순간, 객잔 안에 있던 모든 파천문 제자들이 일제히 몸을 일으켰다.

"지평~!"

동료들의 애타는 부름에도 그는 대답이 없었다. 눈을 부릅뜬 상태로 정신을 잃은 것이다.

"다리 병신…… 네 이놈~!"

그들의 동료애는 이내 황조령에 대한 분노로 바뀌었다.

"죽여~!"

악에 받친 고함 소리와 함께 객잔 안의 파천문 제자들이 한꺼번에 덤벼들었다. 질풍노도 같은 기세에 머릿수는 상대도 되지 않았다. 그러나 이 말도 안 되게 불리해 보이는 싸움판을 황조령이 지배했다.

푹.

"컥……"

빠각.

"커억!"

진심장을 휘두를 때마다 여지없이 놈들이 쓰러졌다. 진을 짜서 덤벼보고, 의자에 앉은 황조령을 포위한 채 한꺼번에 검을 내려쳐도 소용없었다.
 빠바바박!
 "크억!"
 "캑!"
 "커억!"
 놈들은 비명조차 길게 지르지 못하고 줄줄이 나자빠졌다.
 황조령이 완벽히 파천문 제자들을 제압하는 모습에 구경꾼들은 신명난 반응을 보였다.
 "그렇지! 잘한다!"
 놈들이 쓰러질 때마다 구경꾼의 환호가 터지고, 어깨가 절로 들썩였다. 피비린내 나는 칼싸움이 아니라, 이따금 재림을 찾아오는 유랑 곡예단의 재주를 구경하는 듯했다.
 그러나 이렇듯 흥에 겨운 분위기 속에서 안타까움을 금치 못하는 인물이 있었다. 바로 수검이었다.
 "저, 저, 저, 저……."
 안타까운 소리를 연발하는 수검은 불나방처럼 달려드는 파천문의 제자를 말리고 싶었다. 그래야 자신도 제대로 된 무림인과 싸워볼 것이 아닌가?
 한가득 쌓여 있는 떡 접시를 혼자 독식하는 형을 바라보는 동생의 심정이었다. 제발 한 개만 남겨주었으면…….
 아쉽게도 수검의 소박한 바람은 이루어지지 않았다.
 기세 좋게 달려들던 파천문 제자들은 한 놈도 빠짐없이 황조령의 발밑에 고꾸라졌고, 수검이 나설 차례는 결국 돌아오지 않았다.

다시 평화를 찾은 풍림객잔.
싸움은 끝났다. 그러나 구경꾼들은 발길을 돌릴 생각을 하지 않았다. 엄청난 무위를 보여준 황조령의 얼굴을 조금이라도 더 보려고 혈안이 되어 있었다.
사방에서 몰려드는 인파는 관병(官兵)들이 막았다. 난장판이 된 객잔 주위를 대충 정리하고 널브러져 있는 파천문 제자들을 꽁꽁 묶었지만 관병의 임무는 거기까지였다.
무림인의 처벌은 관도 어찌할 수는 없는 노릇이었다. 그들에 대한 처분까지 황조령이 결정해야 했다.
"지평이라 했는가?"
"그렇다."
맹수를 묶어놓은 듯 겹겹이 포박당한 지평이 사납게 노려보며 대답했다. 포로가 된 상태에서도 눈빛은 살아 있었다.
"왜 무림인답지 않은 행동을 했는가?"
"당신 같은 사람에겐 말하고 싶지 않다."
"나 같은 사람이 어때서? 내가 불구의 몸이라 그런가?"
"그건 절대 아니다. 나는 장애를 가진 것으로 사람을 평가하지 않는다. 외려 그런 몸을 하고도 상승의 무공을 익힌 것은 칭찬을 받아야 마땅한 일이다."
"하면, 이유가 무엇인가?"
"당신은 우리가 얼마나 고초를 당했는지 모른다. 문주님이 돌아가신 이후 본 문은 별의별 수모를 다 당해야 했다. 같은 무림인은 물론 무공을 모르는 평범한 인간들에게까지도 말이다."

"허, 파천문주가 세상을 떠났는가?"

"그렇다."

강호는 완전히 떠난 그인지라 현 무림의 사정은 전혀 몰랐다. 아니, 강호를 잊으려 의도적으로 외면한 결과였다.

"이유가 무엇인가?"

"쇠락의 길을 걷는 문파를 살리려 절치부심… 극상의 무공을 익히려 폐관 수련에 드셨다가 그만 주화입마에……."

지평은 말을 다 잇지 못했다. 그때의 일이 떠오르는지 그의 눈은 붉게 충혈되어 있었다.

"주화입마에 빠져 절명하셨는가?"

"아니다. 가까스로 목숨은 건지셨으나 내공을 소실하고 한쪽 팔과 다리를 쓸 수 없는 불구의 몸이 되셨다. 문주님은 그런 자신이 문파의 짐만 될 뿐이라며 스스로 목숨을 끊으셨다."

"그랬군……."

황조령은 참착한 표정으로 중얼거렸다. 비록 예전에는 적이었지만, 파천문주의 비극적인 소식을 접하고는 마음이 편치 않았는데…….

"가식적인 위로는 필요없다!"

"가식이라니?"

황조령은 어이없는 표정이 되어 반문했다. 이에 지평은 울분 섞인 표정으로 대답했다.

"그대의 무공 수위로 보아 분명 이름있는 문파의 수장일 것이다. 한데 얼마나 우리 문파를 같잖게 보았으면 문주님이 돌아가셨다는 것조차 모르고 있었단 말인가? 그런 당신이 우리가 얼마나 고초를 겪었는지 알 턱이 있겠는가!"

황조령은 지지 않고 목청을 높였다.

"하면 그동안 멸시당한 복수심으로 서민들을 괴롭히고 무전취식을 일삼았단 말인가!"

"그건 확실히 아니다!"

"하면 이유가 대체 무엇이란 말인가?"

"본 문의 마지막 임무를 남겨두고 이번만큼은 잘 먹이고, 편안한 곳에서 잠자게 하고 싶었다. 그동안 한 번도 그렇게 해주지 못했기 때문이다. 명예를 잃은 우리는 거렁뱅이와 다름없는 신세였다."

"그 마지막 임무란 무엇인가?"

황조령은 상체까지 굽히며 물었다. 설마 하는 기색이 다분했다.

"무적신검 황 대장, 그와 결전을 벌일 것이다."

"후……."

황조령은 나직한 한숨을 토하며 고개를 가로저었다. 최악의 예상이 적중했다. 파천문 제자들은 죽을 자리로 이곳을 택한 것이다.

"전대 문주들에 대한 복수인가?"

"그건 이제 중요치 않다. 파천문이 어떤 문파인지 다시 한 번 강호가 깨닫게 해줄 것이다."

"괜한 짓 하지 말고 돌아가거라."

"불필요한 충고는 사양하지. 우린 이미 한날한시에 목숨을 버리기로 각오했다."

그들 또한 단체로 죽을 짓이라는 것을 뻔히 알고 있었다. 이에 황조령은 담담한 음성으로 입을 열었다.

"똑바로 들으라. 내가 바로 그대들이 찾은 황 대장이다."

"……!"

순간, 모든 파천문 제자들이 번쩍 고개를 치켜들었다. 한결같이 의문이 가득한 표정이었다. 그중에서도 지평이 가장 못 믿겠다는 반응이었다.

"그, 그럴 리 없다! 당신이 결코 황 대장이 아니다!"

"지평, 그대는 진양교의 삼차 침공 때 참여했었는가?"

"그렇다. 문주님을 호위하는 무사로 참가했었다."

"하면 내 모습을 똑똑히 봤을 것 아닌가?"

"……"

지평의 눈 주위에 경련이 일어났다.

지팡이에 두 손을 얹고 앉아 있는 황조령의 모습. 성난 파도 같은 기백으로 무림맹 무사들을 호령하고 무림지존 모용관과 백 합 넘게 사투를 벌였던 그 황 대장이 분명했다.

"아, 아니야……"

너무도 확실하건만 지평은 고개를 가로저었다. 그의 마음이

진심장법 197

인정할 수 없었던 것이다.

"진실을 부정한들 무슨 소용 있겠는가? 내가 바로 그대들이 찾던 황 대장이 맞다. 그리고 날 어찌한다고 세상이 파천문을 다시 보는 일은 없을 것이다. 보시다시피 나는 제 한 몸 건사하는 것도 힘든 불구자일 뿐이다."

괜한 소리가 아니다. 황조령이 절룩이며 나섰을 때, 우려를 금치 못하던 군중들의 반응을 똑똑히 보았다.

여전히 정신적 충격에서 빠져나오지 못한 지평이 떨리는 음성으로 물었다.

"화, 황 대장… 다, 당신은 왜 이런 모습으로 살고 있는 것이오……."

"하면, 누구처럼 자결이라도 해야 했단 말이더냐?"

"그런 의미가 아니오. 한때 천하를 호령했던 그대잖소. 누구도 넘보지 못했던 모용관을 꺾고 무림지존의 위치까지 올랐던 그대잖소? 그런데 어찌… 가련한 불구자 취급을 당하면서 아무렇지 않을 수 있는 것이오? 당신에겐 힘과 명성이 있지 않소? 오늘처럼 약간의 무공 실력만 보여줬더라도 좀 더 일찍 당신을 존경하며 따랐을 것 아니오?"

황조령은 허탈한 웃음을 지어 보이며 대답했다.

"강호에서는 힘이 존경이 대상이 될지도 모르지. 그러나 범인들이 살아가는 세상에선 힘은 곧 두려움으로 느껴진다. 그 힘을 어찌 쓰느냐에 따라 두려움의 대상이 될 수도, 존경의 대상이 될 수도 있지. 두려움만 주는 힘은 차라리 없는 것만 못하느니라."

"……."

"이쯤에서 내 설교는 끝내도록 하지. 다시 내 목숨을 노리든 말든 그건 자네들의 자유일세. 다만 한 가지만 당부하겠는데, 다른 사람에게는 피해 가는 일이 없도록 해주게. 그리고 참……."

힘겹게 일어나 발길을 돌리던 황조령이 멈춰 섰다.

"나는 스스로 봉문을 청해온 파천문주가 소심한 인물이라 평가했었네. 그러나 그대들의 말을 듣고 그 생각이 잘못되었음을 깨달았네. 파천문주 자신의 체면보다 문파를 더욱 소중히 여긴 대인이었다. 그 점에 대해서는 그대들에게 대신 사과하는 바네."

"크읍……."

순간, 지평은 닭똥 같은 눈물을 흘리며 오열했다. 그 울음은 퍼지고 또 퍼져 모든 파천문 제자의 통곡으로 이어졌다. 그들이 왜 그리 서럽게 우는지 황조령은 알 것 같았다.

"수검아, 이들을 풀어주거라."

"예, 알겠습니다."

뒤처리를 수검에게 맡기고 발길을 돌리는 그때였다.

'황 대장님.'

오열을 멈춘 지평이 황조령을 불러 세웠다.

"아직도 볼일이 남았나?"

"아닙니다, 황 대장님. 저희는 곧 재남을 떠날 것이며, 복호문의 제자를 살생한 처벌도 달게 받겠습니다. 마지막으로 염치없지만 황 대장님께 부탁드릴 일이 있습니다."

"무슨 부탁이더냐?"

"진원이라는 제 아우가 있습니다. 돌아가신 문주님께서 특히나 총애했던 아이인데, 변장과 암습의 달인입니다. 재남까지 함께했지만 갑자기 종적을 감춰 버리고 말았습니다. 집념이 유달리 강한 녀석이라 분명 황 대장님의 목숨을 노릴 것입니다."

부탁이 아니라 선의적인 경고였다.

"그 녀석을 만나게 되거든 너그러운 마음으로 목숨만은 살려주십시오."

황조령은 대답할 여유가 없었다. 그렇지 않아도 뭔가 꺼림칙한 기분이었는데, 그때였다.

파팟.

"황 대장! 네놈의 목숨을 받아가마!"

관병 사이에 숨어 있던 진원이 모습을 드러냈다.

신출귀몰한 몸놀림도 그렇고, 서슬 퍼런 검날에서 느껴지는 기운으로 보아 지평 못지않은 고수가 분명했다.

차앙~!

일단은 진심장으로 검을 막아냈다.

그러나 문제는 그다음부터였다. 내공을 소실한 상태에서 어찌 진원의 내력을 감당할 수 있을 것인가! 제대로 수련한 무림인과 정면 승부를 펼치는 건 극히 위험한 일이었다.

아니나 다를까, 짜릿한 손목의 느낌과 함께 사나운 기운이 황조령의 몸속으로 파고들었다. 보통 사람, 아니, 내력이 전무한 상태에서 감당할 내공 수준이 아니었다. 이러다가는 황조령의 오장육부가 파열될지도 모를 일이었는데…….

"……!"

난감한 표정을 짓던 황조령의 얼굴에 이채가 번뜩였다. 그의 몸속을 압박하던 기운이 순식간에 사라진 것이다.

소, 소실!

황조령의 내공이 사라진 것과 비슷한 현상이었다. 그의 몸속에는 어떠한 기운도 오래 버티지 못하는 것이었다.

"이놈이 막았겠다!"

발끈한 진원은 더욱 내력을 실어 검을 휘둘렀다. 그러나 검술 실력 자체만 놓고 본다면 황조령이 몇 수나 위였다.

창창창창창…….

황조령은 여유롭게 진원의 공격을 막아냈다. 그가 맘만 먹었다면 벌써 승부가 났을 것이다. 내력이 사라지는 현상을 분석하느라 이를 미룬 것뿐이었다.

창창창창!

오십 합을 넘기면서 뭔가 깨닫는 게 있었다.

원래 단전은 기를 생성하고 보관하는 곳인데, 황조령이 경우에는 그 반대라 할 수 있었다. 무공과 연관된 모든 기가 단전으로 빨려들어 가 사라지는 것이다.

그래도 불행 중 다행이라고, 상대의 내력 때문에 내상을 입을 염려는 없으니 안도해도 되는 것인가?

황조령은 이에 만족하지 않았다.

순간적이라고는 하지만 이질적인 기운이 몸속으로 들어왔다가 사라졌다. 이것이 수십 차례 반복되면 분명 어떤 이상이 생겨야 한다. 그러나 검과 검이 부딪치는 횟수가 늘어날수록 황조령의 몸은 점점 더 가벼워졌다. 마치 운기조식을 한 느낌이었다.

상대의 기를 내 것처럼 사용할 수 있는 것인가!

위험한 발상이지만 황조령은 도전해 보고 싶었고, 실행에 옮기는 것 또한 빨랐다.

창!

진원의 기가 느껴지는 순간, 이를 진심장을 쥔 오른손으로 흘려보냈다. 단전으로 가지 못하게 하는 방편이었다.

일단은 성공이었다. 기는 사라지지 않았고, 이질적인 느낌 또한 없었다.

창창창창…….

기가 쌓이고 쌓이자 내력이 형성되었다. 단전이 아닌지라 계속 쌓아둘 수는 없는 노릇이다. 요동치는 내력을 방출하며 진심장을 내뻗는 순간,

콰콰콰쾅~!

번쩍이는 섬광과 함께 천둥 같은 폭발음이 일어났다.

"뭐, 뭐시여~!"

군중들은 혼비백산했다. 천지가 개벽하는 소리와 함께 엄청

난 광풍이 몰아친 것이다. 황조령의 내력이 만들어낸 후폭풍이었다.

"숙여~!"

놀란 군중들이 황급히 땅바닥에 몸을 엎드렸다.

후아아앙~!

매서운 폭풍이 객잔 일대를 휩쓸고 지나갔다.

사납게 몰아치던 바람이 잠잠해지자 구경꾼들은 하나둘씩 몸을 일으켰다. 자욱했던 흙먼지가 걷히면서 드러나는 장면은 충격적이었다.

객잔이 사라졌다!

고풍스런 외관에 백 년 역사를 자랑했던 풍림객잔이 뼈대만 앙상하게 남고 말았다. 믿겨지지 않는 장면에 구경꾼들은 벌린 입을 다물지 못했다.

깜짝 놀라기는 황조령도 마찬가지였다. 무공에 대한 지식은 둘째가라면 서러워하는 그였다. 분명 오른손에 담긴 내력만 방출했건만 그 위력은 배가 넘는 것이었다.

왜 이런 일이 벌어진 것일까?

황조령의 호기심이 발동하려는 그때였다.

"진원아!"

지평의 다급한 외침을 듣고 황조령이 정신을 차렸다. 초토화가 된 풍림 객잔의 중앙부, 피범벅이 되어 누워 있는 사람이 보였다. 황조령을 암습했던 진원이었다.

"수검아!"

"예~!"

다급하게 뛰어가는 수검의 뒷모습을 황조령은 걱정스럽게 바라보았다. 진원을 살려주겠다고 약속한 것이나 진배없는 상황이기 때문이었다.

서둘러 진원의 몸 상태를 살핀 수검이 황조령을 향해 소리쳤다.

"괜찮습니다! 내상을 크게 입었지만 생명에는 지장이 없을 것 같습니다!"

황조령은 안도의 한숨을 내쉬었다. 그리고는 집으로 돌아가기 위해 한 걸음 내딛는 순간이었다.

우르르.

구경꾼들이 허둥거리며 물러섰다.

존경의 표현이 아니다. 두려움뿐인 행동이었다.

이제는 수검이 '황 대장님 나가신다'라고 소리칠 필요도 없었다. 저절로 뻥뻥 뚫리는 길을 황조령은 절룩이며 걸었다.

땅거미가 지는 황가장.

어둠이 내리기 시작하자 더욱 적막한 느낌이었다.

끼이익…….

조심스레 대문이 열리면서 칠순의 노파가 나왔다. 한때는 황가장을 가장 뻔질나게 드나들었던 매파였다.

조용히 문을 닫고 뒤돌아서던 매파는 때마침 집에 도착한 황조령과 부딪칠 뻔했다.

"하이고, 놀래라. 황 가주님, 그간 평안하셨습니까?"

황조령을 알아본 매파가 황급히 인사를 했다. 한데, 그동안 평안할 리 있겠는가? 누구도 상상 못한 백선백퇴의 위업(?)을 달성한 그다.

"나야 뭐……."

황조령이 무안한 표정으로 얼버무리자 매파는 그의 등을 떠밀며 말했다.

"어서 들어가 보십시오. 큰마님이 기다리고 계십니다."

매파는 황조령은 문 안으로 밀어 넣고는 이내 총총걸음으로 황가장을 벗어났다.

얼떨결에 대문을 넘은 황조령은 천천히 옷매무새를 정리했다. 옷이 구겨지거나 뭐가 묻은 것은 아니다. 어머니가 무슨 볼일로 찾는지 알고 있기 때문이다.

마음이 정리된 황조령은 어머니가 계신 별채로 향했다.

"어머님, 조령입니다."

"들어오너라."

유씨 부인은 황조령이 자리하자마자 곧바로 본론을 꺼냈다.

"방금 감나무골 매파가 다녀갔는데 말이다, 정말 놓치기 아까운 혼처가 나온 모양이구나."

"예……."

황조령은 별 기대하지 않은 반응을 보였다. 이에 유씨 부인은 바싹 황조령을 향해 다가섰다. 그러고는 이번에 들어온 혼처가 얼마나 대단한 곳인지 설명하기 시작했다.

그리고 잠시 후,
별채를 나서는 황조령을 부르는 목소리가 있었다.
"황 대장님! 황 대장님!"
담장 밖에서 빠끔 고개를 내민 수검이었다.
"넌 어쩐 일이냐?"
수검은 황가장 내에서 기거하지 않았다. 황조령의 서른여덟 번째 선이었던가, 맞선 나온 규수를 수행하던 시녀와 눈이 맞아 벌써 장가를 들어 황가장 인근에 집을 얻어 따로 살림을 차리고 살았다.
풍림객잔 사태를 마무리하고 근방까지 함께 왔다가 갈림길에서 헤어졌던 것이다.
"헤헤, 잠시 친구 놈 집에 들르려 했는데, 감나무골 매파를 만났지 뭡니까? 좋은 혼처가 나왔다고 하던데요?"
황조령은 한숨과 비슷한 긴 숨을 내쉬며 호기심 가득한 수검의 얼굴을 바라보았다. 제발 관심 좀 꺼달라는 완곡한 표현이 아니다. 무슨 말부터 나올지 뻔했던 것이다.
무슨 말부터 나올지 뻔했다.
그동안 황조령에겐 백 번의 선 자리가 들어왔었다. 어느 집안의 처자인지, 어디에 사는지, 나이가 몇인지 상관없이 수검의 관심은 오직 한 가지뿐이었다.
"예쁘답니까?"
"뭐, 그렇다고 하더구나."
"그럼 됐습니다! 이번에야말로 확실히 작전을 짜서 성공하는 겁니다. 그런데 뭐, 작전이랄 게 있겠습니까. 첫날밤을 치르는 순간까지 맨얼굴만 보여주지 않으면 됩니다. 그럼 반드시 성공합니다. 한데, 어느 집안의 아가씨입니까?"

이제야 수검이 정상적인 질문을 했다. 황조령은 평상시와 같이 차분한 어조로 대답했다.

"사천 비독문(飛毒門)의 장녀라고 하더구나."

"……!"

순간, 수검의 눈은 커질 대로 커졌다. 너무 충격적이라 말문이 막혀 버린 듯 몇 번이나 입을 열고 다물기를 거듭한 끝에 말문이 트였다.

"호, 호, 호, 호, 혹시 제가 잘못 들은 거 아닙니까? 제가 알고 있는 그 비독문이 맞습니까?"

"아마도 맞을 것이다. 사천에서 비독문이란 이름을 쓸 수 있는 곳은 단 한 곳뿐이지."

"황 대장님! 지금 제정신이십니까? 정말 그 독한 집안의 사위가 될 생각이십니까?"

수검의 말은 이중적 의미를 내포하고 있었다.

사천에서 독(毒)으로 유명한 문파는 당문(戇門), 이와 쌍벽을 이룬다고 자부하는 곳이 바로 비독문이었다. 또한 비정한 강호에서도 잔인하기로 손꼽히는 문파이기도 했던 것이다.

"어머님의 뜻이 그러하니……."

"그야 큰마님께서는 비독문이 얼마나 지독한 문파인지 모르니까 하는 소리겠지요. 하지만 황 대장님께서는 그들이 얼마나 악덕한지 직접 겪어보지 않으셨습니까?"

적은 아니었다. 무림맹의 사천 시절, 큰 도움을 받았던 문파 중 하나이다. 그러나 비독문주 백기춘(白基暙)과 황 대장의 사이는 극히 좋지 못했다. 보급 물품에 대한 지원을 대가로 요구하는 것이 많아 꽤나 골머리를 썩었다. 자신이 손해 보는 일은 절대 하지 않는 그런 인물이었다.

"하나 어쩌겠느냐. 이미 선을 보겠다고 어머니께 말씀드렸으니 말이다."

"아직 늦지 않았습니다. 비독문의 장녀가 어떤 여자인지는 모르겠지만, 그 형제를 보면 대충 답이 나오지 않습니까? 황 대장님도 몇 번이나 노발대발하지 않으셨습니까?"

"……"

황조령도 똑똑히 기억하고 있었다.

비독문의 장남인 백도일(白導日), 그는 천성적으로 잔인한 성격에 지독히도 여색을 밝히는 인물이었다. 그의 난봉꾼 같은 행동 때문에 몇 번이나 큰 분란이 일어났었다.

차남인 백도정(白導正)과 삼남인 백도광(白導光), 그들은 여자 때문에 분란을 일으키진 않았지만 강한 승부욕 때문에 문제였다. 아군이든 적군이든 가리지 않고 비무를 청하여 황조령의 속을 뒤집어놓았었다.

그리고 비독문의 차녀인 백화선(白花仙), 그녀에겐 소마녀(小魔女)란 별명이 붙어 있었다. 장남인 백도일의 잔인성을 능가하여 포로에게 독을 실험하는 등, 그녀에게는 황조령도 두 손 두발 다 들었다.

　새록새록 안 좋은 기억이 떠올랐지만 황조령의 결심은 변하지 않았다.

　"장녀 또한 그렇다는 보장이 없지 않느냐?"

　"그야 그렇지만……."

　수검의 말문이 또 막혔다. 비독문의 장녀에 대한 것은 세간에 알려진 바가 거의 없었다. 그렇다고 포기할 수검이 아니었다. 사천 시절의 기억을 떠올려 그녀에 대한 약점을 잡으려 발악했다.

　"아! 맞습니다. 나이요, 나이! 장남과 열 살 차이라고 했으니 얼추 서른은 넘었을 것 아닙니까? 여자 나이 서른이면 누가 데려가겠습니까?"

　"정확히 스물아홉이다. 그리고 이미 결정된 사항이니 더 이상 토 달 생각은 하지 말거라."

　"황 대장님의 뜻이 그렇다면 따르겠습니다. 하나 저는 이번 혼사가 정말 마음에 들지 않습니다. 어쨌거나 비독문의 처자는 언제 온답니까?"

　"우리가 가야 할 것 같다."

　"예? 여기서 사천까지의 거리가 얼만데 황 대장님더러 오라합니까?"

　"토 달지 말라고 했다."

　"아, 알겠습니다. 한데 언제쯤 출발하실 생각입니까?"

　"빠르면 빠를수록 좋겠지?"

"예~?"

깜짝 놀란 수검이 물었다.

"아무리 그래도 내달 초이레에 있는 막내 이종제의 혼사에는 참석해야지 않습니까? 오랜만에 모든 외가 식구들이 모이는 경사스런 자리라고 하던데요."

"그러니까……."

"예?"

"그러니까 하루속히 떠나자는 말이다."

"……."

황조령이 사천행을 결심하게 된 가장 큰 이유가 바로 이 때문이었다. 장가 좀 가라는 소리를 듣기 싫어 떠나는 도피행에 가까웠던 것이다.

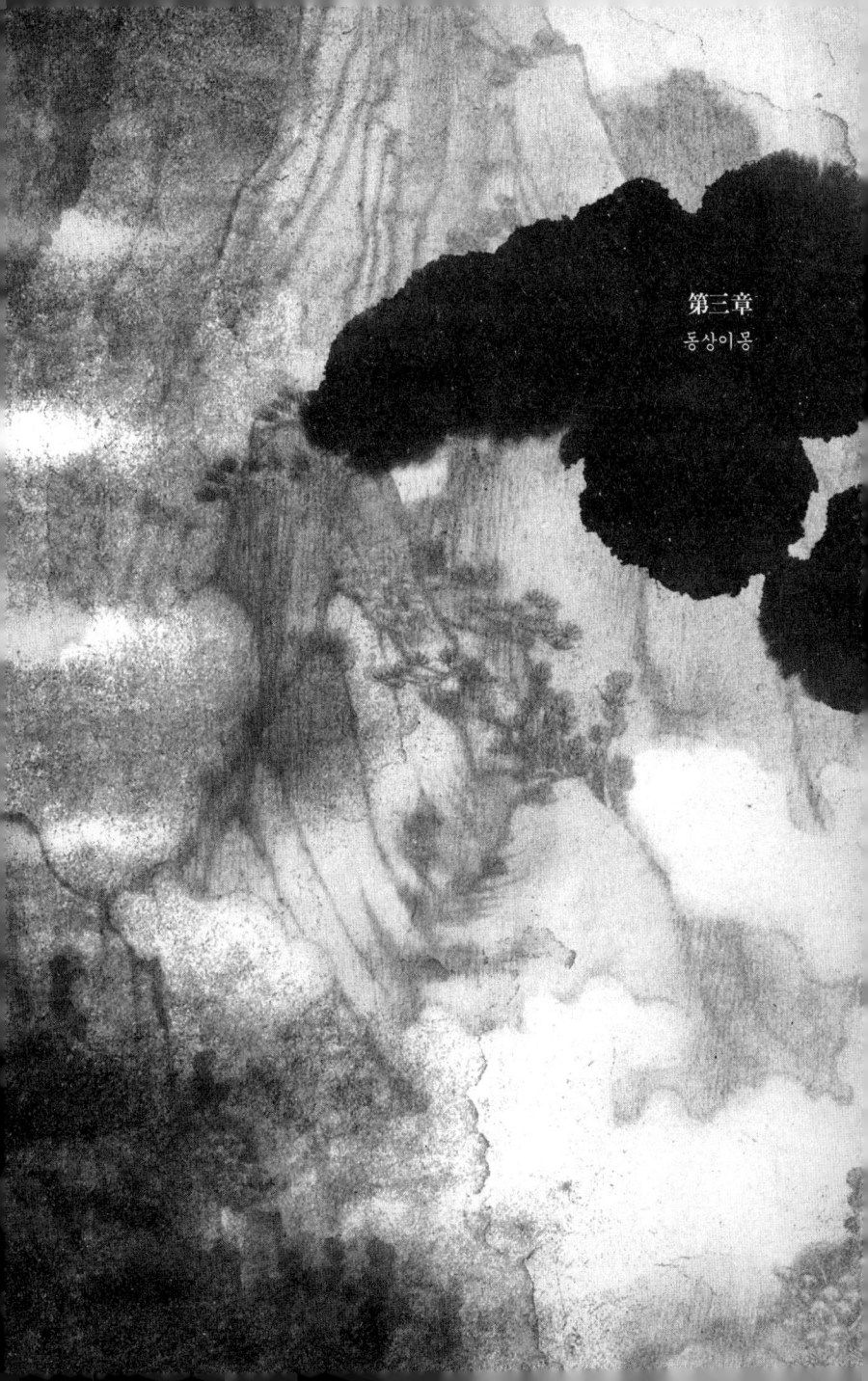

第三章
동상이몽

황조령의 혼사행.

이는 장가 좀 가라는 잔소리 때문만은 아니었다.

날이 밝기가 무섭게 황가장을 찾는 방문객들이 문전성시(門前成市)를 이루었다. 개중에는 혼사에 대한 문제를 다시 타진하려는 경우도 있었지만, 그 대부분이 황조령에게 잘 보이려는 부류였다.

객잔 하나를 통째로 날려 버린 황조령의 무공 때문인 것은 두말할 나위도 없었다.

비밀리에 나돌던 소문. 황 대장은 단전이 파괴되었다, 상승 무공을 수련하다가 주화입마에 걸려 더 이상 무공을 쓸 수 없는 몸이 되었다, 모용관의 독기 때문에 살날이 얼마 남지 않았

동상이몽 213

다는 등의 이야기는 싸악 자취를 감췄다.
 그러나 황조령은 이들을 병적으로 싫어했는데, 이는 그의 아버지 황문탁(黃文卓)의 영향이 컸다.
 그는 이런 부류를 일러 '똥파리'라 했다.
 썩은 권력을 찾아다니는 똥파리, 그들에게 둘러싸이면 냄새 나는 똥이 되는 것이라 아들에게 교육시켰던 것이다.
 다음날, 곧바로 행장을 꾸린 황조령은 수검과 함께 사천행에 올랐고, 최대한 빨리 재남을 벗어나 산동 외곽 지역으로 향하고 있었다.
 달그락달그락…….
 기울어가는 오후의 햇살을 받으며 황조령이 탄 마차가 마을 안으로 들어섰다. 몇몇 가구가 모여 사는 한적한 마을이 아니라 도시에 가까운 규모였다.
 말고삐를 쥐고 걷는 수검의 어깨엔 잔뜩 힘이 들어가 있었다. 설렘으로 들뜬 표정은 황조령의 혼사행을 결사적으로 반대했을 때와는 판이하게 달랐다.
 그도 그럴 것이, 이번 사천행이 수검에게는 강호 초출행이기도 했다. 황가장의 외부 제자가 되어 정식으로 무공을 배운 이후 처음으로 재남 밖으로 나온 것이다.
 "황 대장님, 아니, 황 대인, 오늘은 여기서 묵어가는 게 좋겠습니다."
 수검은 규모가 큰 객잔 앞에 멈춰 섰다. 호화로움에 상관없이 계단을 오르지 않는 단층 건물이라는 게 중요했다.

"그렇게 하려무나."

수검을 말고삐를 점소이에게 넘기고 황조령의 뒤를 따라 객잔 안으로 들어섰다.

북적이던 객잔이 잠시 조용해졌다.

또각또각…….

진심장에 의지하여 절룩이며 들어서는 황조령 때문이었다. 불편한 다리도 그렇고, 얼굴의 반을 감싼 붕대 또한 사람들의 이목을 끌기에 충분했다.

과거에나 지금이나 황조령은 사람들의 시선을 받는 것에 익숙했다. 중요한 차이점이 있다면, 예전에는 존경과 부러움의 시선이었고, 지금은 멸시와 거리감이 강하다는 것이었다.

"저희 미향(美香)객잔을 찾아주셔서 대단히 감사합니다."

중년의 점소이가 다가오자 객잔 안은 다시 소란스러워졌. 대답은 수검이 대신했다.

"이곳에서 제일 잘하는 음식으로 한상 내오고, 하룻밤 묵고 갈 것이니 깨끗한 방도 하나 준비해 주쇼."

"여부가 있겠습니까. 이쪽으로 앉으시지요."

황조령과 수검은 출입문과 가까운 곳에 자리했다. 수검은 자리에 앉자마자 주위를 두리번거렸다. 뭔가 건수를 찾는 눈치였다.

무공 실력을 뽐낼 수 있는 사건은 주로 객점에서 벌어지지 않는가? 수검의 경험상으로도 그랬다.

의식을 회복한 황조령을 시중들며 황가장으로 향했던 고행

길, 객점만 들르면 여기저기서 사고가 뻥뻥 터졌다. 혹시나 이에 휘말리지 않을까 수검은 전전긍긍했었다. 황조령은 몸도 제대로 가누지 못하는 형편이었고, 수검의 무공 실력은 미천하기 그지없는 때였다.

하나 이제는 상황이 달라졌다.

수공의 무공 실력은 일취월장했고, 황조령은 예전의 그 엄청난 무공 수위를 회복했다.

더 이상 두려울 것이 없는 수검. 한번 걸리기만 해라. 뭔가 낌새만 보이면 냅다 수호검을 뽑아 들 기세였는데…….

"뭐 하는 게냐, 어서 밥 먹지 않고?"

"아, 예……."

수검은 음식이 나왔는지도 몰랐다. 정신을 차린 수검은 황급히 밥을 먹어대기 시작했다. 이를 보며 황조령은 고개를 가로저었다.

수검이 무슨 생각을 하고 있는지 잘 알고 있었다. 그러나 황조령의 마음가짐은 전혀 달랐다. 한때 무림지존의 위치까지 올랐던 그의 행동이 강호에 미치는 영향은 컸다. 최대한 문제를 일으키지 않고 사천까지 가고 싶었던 것이다.

이를 아는지 모르는지 열심히 음식을 먹는 와중에도 수검의 신경은 딴 데 쏠려 있었다. 주위에서 조금만 목청이 높아져도 곧바로 눈이 돌아가는 반응을 보였다.

그러나 그 대부분이 술김에 목소리가 커지거나 일행 간의 사소한 말싸움에 불과했다. 수검이 바라는 무림인이 끼어들 만한 사건은 결코 일어나지 않은 것 같은 분위기였는데, 그때였다.

쿠앙!

객잔 문이 거칠게 열리면서 검을 찬 무리가 들이닥쳤다.

"밥이나 먹어라."

황조령은 벌떡 일어서려는 수검을 진정시켰다. 그리고는 조용히 식사를 계속하며 그들의 행동을 살폈다. 누구를 찾는 모양이다. 일사불란하게 흩어진 그들은 탁자를 돌아다니며 손님들의 얼굴을 살폈다.

황조령의 자리에도 한 놈이 다가왔다.

거친 인상에 왼쪽 뺨에는 생긴 지 얼마 안 된 검상(劍傷)까지 있었다. 이 무리의 인솔자인 모양이었다. 열심히 뛰어다니는 놈들과 달리 그는 여유롭게 걸어왔다.

수검은 대충 지나쳤다.

그러나 얼굴에 붕대를 한 황조령은 그냥 지나치지 않았다. 의심스러운 눈빛으로 상체까지 굽혀가며 뚫어져라 바라보고 있었는데…….

"백부장님, 찾았습니다!"

그는 수하의 외침을 듣자마자 자리를 떴다.

황조령은 아무런 일도 없었다는 듯 다시 식사를 했지만, 수검의 시선은 백부장의 뒷모습을 따라갔다.

곧이어 젊은 처자를 강제로 끌고 오는 놈을 볼 수 있었다. 그는 두 손이 묶인 그녀를 백부장 앞에 세웠다.

"뒷문으로 빠져나가려는 것을 붙잡았습니다."

"네 이년……."

백부장은 거칠게 그녀의 턱을 움켜잡았다. 그리고는 잡아먹을 듯 그녀를 노려보며 말했다.

"나에게 이런 상처를 남기고 무사히 도망칠 듯싶었더냐?"

"……."

잔뜩 겁을 집어먹은 그녀는 아무 말도 못했다.

"성질 같아서는 천 갈래 만 갈래 찢어놓고 싶다만… 곱게 데려오라는 문주님의 명이 있기에 참는 것이다. 얘들아, 끌고 가라."

"존명!"

백부장의 수하들이 그녀를 잡아끄는 순간이었다.

"황 대장… 아니, 황 대인, 이대로 보고 계실 겁니까?"

수검이 다급한 음성으로 물었지만 황조령은 반응은 무덤덤했다.

"뭐가 말이냐?"

"연약한 처자가 불한당 같은 놈들에게 끌려가지 않습니까?"

"밥알 튀지 말고 식사나 마저 해라."

황조령의 눈가에 힘이 들어가면 이내 꼬랑지를 내렸던 수검이다. 그러나 이번에는 달랐다.

"지금 밥알 걱정할 때가 아니지 않습니까? 강제로 끌려 나가는 처자가 무슨 봉변을 당할지 알겠습니까?"

"이놈이……."

인상을 써도 소용없었다.

"황 대인께서는 이유를 불문하고 항상 약자를 도와야 한다고 하지 않으셨습니까? 지금이 바로 그때라고 생각합니다."

수검이 황조령의 명을 거역하는 이유는 따로 있었다. 그는 이번에 들어온 혼사 자리가 정말 마음에 들지 않았다. 하여 따로 생각해 둔 비책이 있었다.

이 세상에 반은 여자가 아니던가!

그런데 왜 황조령은 아직도 장가를 못 가는 것일까?

가만히 앉아서 선 자리가 들어오기를 기다는 것이 문제라고 판단했다. 사천까지 가는 길에 분명 괜찮은 처자를 만날 것이라 판단한 것이고, 지금이 바로 그때인 것이다.

모든 여자가 구해준 남자에게 호감을 갖게 마련이다.

억지로 끌려가는 처자는 이십대 초반, 용모 또한 상당히 예쁜 편에 속하니 모든 조건(?)이 충족된 셈이었다.

"부탁인데, 쓸데없는 참견 말거라."

"저도 부탁드립니다. 한 번만 돕도록 하여주십시오."

"네가 나서지 않더라고 도울 사람은 많다."

"그, 그러니까 말입니다······."

이 때문에 수검이 더욱 서두르는 것이다. 객점 안에는 꽤나 많은 손님들이 있었는데, 개중에는 무림인처럼 보이는 인물도 상당수였다. 끌려가는 처자의 용모 또한 반반하니 누군가 분명 나설 것이라 생각했는데 둘 모두의 착각이었다.

"도, 도와주세요. 제발 도와주세요!"

아무도 그녀를 돕지 않았다. 객잔 안에 있던 대부분이 그녀의 간절한 부탁을 외면했다. 몇몇 도우려는 사람도 있기는 했다. 그러나 가족으로 보이는 이가, 혹은 일행으로 보이는 이들이 그들을 만류했다.

나서면 손해라는 분위기가 팽배했다. 누군가 대신 나설 것이라며 황조령과 똑같은 말을 하는 사람도 있었다.

거친 인상의 백부장은 이런 분위기를 즐기는 듯했다. 또한 아무나 나설 테면 나서보라는 자신감도 엿보였다.

그들이 젊은 처자를 출입문까지 끌고 갔을 때까지도 아무도 나서는 이가 없었다. 역시나 그렇지, 백부장이 비릿한 미소를 흘리며 뒤돌아서는 순간이었다.

빠직.

황조령의 이마에 주름이 갔다. 이는 철없는 아이의 썩은 미소와는 차원이 달랐던 것이다.

"수검아!"

"예, 황 대인!"

"저들이 왜 젊은 처자를 끌고 가는지 그 이유를 알아보아라."

"알겠습니다!"

용수철처럼 수검이 튀어나갔다. 그리고는 재빨리 출입문을 막아서며 소리쳤다.

"멈추어라!"

"무슨 짓이냐?"

백부장이 인상을 구기며 물었다. 험악한 기운을 펄펄 풍겼지만 수검은 주눅 들지 않았다.

"우리 황 대인께서 네놈들이 저 젊은 처자를 끌고 가려는 이유를 물으신다."

곧바로 백부장이 고개를 돌렸다.

"저 다리 병신 새끼가 말이더……."

푸악~!

백부장의 빈정거림이 끝나기도 전에 수검의 주먹이 놈의 안면을 강타했다.

내공이 실린 주먹이었다.

"컥!"

이를 제대로 맞았으니 놈이 무사할 리 없었다. 안면이 함몰된 백부장은 진한 피를 흩뿌리며 그대로 뒤로 넘어갔다. 다시 일어설 가능성은 조금도 없어 보였다.

"우리 황 대인님은 말이다, 네놈들 따위가 함부로 나불거려도 되는 그런 분이 아니시다."

수검은 백부장의 수하들은 노려보며 말했다. 단단히 기가 죽은 그들은 어찌할 바를 모르는 모습이었다. 이에 수검은 슬며시 의자에 앉아 있는 황조령을 바라보았다.

괜찮게 처리하지 않았냐는 눈빛이었다.

황조령은 천천히 고개를 가로저었다.

왜 주먹질부터 했느냐는 질책이 아니다. 자신도 수검의 입장이라면 그와 똑같은 행동을 했을 터다. 다만 그 뒤에 벌어질 상황이 너무도 뻔해서 맥이 빠졌던 것이다.

아니나 다를까,

동상이몽 221

"네, 네, 네 이놈~! 우리가 누군지 알고 백부장님을……."

백부장의 수하 중 한 명이 떨리는 음성으로 호통(?) 쳤다. 뭔가 믿는 구석이 있다는 반응이었다.

이런 일을 수백 번도 더 겪은 황조령에겐 짜증이 날 정도로 진부한 상황이었지만, 강호 초출인 수검에게는 모든 것이 새로웠다.

"하면 네놈들은 우리 황 대인님이 누군지 알고 큰소리를 치는 것이더냐?"

기죽지 않고 반박한 수검이 또 황조령을 바라보았다.

이번에는 잘했냐는 의미였다.

황조령은 어쩔 수 없이 고개를 끄덕였다. 일일이 검사(?)받지 말고 마음대로 하라는 허락이었다.

"황 대인이 누구든 간에 네놈들은 단단히 실수한 거다. 우리가 바로 산동 오대문파의 하나인 천하지존문(天下至尊門)의 제자들이다."

"처, 천하지존문!"

수검이 짐짓 놀란 반응을 보였다. 굉장히 거창한 문파 같은 이름인데 도통 모르겠다는 표현인 것이다. 이는 황조령도 마찬가지였다.

천하문(天下門)은 잘 알고 있었다. 무림맹의 장로직을 대대로 역임했던 명문 정파 중 하나였다. 그러나 천하문은 산동 외곽이 아닌 중경에 본거지를 두고 있었다.

그리고 지존문주와 황조령은 호형호제했던 사이이다. 산동

오대문파에 속하기는 했지만, 무림에 변란이 있을 때만 출현하는 신비의 문파였다. 그 둘이 합쳐진 듯한 천하지존문을 황조령은 알지 못했다.

수검이 난감한 기색을 보이자 놈들의 기가 살아났다.

"오호라! 이제야 네놈이 무슨 실수를 했는지 깨달은 모양이구나?"

"실수~?"

수검이 어처구니없는 표정으로 반문했다. 천하지존문이 어떤 문파인지 모르겠지만 황가장에 비할 바는 아니었다. 강호를 통틀어 다섯 손가락 안에 꼽히는 문파가 바로 용아의 황가장이었다.

"아직 늦지 않았다. 지금 당장 무릎을 꿇고 우리 백부장님을 기습한 것과 천하지존문의 일에 함부로 끼어든 것을 사죄한다면 목숨만은 살려……"

푸악!

또 한 명을 날려 버린 수검이 말했다.

"사죄? 지랄하고 자빠졌네. 네놈의 새끼들이야말로 그 목숨 부지하고 싶다면 당장 무릎을 꿇어라."

"……"

"꿇으라고 했다!"

푸악, 푸악, 빠각!

수검은 인정사정없이 주먹을 휘둘렀다. 백부장이란 놈도 한 방 거리에 지나지 않았는데, 그의 수하들이 수검을 공세를 당해낼 리 만무했다.

"크엑!"

"커억~!"

천하지존문의 제자들은 연이어 나가떨어졌다. 그 잘난 문파에 대한 자부심은 있는지 스스로 무릎을 꿇는 놈은 없었다. 그러나 실력 차이는 분명하여, 객잔에서 벌어진 싸움은 순식간에 끝나 버렸다.

툭, 툭…….

옷에 묻은 먼지를 털어낸 수검이 젊은 처자를 향해 다가갔다. 구원을 받은 그녀는 매우 감격한 표정이었다.

"감사합니다, 대협."

"아, 그건 됐고, 올해 몇 살이오?"

"예?"

감격한 표정은 이내 당혹감으로 바뀌었다. 이럴 때는 괜찮으냐, 다친 곳은 없느냐 하며 먼저 물어보는 것이 순서 아니던가. 다짜고짜 다 큰 처녀의 나이부터 물어볼 줄은 몰랐던 것이다.

"바, 방년 스무 살이 되었습니다."

그래도 어쩌겠는가. 생명의 은인이나 다름없기에 성심껏 대답해 주었다. 그러나 수검의 엉뚱한 질문은 이것으로 끝이 아니었다.

"양친은 다 살아 계시오?"

"예……."

"형제는?"

"삼녀 중 셋째입니다."

"셋째 딸 좋지! 고향은 어디시오?"

"태어난 곳은……."

호구 조사를 하는 듯한 분위기 속에서 불쑥 끼어드는 불청객이 있었다.

"너 이 새끼, 두고 보자!"

이제야 정신을 차린 천하지존문의 제자들이었다. 수검은 신경 쓰지 않았다.

"그러시던가."

무심한 말투로 대꾸하고는 이내 젊은 처자를 향해 고개를 돌렸다.

"마지막으로 묻고 싶은 게 있는데, 남자를 볼 때 외모를 많이 따지시오?"

그녀의 대답보다 철저히 무시당한 천하지존문 제자들의 울분이 이어졌다.

"반드시 후회하게 해주마!"

저주 섞인 외침과 함께 놈들은 우르르 객잔을 빠져나갔다. 수검은 고개조차 돌리지 않고 어서 대답하라는 독촉의 눈빛을 보냈다.

"아, 아닙니다. 외모보다는 그 남자의 사람 됨이 더욱 중요하지요."

수검의 얼굴에 환한 미소가 번졌다. 그가 염두에 둔 모든 면에서 황조령의 짝으로서 딱이었다. 비독문의 장녀보다 백번

낫다는 반응인 것이다.

그러나 수검의 흐뭇함은 오래가지 못했다.

"소녀의 정혼자 또한 그런 분입니다. 화상(火傷) 때문에 얼굴이 망가졌지만 누구보다 따스한 마음을 가지셨습니다. 그 화상 또한 불길에서 빠져나오지 못하는 어린아이를 구하려다 그렇게 된 것이지요."

"……"

수검은 그대로 얼어버렸다.

이미 정혼자가 있는 몸이란다. 그의 모든 노력이 한 방에 무너지는 순간이었다.

"보름 전, 저희 마을 근처로 사냥 나왔던 천하지존문의 소문주가 소녀를 납치하였습니다. 그의 여섯 번째 첩이 되라는 것이었지요. 금은보화로 유혹하고 칼로 위협도 했지만, 사랑하는 낭군을 두고 어찌 딴마음을 품을 수 있겠습니까."

그녀는 그동안의 사연을 주저리주저리 늘어놓았지만, 수검은 전혀 관심이 없었다.

"됐으니까, 그만 가보시오."

"예?"

"이제 자유의 몸이니 그 정혼자에게 돌아가란 말이오."

팍 기가 꺾인 수검이 그녀를 보내려는 찰나였다.

"수검아."

"예, 황 대인."

"그 처자를 데리고 이쪽으로 오너라."

수검은 젊은 처자를 두고 홀로 달려갔다. 그리고는 귓속말로 황조령에게 속삭였다.

 '실패입니다, 황 대장님!'
 "무슨 소리를 하는 것이냐?"
 '정혼자가 있답니다, 정혼자!'
 "자꾸 무슨 소리를 하는지 모르겠다만, 사람을 도우려면 제대로 도와야 하지 않느냐? 저리 지친 몸으로 얼마가 걸을 수 있겠느냔 말이다. 낭자, 이쪽으로 앉아 쉬시오."
 "감사합니다."
 그녀는 황조령의 배려를 사양치 않았다. 천하지존문의 추격을 피해 도망치느라 몸과 마음이 지칠 대로 지친 상태인 것이다.
 다소곳이 앉은 그녀는 흘깃 황조령을 쳐다보았다.
 불편한 다리나 붕대에 감긴 얼굴은 문제 되지 않았다. 참으로 듬직한 남자라는 느낌이 강했다.
 그러나 요 며칠 사이, 이 세상이 얼마나 험한가를 실감한 그녀였다. 도와준 은혜도 있고 믿음직해 보이긴 했지만, 사내들이 어찌 돌변할 줄은 아무도 모르는 일이다. 그리고 보니 호구조사를 하듯 이상한 질문만 던진 것도 수상했다.
 이 근방에서 극성을 부린다는 인신매매?
 경계심을 늦추지 않는 그녀에게 황조령이 말했다.
 "편히 쉬어도 좋소. 나는 혼사를 치르러 사천으로 가는 길이오. 그리고 천하지존문이 그대를 납치한 것이 사실이라면, 낭자가 사는 마을까지 무사히 데려다 줄 것이오. 그렇지 않느냐,

동상이몽 227

수검아?"

"아, 예……."

수검은 불만이 가득한 표정으로 대답했다. 사천에서 그 독한 집안과 혼사를 치르는 것도 불만이고, 임자 있는 처자에게 이렇듯 선심을 베푸는 것도 불만이었다.

"감사합니다, 나으리……."

젊은 처자가 경계심이 한풀 꺾이는 그때였다.

쿠앙~!

객점 문을 박살 내며 거한의 사내가 들어섰다. 사나운 그 기세로 보아 천하지존문의 제자가 분명했다.

"어떤 새끼가 황 대협이냐?"

"내가 그대가 찾는 사람인 것 같은데, 우선은 이쪽으로 앉게나."

황조령은 거한의 사내에게 말했다. 이에 성큼성큼 거한의 사내가 다가왔지만 황조령이 권하는 자리에 앉지는 않았다.

스캉!

서슬 퍼런 참마도를 빼어 든 그는 황조령이 앉아 있는 탁자 앞을 그대로 내리쩍었다.

쩌억~!

엄청난 장사였다. 칼날 끝이 튀어나올 정도로 탁자 깊숙이 박혔다. 기선을 제압했다고 생각한 그는 황조령을 노려보며 입을 열었다.

"내가 얘기나 하자고 여기까지 온 줄 아시나."

전후 사정, 자초지종 상관없이 묵사발을 내주겠다는 행동이었다. 한데, 놈은 모르고 있었다. 진심장법은 앉은 상태가 바로 공격 자세인 것이다.

"수검아, 식사는 끝냈느냐?"

"예."

수검의 대답이 떨어지는 순간이었다.

빠악!

진심장을 쥔 황조령이 탁자 밑을 강하게 밀어쳤다. 그와 동시에 탁자는 거한의 사내를 향해 뒤집어졌다.

"뭐, 뭐야!"

놈은 크게 당황했다. 탁자가 자신을 향해 뒤집히면서 튀어오르는 음식물들이 시야를 가렸기 때문이다.

음식 쓰레기에 맞아 죽었다는 사람은 없었다.

터업!

일단은 탁자를 막았다.

탁자 모서리에 이미를 찍히는 사태는 면했지만, 먹다 남긴 음식물을 고스란히 뒤집어써야 했다.

퍼퍼퍼, 퍽…….

터진 만두와 하얀 국수 가락, 진한 국물에 담긴 생선 가시와 큼직한 뼈다귀 등, 별의별 것들이 다 쏟아졌다.

이를 모두 뒤집어쓴 놈의 몰골은 그야말로 가관이었다.

"푸읍~!"

"큭큭큭큭……."

여기저기서 웃음이 터지면서 긴장감 가득했던 객잔의 분위기는 단번에 무너졌다.

"푸하하하~!"

참았던 웃음까지 동시에 터지자, 사내 얼굴은 목까지 새빨갛게 붉어질 정도로 상기되었다. 이처럼 치욕스런 순간은 그의 인생에 처음이었던 것이다.

"감히 나를 웃음거리로 만들어!"

놈은 탁자에 박힌 참마도를 뽑아 들었다.

"두 동강을 내주마~!"

화앙~!

곧바로 있는 힘껏 참마도를 내려쳤지만 이를 보고만 있을 황조령이 아니었다.

빡!

황조령의 진심장이 먼저 놈의 왼쪽 정강이를 강타했다. 제대로 단련하지 않으면 굉장히 고통이 심한 부분이었다.

"카이……."

놈은 검까지 버리고 황급히 왼쪽 정강이를 부여잡았다. 그 순간 황조령의 진심장은 오른쪽 정강이로 이동하고 있었다.

빠악!

"크악~!"

놈의 얼굴은 처절할 정도로 일그러졌다. 극심한 고통을 참지 못하고 양쪽 정강이를 잡고 앞으로 쓰러졌다. 황조령 앞에 스스로 무릎을 꿇은 모양새가 된 것이다.

"이제야 대화할 마음이 생긴 것이더냐?"

"크윽, 헛소리 마라. 내가 일어서기만 하면 너 같은 다리 병신쯤은 그냥……."

빠각!

말이 통하지 않는 자는 필요없었다. 진심장에 정수리를 찍힌 놈은 그대로 의식을 잃고 고꾸라졌다.

풀썩~

거구의 사내가 쓰러지자 객잔 안은 더욱더 조용해졌다.

황조령의 무예 실력을 보고는 말문이 막힌 것이다. 이는 무공에 대한 조예와 무관했다. 몸도 온전치 않은 사람이 곰 같은 체구의 사내를 고꾸라뜨리는 장면은 실로 충격이었다.

천하지존문의 제자들도 충격을 받기는 마찬가지였지만, 그 이유가 조금 달랐다.

"마, 마, 말도 안 돼……. 맨손으로 황소도 때려잡는 돌격대장님이……."

그 대단한 돌격대장이 맥을 못 추고 패했다는 것 자체가 믿기지 않는 반응이었다. 곧바로 황조령을 바라보는 시선이 바뀌었다. 멸시나 불쌍함이 아닌 두려움과 경외감. 이 역시 황조령은 익숙했다.

"또 덤빌 놈은 없는 것이냐?"

"……."

백부장보다 높은 돌격대장도 당했다. 그 실력에도 미치지 못하는 놈들이 서로 눈치만 보는 그때였다.

"그리 자신있다면 내가 한번 나서보지."

"호위대장님!"

반색하는 천하지존문 제자들 사이에서 중년의 사내가 등장했다. 호위대장이란 직위답게 일신에 흐르는 분위기가 남달랐다. 제대로 된 문파에서 충실하게 무공을 배운 실력자가 분명했다.

황조령은 진심장을 갈무리하며 말했다.

"검을 섞기 전에 이야기 좀 나누면 어떻겠는가? 이번 일에 대해서 내가 묻고 싶은 게 있는데."

호위대장은 고개를 가로저었다.

"수다를 떠는 것은 아녀자들이나 하는 짓거리, 진정한 무사는 검으로 말한다."

그는 곧바로 검을 빼 들었다.

스릉~

발검 소리가 무척이나 청명(淸明)했다. 검에 대한 경지가 예사롭지 않다는 증거였다. 양손으로 검을 쥐고 황조령을 겨누고 있는 자세 또한 범상치 않게 느껴졌다.

한데 언제 공격할 것인가?

호위대장이 검을 빼 들고 꽤나 시간이 흘렀다. 숨죽이고 지켜보던 객점 안의 손님들이 기다리다 지칠 정도였다.

사방에서 웅성거림이 일었지만 호위대장은 여전히 요지부동이었다. 주변의 어떠한 반응에도 흔들림없는 진중한 모습을 보였지만, 그도 속으로는 답답해 죽을 지경이었다. 단칼에 황조령을 요절내고 싶었지만, 그럴 수 없는 처지였다.

'비, 빈틈이 없어!'

의자에 앉아 지팡이에 양손을 올리고 있는 황조령의 모습이 태산처럼 느껴졌던 것이다.

"그리 서 있을 것이면 이야기라도 나눌까?"

황조령이 입을 여는 순간, 호위대장의 흔들림없던 모습이 무너졌다.

"그 입 다물라~!"

벼락같은 외침과 함께 호위대장이 뛰어들었다.

순간, 지루함을 참지 못하던 구경꾼들의 눈이 번쩍 뜨였다. 기다린 만큼 멋들어진 장면을 보여줄 것인가? 아니었다.

푹.

"컥!"

허무할 정도로 짧고 싱거운 승부였다.

툭 내미는 진심장 끝에 가슴을 찔린 듯했다. 큰 충격은 아닌 것 같은데, 호위대장의 얼굴은 처참히 일그러졌다.

챙그랑.

검을 떨어뜨리는 호위대장이 땅바닥에 쓰러졌다. 그리고는 부들부들 온몸을 떨어대는 모습은 불쌍함마저 느껴질 정도였다.

"또 없는 것이냐?"

절묘하게 때맞춰 객점 안으로 들어서는 중후한 인물이 있었다.

"이게 무슨 일이더냐?"

"구후(具厚) 장로님!"

한 문파의 장로쯤 되면 말이 통할 줄 알았다. 황조령은 대화로 이번 일을 해결하려 했으나 역시나 거절당했다.

"본 문을 능멸한 자에겐 말이 필요없다!"

후앙~

구후 장로의 공격엔 상당한 내공이 실려 있었다.

그러나 제아무리 사나운 내력도 황조령에게 피해를 주진 못한다. 외려 도움을 줄 뿐이었다.

차앙!

황조령은 가볍게 그의 공격을 막았다. 그리고 진심장을 타고 전해지는 내력을 손과 발, 단전을 제외한 몸 구석구석으로 분산시켰다.

일순간이지만 내공을 사용할 수 있는 몸이 되었다.

내공까지 더해진 진심장법의 위력은 황조령 자신도 가늠하지 못할 정도였다.

콰앙~!

"크아악~!"

강력한 폭발과 함께 구후 장로는 피를 토하며 날려갔다.

쿵!

객잔 벽에 부딪친 구후 장로. 그 상황에도 양손으로 잡은 검은 꼿꼿하게 유지하고 있었다. 황조령을 향한 눈초리 또한 여전히 매서웠지만 꾸역꾸역 검붉은 피를 연신 토해냈다. 극심한 내상을 입은 게 분명했다.

"네 이놈……."

풀썩.

구후 장로까지 쓰러지면서 여인 하나 구하자고 시작된 분란은 걷잡을 수 없는 사태로 번졌다.

"죽여!"

천하지존문의 제자들이 떼거지로 덤벼들었다. 머릿수로 밀어붙이겠다는 의도였지만, 황조령의 무공 수위는 예전에 이를 뛰어넘었다.

툭.

"컥!"

푹.

"크억!"

빠각!

"카악~!"

황조령이 진심장을 휘두를 때마다 여지없이 놈들이 쓰러졌다. 한 놈도 지척까지 다가서지 못하는 상황에 수검까지 합세했다.

"쭉정이들은 꺼져라!"

푸악, 푸악, 푸악!

오랜만에 수호검을 사용했지만 서슬 퍼런 칼날이 아닌, 검집째로 휘두르고 있었다. 이런 놈들을 상대로 검을 빼 들었다가는 황조령의 꾸지람을 들을 터였다.

흥겹게 술 한잔 걸치며 쉬어가던 객점이 완전히 난장판으로 변해 버린 그때였다.

"멈추어라!"

사자후 같은 고함 소리가 울려 퍼졌다. 그와 동시에 천하지존문 제자들은 모든 행동을 중단하고 일제히 물러섰다. 상당한 직위의 존재가 나설 것 같은 분위기였다.

아니나 다를까, 엄청난 수의 수행원을 대동한 노인이 객점 안으로 들어섰다.

칠순에 근접했을 나이에 삐쩍 마른 체격, 무공과는 상당히 거리가 있는 모습이었다.

"노인장도 덤빌 것이오?"

"그럴 리가요."

다른 놈들과 달리 깍듯하게 황조령을 존대했다.

"소인은 천하지존문의 군사를 맡고 있는 원소군(袁紹涒)이라 합니다."

"용아에 살고 있는 '황가' 라 하오."

"용아라면… 무적신검 황 대장님의 고향이신 그곳을 말하는 겁니까?"

"그렇소이다."

"오호, 그렇다면 혹시… 무적신검 황 대장님과는 안면이 있는 사이신지요?"

"그렇다고 볼 수도 있소이다."

순간, 원소군의 눈에 이채가 번뜩였다. 아무것도 못하고 눈만 뜨고 지냈던 황조령인지라 이런 것은 놓치지 않았다. 다만 어떤 의미인지는 확실치 않았다.

"하하, 이런 인연이 있다니요? 본 문의 문주님께서도 황 대장님과 상당한 친분이 있는 사이랍니다."

"그래요?"

황조령은 몰랐다는 듯 반문했다. 이에 원소군은 진작 알아보지 못해서 아쉽다는 반응을 보였다.

"이런이런… 귀한 손님에게 본 문의 제자들이 아주 큰 결례를 범했군요. 어찌 사과의 말을 드려야 할지 모르겠습니다."

"괜찮습니다. 모르는 건 죄가 아니지요."

"해서 말입니다만… 황 대협님을 본 문으로 초대하고 싶은데, 의향이 어떠신지요?"

"저를요?"

"예, 사죄의 의미로 뭔가를 대접하고 싶습니다. 문주님 또한 무적신검 황 대장님과 연이 있는 황 대협님을 뵙기를 원하실 겁니다."

황조령이 대답을 하려는 순간, 수검이 잽싸게 귓속말로 속삭였다.

'속지 마십시오! 이것은 분명 함정입니다. 무공 실력으로 안 되니까 다른 꼼수를 쓰려는 수작이지요. 이는 호랑이 굴로 초대를 받아 들어가는 것과 진배없습니다.'

황조령은 천천히 고개를 끄덕였다. 이에 수검은 안심하고 뒤로 물러섰다. 그러나 황조령의 대답은 수검이 예상했던 것과 정반대였다.

동상이몽 237

"그렇게 하시지요."

"역시 호인(好人)이시군요!"

황조령이 흔쾌히 승낙하자 원소군은 탄성까지 지르며 맞장구를 쳤다. 수검은 황당하기 그지없었지만, 아니라며 끼어들 수는 없는 노릇이었다.

흡족한 표정의 원소군이 말했다.

"쇠뿔도 단김에 빼랬다고, 지금 일어나시지요?"

"물론입니다. 한데, 원 군사님께 번거로운 청이 한 가지 있습니다."

"어떤 청인지 말씀만 하십시오."

무엇이든 들어줄 것 같은 표정은 진심이었다.

"원 군사님도 보시다시피 제 다리가 많이 불편합니다. 걸어가는 데 꽤 시간이 걸리니 가마를 준비해 주셨으면 합니다."

"여부가 있겠습니까? 뭣들 하느냐? 속히 길을 트고 가마꾼들을 불러오너라."

원소군이 자리를 뜨자 수검이 다가서며 말했다.

"황 대장님, 저는 진짜 모르겠습니다."

"뭘 말이더냐?"

"정말로 호랑이 굴로 들어갈 생각이십니까?"

"당연하지 않느냐? 호랑이 굴에 진짜 호랑이가 있을지, 아니면 호랑이 행세를 하는 여우가 있을지 너는 궁금하지 않느냐?"

"별로……."

"됐다. 그냥 따라오너라."

천하지존문의 영빈관.

그 규모와 화려함은 무림맹의 영빈관 못지않았다.

수십 명이 동시에 자리할 수 있는 연회석, 그 긴 탁자를 가득 메운 음식 양에 비해 손님의 수는 간출했다.

황조령과 수검, 그리고 문제의 발단이 되었던 젊은 처자가 전부였다. 그들의 안내를 자청한 원소군이 말했다.

"편히 쉬고 계십시오. 문주님을 모시고 오겠습니다."

원소군이 영빈관을 나서자마자 수검이 벌떡 자리에서 일어섰다.

"무슨 음식이 이리도 많은 거야?"

수검은 자기 앞에 놓인 음식을 먹기 시작했다. 이미 식사를 한 상태였지만 값비싼 산해진미의 유혹을 뿌리칠 수 없었던 것이다. 대식가로 소문난 그였지만 음식이 너무 많다. 하여 종류별로 하나씩 집어 먹는 편법을 쓰고 있었다.

그러나 젊은 처자는 음식이 차려진 탁자 위로 눈길조차 주지 않았다. 진저리나도록 싫어 도망친 곳에 다시 들어온 것이다. 고개를 푹 숙인 채 불안감을 참아내느라 고생이었다.

"걱정 말라 하지 않았소."

"예……."

황조령은 차분한 음성으로 그녀를 위로했다.

"그러고 보니 이름도 묻지 않았군요."

대화를 이어가다 보면 어느 정도 그녀의 불안감이 해소될 것이라 판단했다.

"성은 단이옵고 이름은 혜린이라 하옵니다."

"……!"

순간, 황조령의 눈 주위가 움찔했다. 마흔아홉 번째로 선을 봤던 처자와 이름이 똑같다. 백 번이나 선을 보다 보면 똑같은 이름에 똑같은 성인 경우도 간혹 있었다.

"황 대협님, 무슨 일이라도……?"

"개의치 마시오. 낭자와 너무도 잘 어울리는 이름이라 생각한 것이오. 그 이름은 아버님이 지어주시었소?"

"아닙니다. 아버님의 오랜 지인 분이 지어주셨습니다."

"학식(學識)이 대단하신 분 같군요."

"소녀도 그렇게 들었습니다."

이름 하나 짓는 데 학식이 무슨 소용인가?

원래 황조령은 여인들과 오래 대화를 나눌 수 있는 성격이 아니었다. 무림맹 시절엔 상관으로서 사심(私心)없이 여인들을 대했으며, 첫 번째 선에서는 '아, 그렇습니까' 만 반복하다 퇴짜를 맞았었다.

그래도 서당 개 삼 년이면 풍월을 읊는다고, 백 번이나 선을 보다 보니 이제는 여인들과의 대화가 무척 자연스러웠다.

"으흠, 그래서 천하지존문을 탈출하게 된 것이군요."

"맞습니다. 천하지존문의 소문주는 여인을 노리개로 생각할 뿐입니다. 지독할 정도로 관심을 보이는 것도 한때 뿐, 그 여인에 대해 싫증을 느끼면 수하들에게 선심을 베풀 듯 던져

준다고 합니다."

단혜린이 치를 떨며 하소연하는 그때였다.

"문주님 드십니다."

순간, 그녀의 얼굴은 새하얗게 탈색되었고, 음식을 탐하던 수검의 손길이 멈췄다. 황조령 또한 진심장을 의지하여 불편한 몸을 일으켰다. 한 문파의 수장에게 예의를 갖춰야 했기 때문이다.

고개를 돌린 황조령은 출입문 쪽을 주시했다.

천하지존문의 문주는 과연 어떤 인물일까?

단혜린의 증언이나 안하무인인 수하들의 행동거지로 봤을 때 그리 미덥게 느껴지지는 않았다. 그러나 자신을 잘 안다고 했으니 지켜볼 일이었다.

"드시지요, 문주님. 조심, 조심……."

원소군의 지극한 배려를 받으며 영빈관 안으로 들어서는 인물이 있었다.

사십대 후반의 나이, 뚜렷한 이목구비와 당당한 체구에선 무림인의 기개가 느껴졌다. 그러나 아무리 기억을 되살려도 황조령의 머릿속에는 그와 비슷한 인물이 떠오르지 않았다.

황조령과 눈이 마주친 천하지존문주가 먼저 아는 체를 했다.

"원 군사가 말씀하신 황 대협이시군요. 무적신검 황 대장님과 친분이 깊은 사이라고 들었습니다."

"그저 오고 가다 인사나 나누는 사이일 뿐입니다."

"아니지요, 아니지요. 저도 잘 알고 있는데, 무적신검 황 대장님은 청렴결백(淸廉潔白)의 상징이지 않습니까? 그런 황 대장님과 친분이 있다면 황 대협의 인품 또한 가히 짐작이 가고도 남습니다."

"과찬이십니다. 문주님, 한데… 황 대장과는 어떻게 아는 사이입니까?"

"쉽게 설명하면, 함께 전장을 누빈 사이입니다."

"그렇군요."

황조령과 전장을 함께 누빈 사람은 한둘이 아니다. 그 대부분이 전장에서 운명을 달리했다. 살아남은 전우들은 하급무사까지 기억하는 편이었다. 하지만 천하지존문주는 도통 기억에 없었다.

그렇다고 황조령을 함부로 의심하지 않았다.

재남에서 벌어졌던 파천문 사태에서도 알 수 있듯, 무림맹 시절의 황조령 얼굴을 똑똑히 기억하는 사람도 현재의 황조령을 쉽게 알아보지 못했다.

가장 큰 이유는, 붕대로 가려져 반쪽밖에 볼 수 없는 얼굴 때문이었다. 거기에 더해 기억의 편향성이라고 할까, 맹호 같은 기세로 전장을 지휘하고, 그의 등장만으로도 전세가 판가름 났던 시절의 황조령의 분위기와 현재의 초라한 행색을 쉽게 연결시키지 못하는 것이다.

"문주님은 어느 전투부터 참가하셨습니까?"

"하하, 그때의 일을 이야기하자면, 몇 날 며칠을 말해도 끝나지 않을 겁니다. 제 아들과 측근들은 지겹다며 넌더리를 칠 정도이지요."

"송구하옵니다, 문주님……."

원소군이 고개를 조아리며 맞장구쳤다. 그때의 이야기는 피해달라는 간접적인 표현이었다. 이에 황조령은 곧바로 화제를 바꿨다.

"하면, 문주님의 자제분께서 단 소저를 납치한 이유는 무엇입니까?"

"하하하하, 황 대협께서는 꽤나 성격이 급하시군요?"

천하지존문주는 호방한 웃음을 터뜨리며 대꾸했다. 틀린 말이 아니다. 아직 천하지존문주가 자리하기도 전이다. 일사천리로 일 처리를 했던 무림맹 시절의 성격이 튀어나온 것이다.

"그 사연은 천천히 대답해 드리도록 하겠습니다. 이 귀한 자리에 술이 빠져 있군요. 원 군사, 어서 술을 가져오시오."

"알겠습니다, 문주님."

곧이어 술상을 든 시녀들이 들어왔다. 그녀들은 천하지존문주와 황조령 앞에 옥으로 만든 잔을 놓고, 차분히 술을 따른 다음 뒤쪽으로 한 발 물러섰다.

"본 문의 초대에 응해주셔서 감사합니다."

옥배(玉杯)를 쥔 천하지존문주가 건배를 청했다.

"이렇듯 환대해 주시니 몸 둘 바를 모르겠습니다."

황조령 또한 잔을 들고 화답했다. 이제는 기분 좋게 술잔을 비우면 되는 상황이었는데…….

"……!"

옥배에 입술을 대려던 황조령이 멈칫했다. 뭔가 꺼림칙한 반응이었다. 이에 천하지존문주도 술잔을 떼며 물었다.

"황 대협, 무슨 일입니까?"

"문주님 또한 성격이 무척 급하시군요?"

"예? 도통 무슨 말씀을 하시는지……."

황조령은 아무것도 모르겠다는 천하지존문주의 시선을 외면했다. 그리고는 수검을 향해 술잔을 내밀며 말했다.

"이 술의 냄새를 맡아보거라."

"예……."

수검은 킁킁 거리며 냄새를 맡았다.

"뭔가 짚이는 것이 있느냐?"

"글쎄요?"

수검이 이내 고개를 갸웃거렸다.

"다시 잘 맡아보아라. 강호에서 베푸는 호의는 절대 믿으면 안 된다. 특히나 호랑이 행세를 하는 여우의 호의는 말이다."

도대체 무엇일까? 연신 킁킁거리던 수검이 이제야 반응을 보였다.

"이, 이것은… 사, 산공독(散功毒)입니다! 틀림없습니다!"

산공독은 무림인의 내공을 흩뜨리는 독의 일종이었다. 황조령은 다시 천하지존문주를 돌아보며 말했다.

"산공독은 특유의 향 때문에 술에 타서 먹이는 것이 상책이지요. 그러나 아무리 독한 술에 타도 그 향은 남아 있기에 고수들에겐 통하지 않습니다. 하여, 어느 정도 취한 다음에 내오는 것이 정석 아닙니까? 이런 수작에 넘어갈 만큼 제가 만만하게 보였습니까."

착 갈린 음성으로 말하는 황조령의 눈가엔 힘이 실렸다. 되도 않는 변명을 했다가는 곧바로 진심장을 휘두를 태세였다.

"황 대협, 무슨 막말을 하는 것이오? 우리 천하지존문이, 아니, 문주인 내가 그런 치졸한 수작이나 부릴 위인으로 보이시오?"

천하지존문주는 노기 띤 음성으로 반박했다. 경련까지 일으키는 얼굴엔 억울함을 감추지 못하는 모습이 역력했다.

"하면 이 술에 탄 것이 산공독이 아니란 말이시오?"

"당연히 아니외다. 그 술은 우리 집안에서 대대로 내려오는 명주(名酒)로써, 내공 증진의 효험까지 볼 수 있는 아주 귀한 것이오. 물론 사람에 따라 산공독과 비슷한 독특한 향을 느낄 수도 있소. 원 군사, 이를 미리 말씀드리지 않은 것이오?"

"소, 송구하옵니다, 문주님. 제가 경황이 없다 보니……."

"어허! 무슨 일처리를 이따위로 하는 것이오! 그러니 황 대협께서 내 진심을 의심하는 것 아니겠는가! 여봐라, 어서 황 대협의 술잔을 가져오너라."

시녀 한 명이 재빨리 황조령의 술잔을 집어 들었다. 그리고 상석에 앉아 있는 문주에게 뛰어가 공손히 바쳤다.

"내 이것을 마심으로써 황 대협에게 받은 불명예스러운 의심을 씻어낼 것이오."

술잔을 든 천하지존문주가 말했다. 황조령이 그의 저의를 의심할 사이도 없이 천하지존문주는 벌컥벌컥 술잔을 들이켰다.

"어떠시오, 황 대협. 이제는 저의 진심을 믿겠습니까?"

천하지존문주는 텅 빈 술잔을 내보이며 말했다. 술을 마시는 과정에서도 속임수는 없었다. 황조령은 굳었던 표정으로 누그러뜨리며 대답했다.

"제가 조금 경솔했던 모양입니다. 사죄의 뜻으로 벌주 석 잔을 받겠습니다."

"황 대인!"

수검이 깜짝 놀라 만류했지만 황조령의 뜻은 완고했다.

"물러나 있어라. 문주님께서 그 결백을 증명하였으니 나 또한 그에 상응하는 행동을 보여야 하지 않겠느냐?"

"하지만 분명 이 술잔엔 산공독이……."

제차 만류하려던 수검이 입을 다물었다. 용아의 황고집, 이를 꺾을 수 있는 사람은 아무도 없었던 것이다.

황조령이 탁자에 있던 빈 술잔을 집어 들며 말했다.

"따르라."

시녀는 문주의 눈치부터 살폈다. 그의 고개가 끄덕이는 것을 확인하고는 이내 술을 따랐다.

"감사히 마시겠소."

잔이 채워지자마자 황조령은 곧바로 벌컥벌컥 들이켰다.

"한 잔 더……."

그렇게 황조령은 연이어 석 잔을 마셨다. 빈 술잔을 내려놓은 황조령을 향해 천하지존문주가 물었다.

"우리 가문의 술맛이 어떠시오?"

"괜찮은 것 같습니다. 한데… 내공에 효험이 있다는 것이 맞습니까?"

여전히 의심스럽다는 반응이 확실했건만, 천하지존문주는 웃음 띤 얼굴로 대꾸했다.

"왜요? 내공의 충만함이 느껴지지 않습니까?"

"그 반대라 할 수 있군요. 단전의 느낌이 둔해지고, 내력이 모이지 않고, 온몸의 기운이 흩어지는 것으로 보아 이는 산공독의 증상이 확실한 것 같습니다."

"푸하하하하!"

천하지존문주는 앙천대소를 터뜨리며 대답했다. 진중한 외모 속에 감추어진 치졸한 본모습을 드러낸 것이다.

"당연한 것 아닌가? 네놈이 마신 것은 천하의 명주가 아니라 산공독이 담뿍 담긴 술일 뿐이다. 이를 석 잔이나 넙죽넙죽 받아먹다니 참으로 배짱 한번 대단하구나!"

"이런, 찢어 죽일!"

"수검아."

황조령이 발끈하는 수검을 제지하며 말했다.

"갑자기 문주님의 말투가 바뀌었습니다? 천하지존문은 이런 식으로 손님을 대접합니까?"

산공독이 들어 있는 술을 속아서 마신 것보다, 돌변한 천하지존문주의 태도를 문제 삼았다.

"후후후, 세상 물정 모르는 전형적인 정파 놈의 모습이군. 아직도 네놈이 손님이라 생각하느냐?"

동상이몽

"손님이 아니면 무엇이오?"

"적이다. 내 수하들을 때려눕히고 그동안 내가 쌓아온 아성을 위협하는 아주 꺼림칙한 놈이지."

"적이라……. 그렇다면 피를 보며 싸울 수밖에 없겠군."

진심장에 양손을 올린 황조령이 허리를 곧추세웠다. 태산 같은 기백이 느껴졌지만 천하지존문주는 여유로웠다.

"내공을 쓸 수 없다는 중요한 사실을 잊으셨나?"

"그건 그쪽도 마찬가지 아니던가?"

"후후후…… 자꾸 웃음이 나오게 만드는군. 그것까지 설명하기도 귀찮고, 네놈의 상대는 본좌가 아니다. 원 군사."

"예, 문주님."

원소군이 부복하며 대답했다. 그 또한 본모습을 숨기고 있었다. 기민한 동작과 날카로운 눈빛, 실력있는 살수(殺手)의 모습이었다.

"처리하라."

"존명!"

그의 명이 떨어지기가 무섭게 원소군이 황조령을 향해 뛰어들었다. 군더더기없이 빠른 동작이었다. 이에 맞서 수검이 나서려 했지만 황조령이 한 손을 들어 제지했다.

"내 걱정은 말고, 단 소저를 보호하여라."

"하, 하지만……."

"내공은 중요하다. 그러나 무림인의 전부는 아니다!"

차앙~!

황조령은 진심장을 치켜 올려 원소군의 첫 공격을 막아냈다. 주춤하여 물러선 놈은 이내 황조령의 앉아 있는 주위를 돌기 시작했다. 뛰어난 살수일수록 상대의 약점을 찾는 데 일가견이 있다.

그러나 다리가 불편하여 의자에서 일어나지도 못하는 상대, 그 약점은 너무나도 뻔했다.

파팟!

원소군이 황조령의 뒤쪽을 파고들었다.

창!

전광석화 같은 공격이었지만 역시나 막혔다.

순간, 냉철한 살수로 변한 원소군의 얼굴에 당혹감이 엿보였고, 천하지존문주가 황조령을 보는 눈빛 또한 달라졌다.

내공을 쓰지 않고도 지옥귀(地獄鬼)라 불렸던 원소군의 공격을 막아낼 수 있단 말인가!

그의 머리로는 이해가 가지 않았다. 제아무리 경천동지(驚天動地)할 무공을 가진 무림인도 내공을 쓰지 못하면 껍데기에 불과했다. 원소군의 공세를 당해내지 못하고 피를 흘리며 줄줄이 쓰러졌던 것이다.

그러나 황조령은 달랐다.

내공을 쓰지 않고도 원소군을 압도하는 상황이었다. 그것도 몸 상태가 온전치 않은 불구자가 말이다.

"원 군사, 뭐 하는 것인가!"

"죄송합니다, 문주님. 지팡이를 쓰는 놈은 처음이라 당혹한 것뿐입니다."

문주의 독촉은 독이 되었다.

"그 요상한 지팡이와 함께 두 동강을 내주겠다!"

진심장법이야말로 상대의 조그만 약점도 허락지 않았다. 황조령이 내뻗은 진심장은 원소군의 옆구리에 적중했다.

"크악!"

순간적으로 비명이 터졌지만 다행히 급소는 피했다. 재빨리 뒤로 물러서려는 그의 발목을 진심장의 손잡이가 잡아챘다.

후악!

황조령이 힘을 주어 끌어당기자 놈의 몸은 허공으로 떠올랐다. 그리고 떨어진 곳이 바로 황조령의 발밑이었다.

쿵!

"젠장……."

황급히 몸을 일으켜 도망치려 했지만 늦었다.

푸악!

황조령은 지체없이 놈의 가슴 중앙을 내리찍었다. 한 방에 절명시킬 수도 있는 급소 중의 급소였다.

"커억~!"

원소군은 진한 피를 토해내며 눈이 뒤집혀졌다.

"워, 원 군사!"

다급하게 외치는 천하지존문주에게 황조령이 말했다.

"이자의 목숨을 살리고 싶다면, 쓸데없는 짓은 삼가라."

황조령은 핏기 가득한 놈의 입으로 진심장을 쑤셔 넣었다.

그대로 힘을 주어 누르거나 시간을 지체해도 숨이 막혀 죽는 상황이었다.

"원 군사가 죽으면 네놈들도 모두 죽는다!"

"내가 죽기 전에 그대의 천하지존문 또한 무사하지 못할 것이다. 이런 내 말이 허황되게 들리는가?"

"......"

결코 아니었다. 황조령의 흔들리지 않는 눈빛과 마주치는 순간, 단단히 잘못 건드렸음을 깨달았다. 반쪽 얼굴에 다리까지 불편한 이 사내가 바로 그토록 천하지존문주가 경계했던 진정한 무림인이었던 것이다.

게다가 시간 또한 그의 편이 아니었다. 산공독에 중독되었다고 하여 영원히 내공을 쓸 수 없는 것이 아니다. 시간이 지나면서 그 효과가 사라지게 되었다. 내공을 회복한 황조령의 모습은 상상만 해도 끔찍했다.

"이대로 수하가 죽는 꼴을 지켜보겠는가?"

원소군은 숨넘어가기 직전이었다. 더 이상 지체했다가는 자신의 최측근을 잃는다.

"자, 잠깐! 그대에게 제안할 것이 있다!"

"어떤 제안인지 들어나 볼까."

황조령은 진심장을 거두지 않고 대꾸했다. 급한 쪽은 어차피 천하지존문이었다.

"그대와 내가 비무를 하는 것이다. 이에는 어떠한 속임수도 없을 것이다."

동상이몽

"진심인가?"

"당연히 진심이다!"

"믿음이 가지 않는 인간이지만, 수하를 생각하는 마음만은 가상하구나."

황조령은 진심장을 거둬들였다. 그와 동시에 숨넘어가던 원수군의 상태는 빠르게 안정되었다.

"이제 문주의 진심을 보여줄 차례요."

"수하의 목숨이 달린 일에 허튼수작은 하지 않는다."

천하지존문주는 허리춤에 찬 검을 빼 들었다.

스릉~

발검 소리만 들어도 알 수 있었다. 천하지존문주의 무공 실력은 예사롭지 않았다.

"검의 경지가 예사롭지 않은데… 그런 경지에 들었으면서 왜 속임수를 쓰는 것이지?"

"검술의 경지가 무슨 상관인가? 어차피 강호는 내공의 우월함이 승부를 결정짓지 않는가!"

순간, 부르르 천하지존문주의 검이 떨렸다. 상당한 내공 실렸다는 증거이다.

"이상하군. 분명 산공독이 든 술을 마셨을 텐데, 어찌 내공을 쓸 수 있는 것이지?"

"후후후, 많은 놈들이 당황하여 그런 질문을 던졌지. 이제는 대꾸하는 것도 귀찮을 지경이야."

"승부는 짧게 결정 날 것 같으니, 그 연유를 알고 싶은데?"

"짧게 설명하지만 내가 익힌 내공심법이 그러하다. 어느 경지까지의 성취는 빠르나, 그 경지에 이르게 되면 더 이상의 진보가 없다. 아무리 뼈를 깎는 노력을 거듭해도 말이다."

"재미있는 이야기군. 세상에 그런 내공도 존재했었나?"

"더 재미있는 이야기를 해줄까? 그렇게 쌓아 올린 내공은 쉽게 사라지지 않는다. 무림인들이 치를 떨며 싫어하는 산공독이 침투해도 말이다."

"더더욱 호기심이 생기는군. 어서, 오라! 그대의 내공이 어떠한지 확인하고 싶다!"

황조령이 호기롭게 외치는 순간, 천하지존문주가 검을 앞세우고 뛰어들었다.

"후회가 뭔지 가르쳐 주마!"

화화화황~!

현란한 검끝의 움직임은 큰소리를 칠 만한 실력이었다. 예측이 어려운 검이다. 내공의 특이함보다 검술 실력이 훨씬 탁월했다.

퉁.

그런 천하지존문주의 공격을 황조령은 너무도 쉽게 막아냈다. 그 현란하게 움직이는 검끝을 살짝 건드려 흘려보내는 묘기를 보였다.

"......!"

천하지존문주의 눈꼬리가 올라갔다.

방금 전 그 한 수가 의미하는 바는 컸다. 황조령이 그의 검

동상이몽 253

술을 한눈에 꿰뚫어 보고 있다는 증거였던 것이다. 그러나 이성적인 판단과 행동은 일치하지 않을 때가 많았다.

"운이 좋은 놈이구나!"

천하지존문주는 이 믿기지 않는 상황을 운으로 치부하려 했지만 현실은 냉혹했다.

창창창창창창~!

그의 온갖 절기를 쏟아내도 소용없었다. 허초는 통하지 않고, 노림수는 황조령의 진심장에 막히고 말았다.

포기하지 않고 검을 휘두르는 천하지존문주의 심정은 처참했다. 목줄이 묶여 있는 맹견(猛犬)과 주위를 맴돌며 열심히 짖어대는 똥개와 다를 바가 없었다.

왜 자신의 공세가 통하지 않는가!

천하지존문주가 이를 갈며 분노하는 이유는 따로 있었다.

"네놈의 오장육부는 무쇠로 만들어졌단 말이더냐!"

검술의 고하에 상관없이 내공의 차이는 너무도 극명했다. 몸속을 파고드는 이질적인 기운 때문에 극심한 고통을 느끼고 치명적인 내상을 입어야 정상이다.

그러나 아무리 기(?)를 쓰고 검을 휘둘러도 황조령의 상태는 멀쩡했다. 아니, 기를 쓰면 쓸수록 황조령의 지팡이엔 더욱 힘이 실렸다.

후앙~!

"……!"

수상한 낌새를 느낀 천하지존문주가 황급히 뒤로 물러섰다.

아니나 다를까,

쿠앙!

황조령의 진심장이 바닥을 꿰뚫었다. 천하지존문의 영빈관 바닥은 단단하기로 소문난 대리석이 깔려 있었다. 이를 내공 없이 박살 낸다는 것은 상상할 수도 없었다.

가까스로 위기를 넘긴 천하지존문주의 머릿속은 복잡했다.

벌써 약효가 떨어진 것인가?

그럴 리 없었다. 사람에 따라 차이가 있겠지만 최소 한 시진 이상은 갔다.

"설마… 산공독이 든 술을 마시지 않았나?"

"그런 속임수를 썼다면 대번에 들켰겠지. 그쪽 방면은 그대가 전문이 아니던가?"

황조령은 바닥에 박힌 진심장을 거둬들이며 대답했다.

"하, 한데 어찌 내공을 쓸 수 있는 것이지?"

"나도 좀 이야기가 길어지는데……."

좀 전과 뒤바뀐 질문과 대답이 오고 갔다. 결정적인 차이점이 있다면 천하지존문주의 참을성이 부족했다. 황조령이 미적거리는 반응을 보이는 순간, 그의 분노가 폭발했다.

"무슨 속임수를 썼느냔 말이냐!"

창! 창! 창! 창~!

천하지존문주는 핏발 선 눈으로 검을 휘둘렀다.

그가 이토록 흥분한 이유는 별의별 짓을 다 해도 황조령을 이길 수 없다는 자괴감 때문이었다.

"산공독이 듣지 않는 존재는 나뿐이란 말이다!"

흥분을 주체 못하는 천하지존문주와 달리 황조령은 차분함을 잃지 않았다. 진심장을 타고 전해지는 내력은 특이함을 주장하는 그의 주장과 달리 평범했다.

일반의 것과 다름이 없이 단전에 빨려들어 사라졌고, 황조령의 뜻대로 움직일 수도 있었다.

후앙~!

내력을 실어 펼치는 진심장법, 이번에는 천하지존문주도 피하지 않았다.

"여기서는 내가 왕이며 지존이다!"

쿠앙!

격검(擊劍) 소리가 달라지며 불꽃이 튀었다. 내공 고수들의 자존심을 건 싸움처럼 느껴졌다.

쾅쾅쾅쾅쾅~!

순식간에 십여 합을 교환했다.

내공에서 훨씬 앞서 천하지존문주가 유리한 상황이건만 현실은 정반대였다.

쾅쾅쾅~!

천하지존문주의 꽉 다문 입술 사이로 붉은 피가 흘렀다. 치명적인 내상을 입은 게 확실했다. 극심한 고통을 느끼는 게 분명한데도 검을 거두지 않았다.

"정녕 죽고 싶은 것인가?"

"시끄럽……."

발끈하여 반박하려던 천하지존문주가 왈칵 피를 쏟았다. 승패가 극명한 상황인지라 황조령은 진심장을 거둬들였다.
 "지금 내상을 치료하지 않으면 단전이 파괴될 수도 있다. 그렇게 되면 평생 내공을 쓸 수 없는 몸이 되는 것이다."
 "클클클… 상대를 배려하는 척… 자신의 실력을 뽐내는 것이 정파 놈들의 전형적인 수법 아닌가. 그런 염려는 정중히 사양해 주지."
 입가에 남은 핏기를 닦아낸 천하지존문주가 다시 검을 고쳐 잡았다.
 "정녕 단전이 파괴되어도 상관없단 말인가?"
 "클클클… 내 특이한 내공에 대해 한 가지 빼먹은 것이 있는데… 본좌의 단전은 절대 파괴되지 않는다!"
 천하지존문주가 벼락같이 뛰어들었다.
 자신감에 찬 표정은 괜한 허언이 아닌 듯했지만, 그의 호기는 오래가지 못했다.
 차앙~!
 "커억!"
 황조령의 진심장과 부딪치자마자 천하지존문주는 비틀거리며 뒤로 물러섰다. 극심한 고통과 함께 잠시 멈췄던 피가 다시 꾸역꾸역 솟아났다.
 "이, 이럴 리 없다……."
 단전에 이상이 생긴 게 분명했다. 손에 묻은 검은빛에 가까운 피를 직접 확인하고도 그는 믿으려 하지 않았다.

"이런… 말도 안 되는 일이!"

천하지존문주는 믿을 수 없는 사실을 확인하기 위해 다시 뛰어들었다.

창~!

"크억~!"

그러나 결과는 마찬가지였다. 천하지존문주는 검붉은 피를 분수처럼 뿜어대며 풀썩 주저앉았다.

꾸역꾸역 피는 멈추지 않고 계속 솟아났다. 치명적인 내상은 물론 단전에 이상이 생긴 게 분명했다.

"저, 저, 절대 있을 수 없다……. 절대 있을 수 없어……. 군자(君子)의 내공이 어찌……."

"……?"

황조령은 천하지존문주가 넋 나간 듯 중얼거리는 소리에 관심을 보였다.

"방금 무어라 했나?"

"……."

"군자의 내공이 어떻다고 하지 않았나?"

"……."

천하지존문주는 침묵으로 일관했다. 의도적으로 대답을 거부하는 것이 아니었다. 사시나무처럼 떨어대는 몸과 커질 대로 커져서 뒤집어지는 눈, 도저히 말을 할 수 없는 상황이었다.

"수검아!"

"예!"

수검이 뛰쳐나가 천하지존문주의 몸 상태를 살피려는 순간이었다.

"화, 화, 황 대장님, 뭔가 이상합니다."

수검은 더 이상 다가서지 않고 주춤거리며 물러섰다.

"도대체 뭐가 이상하다는 것이냐?"

"포, 포… 폭발할 것 같습니다."

"폭발?"

황조령은 도저히 이해를 못하겠다는 표정으로 반문했다. 그도 그럴 것이, 아무리 치명적인 내상을 입었다 하여, 혹은 단전이 파괴되었다고 하여 사람이 폭발하는 경우는 없었다.

그러나 수검의 말은 거짓이 아니었다.

"피하십시오!"

다급한 수검의 외침과 함께 진짜 폭발이 일어났다.

퍼퍼퍼펑~!

폭발의 순간, 듬직한 수검의 어깨가 황조령을 감쌌다.

"괜찮은 것이냐?"

"예, 조금 더러워진 것을 빼고요."

흠뻑 핏물을 뒤집어쓴 수검이 상체를 폈다. 그러자 후두두둑, 찐득한 건더기들이 떨어졌다.

더럽다기보다는 처참했다.

천하지존문주의 몸뚱이는 산산이 부서져 머리 부분밖에 남지 않았다.

어찌 사람의 몸이 폭발할 수 있단 말인가?

동상이몽 259

또한 천하지존문주가 중얼거렸던 군자의 내공이란 무엇일까?
황조령의 머릿속이 복잡한 그때였다.
"까아아악~!"
술시중을 들던 시녀들의 비명 소리가 울려 퍼졌다. 너무도 처참한 광경인지라 상당히 뒤늦은 반응이었다.
"무, 무, 문주님께서 살해당했다. 문주님께서 처참히 살해당하셨다!"
요란을 떨어대는 시녀들의 외침을 듣고 천하지존문의 제자들이 황급히 들이닥쳤다.
"무슨 헛소리를 하는 것이냐? 문주님께서 살……."
그들은 피바다로 변한 영빈관을 대하고 충격에 빠졌다. 시녀들의 말은 사실이었다. 홍건한 핏물 위로 목밖에 남지 않은 문주의 시신이 보였다.
"누, 누가 이런 짓을……."
너무도 기가 막혀 튀어나온 말일 뿐이다. 이런 엄청난 짓을 할 수 있는 사람은 황조령과 수검밖에 없었다.
곧이어 천하지존문 제자들이 속속 들이닥쳤다.
"누가 감히 문주님을 시해했다는 헛소리를……!"
그들 또한 감당할 수 없는 충격에 빠졌다. 하늘처럼 생각했던 문주가 죽었다는 것도 그렇고, 목밖에 남지 않은 참혹하기 그지없는 모습에 울분을 터뜨렸다.
"네놈들 짓이더냐!?"
참담한 표정의 사내가 소리쳤다. 황조령에게 덤볐다가 뻗어

버렸던 호위대장이었다.
 잠시 생각하던 황조령이 대답했다.
 "그렇다고 할 수도 있겠군."
 천하지존문주를 산산조각 내어 죽일 의도는 없었다. 어쩌면 그 스스로 자초한 일이지만, 황조령이 이에 중요히 관여한 것은 부인할 수 없는 사실이었다.
 "그 대가가 무엇인지 잘 알고 있을 터다!"
 스캉!
 호위대장은 지체없이 검을 빼 들었다. 황조령의 무위가 어떠한지 직접 겪어보아 잘 알고 있었다. 목숨을 장담 못하는 상황이지만 절대 물러날 수 없었고, 이는 다른 천하지존문 제자들 또한 마찬가지 심정이었다.
 스캉, 스캉, 스캉, 스캉······.
 연이어 놈들이 검을 뽑아 들었다. 죽어도 물러서지 않겠다는 결연한 의지가 느껴졌다.
 이에 황조령은 당연한 반응이라는 모습을 보였다.
 "세간에서 말하는 천하지존문주의 평이 어떠하든 수하들의 신임만은 확실히 얻은 모양이구나. 오라! 내 그대들의 분한 마음이 진정될 때까지 상대해 주겠노라."
 정좌를 하고 앉은 황조령이 진심장을 내뻗으며 말했다. 무림인 대 무림인으로 전력을 다해 싸워보자는 의미가 담겨 있었다.
 잠시 숨 고르는 시간이 지나고, 곧바로 대대적인 싸움이 벌어지려는 순간이었다.

"멈, 멈추어라……."
"군사님!"
죽은 듯이 쓰러져 있던 원소군이 몸을 일으켰다.
"괜찮으십니까?"
황급히 달려와 부축하는 호위대장에게 원소군이 말했다.
"내 염려는 필요없으니 모두에게 검을 거두라 명하라."
"군사님?"
호위대장은 이해를 못하는 표정이었다.
문주님을 시해한 철천지원수와도 같은 존재를 곱게 보내주자는 말인가?
원소군과 천하지존문주 얼마가 각별했는지 잘 알기에 더욱 그러했다.
"지금 내 명을 거역하는 것인가?"
"다른 명이라면 무엇이든 따르겠습니다. 그러나 저놈들은 문주님을……."
"정당한 비무였다."
"방금 정당한 비무라 하셨습니까? 세상에 얼마나 정당한 비무였기에 문주님을 저리도 참혹하게 만들 수 있단 말입니까?"
"그 입 다물라! 실력도 없는 것들이 주둥이만 살아서 뭘 어쩌자는 것이냐? 그런다고 돌아가신 문주님이 기뻐하실 것 같더냐!"
"……."
"지금은 모두 함께 단합하여 슬픔을 극복하고 흔들릴 수도 있는 본 문의 기강을 바로 세워야 하는 시국이다. 모두 검을 내려놓아라."

눈물을 흘리며 말하는 원소군의 진심이 통했다.

"크윽!"

이를 악물고 울분을 삼키는 호위대장을 시작으로, 검을 뽑아 들었던 천하지존문 제자들이 차례차례 검을 내려놓았다.

곧이어 원소군이 황조령을 바라보았다.

"황 대협, 이만 돌아가 주시겠습니까."

"그렇게 하지."

"죄송합니다만… 잘 가시라는 말은 못하겠습니다."

황조령은 천천히 고개를 끄덕였다. 가시가 담긴 말이었지만 기분이 상한 표정은 아니었다.

"가자꾸나."

"예."

수검의 부축을 받으며 몸을 일으키려는 찰나였다.

"누구 마음대로 저것들을 보내는 것이지?"

빈정거리는 듯한 사내의 음성이 들리는 순간, 단혜린의 얼굴이 새파랗게 질렸다.

"소문주님!"

천하지존문 제자들이 일제히 부복했다. 불편한 몸을 이끌고 다가간 원소군이 고개를 조아리며 말했다.

"소문주님, 얼마나 비통한 심정인지 알겠지만……."

스윽.

소문주는 한 손을 들어 원소군의 말을 끊었다. 그리고는 영빈관 내부를 쭉 한번 훑어본 다음 특유의 빈정거리는 듯한 어조로 입을 열었다.

"우선은 호칭부터 바꿔야겠군."

"예?"

"아버님이 저리되셨으니 이제부터는 내가 본 문의 문주 아닌가 말이다."

참혹한 천하지존문주의 시신을 보았을 것인데 슬픔을 전혀 느낄 수 없었다.

순간적으로 당황했던 원소군이 서둘러 대답했다.

"무, 물론 그렇습니다. 하나, 모든 일에는 순서가 있는 법입니다. 우선은 돌아가신 문주님의 장례부터 치르고……"

원소군은 차분차분 앞으로의 일을 설명했다.

소문주는 잔소리라도 듣는 듯 못마땅한 표정인데, 수검은 이러한 소문주를 또 무척이나 못마땅하게 쳐다보고 있었다.

"황 대장님, 정말 재수없게 생긴 놈입니다. 저런 놈들도 처첩(妻妾)을 주렁주렁 달고 있는데 말입니다?"

여기서 그 말이 왜 나온단 말인가? 황조령 또한 못마땅한 기색으로 수검을 바라보는 그때였다.

"좋아, 원 군사의 뜻에 따르기로 하지. 저놈들이 나갈 수 있게 길을 터주어라."

이야기가 잘 풀린 모양이다.

"쓸데없는 데 관심 갖지 말고 가자꾸나."

황조령이 다시 의자에서 몸을 일으키려는 순간, 소문주의 말이 이어졌다.

"그러나 저 계집은 안 된다."

"……."

원만한 해결책을 찾은 사태가 예상치 못한 난관에 봉착하고 말았다.

"소문주님, 지금은 돌아가신 문주님의 장례에 모든 성심을 기울여야 합니다. 간곡히 부탁드리온데, 첩에 대한 미련은 제발 버리십시오."

"……."

소문주는 아무런 대꾸도 하지 않았다. 눈에 힘을 주고 진심으로 간언하는 원소군을 노려보았다.

"이번 사태의 원흉 또한 저 계집이라 할 수 있습니다. 돌아가신 문주님께서도 누누이 말씀하지 않았습니까? 계집에 대한 욕심을 버려야만 문주의 자리에……."

원소군은 말을 다 끝내지 못했다. 살심을 품은 소문주의 오른손이 그의 목을 쥔 것이다.

"언제까지 내가 그 잔소리를 고분고분 따를 것이라 생각하는가."

"커억……."

황조령에게 당한 부상 때문에 원소군의 몸 상태는 극히 좋지 않았다. 이내 괴로운 신음을 발하며 눈이 뒤집어졌지만 소문주는 손에 실은 힘을 풀지 않았다.

핏발 선 눈의 소문주는 더욱더 힘을 주어 원소군의 목을 압박했다.

"이제부터는 내가 문주이며 누구의 말도 듣지 않을 것이다. 내 소신껏 천하지존문을 이끌어갈 것이다. 그러니 그 지겨운 잔소리 좀 그치란 말이다!"

우두둑.

거북한 소리와 함께 원소군의 목이 꺾였다. 눈을 부릅뜬 채 그대로 절명한 것이다.

풀썩…….

원소군의 시체를 땅바닥에 떨어뜨린 소문주는 경악해 마지 않는 수하들을 바라보았다.

"왜 그런 눈으로 바라보고 있느냐? 어서 저 계집을 끌고 오란 말이다!"

"조, 존명!"

화들짝 놀란 천하지존문 제자들이 황조령을 향해 일제히 검을 빼 든 순간이다.

쿵~!

진심장을 내려친 황조령이 천하지존문 제자들을 노려보았다. 강호를 은퇴하고 좀처럼 볼 수 없었던 극도로 노기 띤 표정이었다.

"그대들은 문주에 대한 신뢰의 보답이 아닌, 소문주의 사사로운 욕정을 채우기 위해 검을 휘두를 것인가!"

"……."

놈들은 침묵으로 일관했다. 검을 계속 겨누고 있는 것으로 보아 어쩔 수 없다는 의미가 분명했다.

순간, 황조령의 얼굴은 완전히 일그러졌다.

"수검아!"

"예."

"검을 뽑아라!"

"존명~!"

스카앙~!

오랜만에 수검이 수호검을 뽑아 들었다. 검집째로 휘두르는 것이 아닌, 진검의 사용을 허락한 것이다.

곧이어 황조령도 진심장을 의지하며 몸을 일으켰다.

"단 소저를 보호하며 나를 따르라. 덤벼드는 놈이 있다면 무조건 베라."

"존명!"

앉아서 놈들을 기다리지 않고 움직이면서 진심장법을 펼치겠다는 의도였다.

"목숨이 아깝지 않은 놈은 덤벼라."

황조령이 성큼 한걸음 내딛는 순간이었다. 천하지존문 제자들은 반사적으로 몸을 움츠렸다.

절룩이는 걸음이었지만 저승사자가 다가오는 듯한 위압감을 느낀 것이다.

그도 그럴 것이, 상당수가 황조령의 엄청난 무위를 직접 경험한 자였다. 게다가 그들의 문주 또한 처참한 시신으로 변하지 않았던가? 마지못해 검을 겨누고는 있지만, 이것은 진짜 미친 짓이라 여기는 자들도 적지 않았다.

일촉즉발의 긴장감이 감도는 분위기 속에서 소문주 특유의 빈정거리는 음성이 들렸다.

"저 절름발이 놈의 무공 수위가 얼마나 대단하지 모르겠지만, 지금은 내공을 쓸 수 없는 몸이다."

"……!"

정말 그럴까?

반신반의하는 수하들을 향해 계속 말을 이었다.

"너희들도 알다시피 나는 여색을 밝히는 호색한이 분명하다. 그러나 사사로운 욕정을 위해 수하들을 사지로 내몰 정도로 멍청하지는 않다. 나를 믿어라. 저 절름발이 놈을 잡고, 우리는 산동 최고의 문파로 거듭날 것이다. 쳐라!"

예상 밖으로 소문주의 말에는 신뢰의 힘이 느껴졌다. 그의 명령이 떨어지기가 무섭게 천하지존문 제자들은 함성을 지르며 뛰어들었다.

"우와아아~!"

두려움은 없고 사기는 충천했다.

내공을 쓸 수 없는 것이 확실하다면 충분히 해볼 만한 싸움이었다. 아니, 먼저 공을 세워서 소문주에게 잘 보이겠다는 의욕으로 가득했다.

황조령은 먹잇감 경쟁을 벌이듯 몰려오는 놈들을 향해 진심장을 내뻗었다.

푸욱!

 손에 사정을 두지 않은 진심장은 놈들이 목을 꿰뚫고, 수검이 휘두르는 수호검은 놈들의 몸뚱이를 절단 냈다. 소문주의 호언처럼 이번 싸움은 결코 쉽게 끝나지 않았다.

 붉은 노을이 진 밤하늘.

 백 리 인근 최강의 문파이며, 산동의 삼대문파라 자부하던 천하지존문이 불타올랐다. 그 위세를 자랑하듯 도심지 한복판에 우뚝 세워진 본채는 화마에 휩싸였다.

 엄청난 규모를 자랑하던 건물이 불타오르니 컴컴한 밤하늘에 노을이 지는 것 같은 착각까지 들었다.

 구름처럼 모여든 구경꾼들은 왜 천하지존문이 불타오르는지 그 영문을 알지 못했다.

 "크아아악!"

 간혹 들려오는 처절한 비명 소리를 듣고 무슨 변고가 생겼음을 짐작할 뿐이었다.

 "대체 어떤 문파가 쳐들어온 것이여?"

 "모, 모르지. 내가 계속 지켜봤는데, 칼 든 무림인들이 떼거지로 움직이는 것은 못 봤거든?"

 이 근방에서 천하지존문의 위세는 하늘을 찔렀다. 그런 문파를 이 지경으로 만들어놓았다면 더 대단한 문파의 대대적인 침공이 아니고는 설명이 되지 않았다.

 "누, 누군가 나온다!"

순간, 구경꾼들의 시선이 불길에 휩싸인 천하지존문 정문에 집중되었다.

이토록 엄청난 일을 벌인 사람은 대체 누구일까?

키가 구 척에 달하는 거한의 사내? 아니면 검기, 검강, 장풍을 마구 쏘아대는 살기 넘치는 무림인?

그러나 자욱한 연기를 뚫고 모습을 드러내는 존재는 구경꾼들의 예상 밖이었다.

절룩절룩…….

핏물을 뒤집어쓴 황조령이 절뚝거리며 걸어나왔다.

치열한 접전을 벌이다 부당을 당한 것인가? 아니다. 자연스러운 지팡이의 움직임으로 보아 원래부터 다리가 불편했던 게 분명하다.

그 뒤로는 건장한 체격의 사내와 젊은 여인이 따랐다. 이들이 그토록 위세가 대단하던 천하지존문을 끝장냈다는 것은 상상할 수도 없는 일이었다.

第四章
사활곡(死活谷)

황조령은 약속대로 단혜린을 집까지 무사히 데려다 주었다. 그리고는 산동을 지나 하남 초입의 객잔에서 즐겁고 편안히 하룻밤을 보냈다.

이른 아침.

잠자리에서 일어난 황조령은 운기조식을 했다.

버릴 수 없는 습관 같은 것이다. 여전히 기의 움직임은 느껴지지 않았고, 머릿속은 복잡했다.

군자의 내공이 무엇일까?

천하지존문주가 중얼거리던 말이 귓가에 맴돌았다. 자신의 비상식적인 내공 상태를 풀 수 있는 열쇠일까? 아니, 죽음에 이른 상태에서 아무런 의미 없이 중얼거린 소리일 수도 있다.

모든 것이 확실치 않아 더욱 답답한 그때였다.

"황 대협님, 기침하셨습니까?"

문밖에서 수검의 목소리가 들렸다.

"들어오너라."

황조령은 지그시 감았던 눈을 뜨며 대답했다.

덜컹!

기운차게 문을 열고 들어오는 수검의 모습은 말쑥했다. 세안에 머리 정리까지 깨끗이 끝낸 모습이었다.

"너야말로 일찍 일어났구나. 새벽까지 술을 마신 게 아니더냐?"

어젯밤, 늦은 저녁 식사를 하던 수검은 옆자리 일행과 죽이 맞았다. 그들은 현 무림의 최고 영웅은 무적신검 황 대장이라 입을 모았고, 이에 수검이 합세한 것이다.

뜻이 맞으니 밤늦도록 술판이 이어졌다.

특히나 수검이 술을 많이 마셨는데, 그들이 존경해 마지않는 무적신검 황 대장이 바로 옆에 있기 때문이었다.

황조령은 과음하지 말라는 당부의 말을 남기고 먼저 자리에서 일어났다. 그때도 늦은 시간이었다. 왁자지껄하는 소리를 들으며 잠들었으니 꽤나 더 마셨을 터다.

"저야 뭐 술에는 강하지 않습니까? 한숨 자고 나면 이렇듯 거뜬해집니다. 어쨌거나 기침하셨으니 다행입니다. 어서 세안부터 하고 행장을 꾸리십시오."

"왜 이리 서두르는 것이냐?"

"이유는 나중에 말씀드리겠습니다. 어서요, 어서!"

"어허, 나 혼자 걸을 수 있다니까."

강제로(?) 부축받으며 밖으로 나서는 황조령은 상당히 꺼림칙한 표정이었다. 이렇듯 서두르는 수검의 저의가 의심스러웠던 것이다.

아침 일찍 떠나는 손님들로 북적이는 객잔 앞.

행장을 꾸린 황조령이 나서자 한 무리의 사내들이 인사를 했다.

"편안히 주무셨습니까, 황 대협 나으리."

어젯밤 수검과 함께 밤늦도록 술을 마신 무리였다.

"그래, 자네들도 편안히 잤는가?"

어색하게 대답한 황조령은 슬쩍 수검에게 눈치를 주었다. 이들이 왜 자신을 기다렸다가 인사까지 건네느냐는 것이다.

수검이 깜박했다는 음성으로 대답했다.

"아! 여기 있는 분들은 창천표국(蒼天鏢局)의 표사(鏢師)들입니다. 원양(原陽)까지 같은 방향이라 동행하기로 했습니다. 그 위험하다는 사활곡(死活谷)을 지나야 하는데, 정말 다행이지 않습니까?"

"……."

정말 그 때문일까?

여전히 수상함은 남아 있지만, 일단은 수검의 말을 믿기로 했다.

"잘 부탁하네."

"어이구, 저희야말로 잘 부탁드립니다. 수검 아우의 말을 들으니 황 대협께서는 무림맹에서도 꽤나 유명했던 무림인이라 들었습니다."

하룻밤 새에 벌써 형 동생 한단 말인가? 두치에 버금갈 만큼 넉살이 점점 좋아지고 있었다.

"그야 내 몸이 온전할 때의 이야기지. 이제는 자네들에게 신세를 지게 되었네."

"아, 예. 성심을 다해 모시겠습니다. 저는 어제 인사를 드렸던 구일(具日)이라 하옵고, 표두(鏢頭)를 맡고 있습니다. 그리고 이쪽은 황천(黃天), 저희 표국의 제일 무사입니다."

"뵙게 되어 영광입니다."

"무슨 영광씩이나……. 꽤나 믿음직하게 생겼구나."

"감사합니다."

어쨌건 한 배를 타게 되었다. 황조령과 창천표국의 표사들은 잘 지내보자며 인사를 나누는 그때였다.

"아가씨, 나오셨습니까!"

목소리가 높아진 표사들이 일제히 허리 숙여 인사를 했다. 객점 출입문이 있는 황조령 바로 뒤였다.

고개를 돌리자마자 다소곳이 서 있는 여인을 볼 수 있었다. 흠칫하는 황조령을 보고는 그녀가 먼저 인사를 했다.

"안녕하십니까? 소녀는 이번 표행(鏢行)의 책임을 맡고 있는 유소연(柳昭蓮)입니다. 황 대협님의 명성은 구일 표두를 통해 들었습니다. 저희 표국과 함께해 주신다니 감사할 따름입니다."

"저야말로······."

황조령은 짧게 대답했다.

"곧바로 떠날 것이니 차비를 서둘러주십시오."

"아, 예······."

"오늘 안으로 사활곡을 넘어야 하니 서둘러야 한다."

"예, 아가씨!"

유소연은 표사들을 동반하고 짐 꾸리기가 한창인 곳으로 향했다. 그 모습을 지켜보는 황조령은 왜 수검이 이번 표행에 동참했는지 짐작이 갔다.

역시나······.

스윽.

황조령 뒤에서 고개를 내민 수검이 악마의 유혹처럼 속삭였다.

"저 뒤태를 보십시오. 정말 끝내주지 않습니까? 앞서 보셨다시피 얼굴 또한 천하의 미인입니다. 성품 또한 자애롭고 어려서부터 영특하기로 소문이 자자했다 합니다. 한마디로 지덕미(知德美)를 완벽히 갖춘 여인이라 할 수 있겠습니다. 참고로 창천표국의 둘째 영애이기도 합니다."

"저런 완벽한 여인에게 임자가 없겠느냐?"

"후, 후, 후! 벌써 확인했는데, 정혼자도 없으며 마음에 두고 있는 남자 또한 없다는 정보입니다."

툭.

"아코!"

황조령은 자랑스럽게 떠벌이는 수검의 입을 쳤다.

"쓸데없는 소리 말고 가자꾸나."

짐을 다 꾸린 창천표국의 마차들이 출발하기 시작했다. 황조령이 마차에 오르자 수검이 얼른 말고삐를 잡아끌었다.

"이랴! 이번에는 반드시 성공입니다."

황조령과 창천표국의 둘째 딸을 반드시 연결시키겠다는 각오가 그 어느 때보다 새로워 보였다.

따사롭던 햇살이 오후의 문턱을 지나 초여름 더위를 느끼게 하는 시간.

쉬지 않고 움직이던 창천표국의 행렬은 으슥한 골짜기 앞에 멈춰 섰다. 커다란 바위에 새겨진 으스스한 붉은 글씨에서도 알 수 있듯 그 명성이 자자한 사활곡이었다.

말에서 내린 표두 구일이 줄지어 멈춰 선 창천표국 사람들에게 소리쳤다.

"예서 충분한 휴식을 취한 다음 출발할 것이다! 표사들은 순번대로 경계를 서고, 쟁자수와 마부들은 짐 단속을 철저히 하며 쉬어라!"

"예, 알겠습니다."

표사들은 신속하게 움직였고, 마부와 쟁자수는 한곳에 짐을 모아놓고 휴식을 취했다.

맨 뒤에서 따라오던 황조령도 마차에서 내렸다.

"물 좀 드시겠습니까?"

"됐다. 앉아만 있던 내가 무슨 목이 마르겠느냐. 너나 많이 마시려무나. 앞으로의 길은 더욱 험할 것이다."

황조령은 수검이 내미는 물통을 사양하며 그늘로 향했다.

벌컥벌컥.

"크아~!"

시원하게 물을 들이켠 수검은 재빨리 황조령을 따랐다. 그늘진 바위에 앉은 황조령의 옆에 선 수검은 주변을 한번 돌아보며 말했다.

"이곳이 바로 사활곡이라 합니다. 사활을 걸고 넘어야 할 만큼 산적들의 출몰이 잦은 곳이지요."

"……"

황조령은 조용히 고개만 끄덕였지만 사실 이곳에 대해서는 수검보다 더욱 잘 알고 있었다. 아는 체하는 수검을 방해할 생각이 없었던 것이다.

"사활곡에는 아홉 고비가 있다고 합니다. 각 고비마다 위세 당당한 산적들이 버티고 있지요. 재물을 약탈하는 것은 기본이요, 짐꾼들은 노비로 팔고 젊은 처자들은 산적들의 노리개로 삼는다고 합니다. 그때 황 대장님이 나서는 겁니다."

황조령은 여전히 고개만 끄덕였다. 그런 이야기로 흘러갈 줄 알았다는 반응이다.

"지덕미를 겸비한 소연 아가씨가 아직도 혼자인 것은 제대로 된 사내를 못 만났기 때문입니다. 바로 우리 황 대장님 같은 분 말이지요."

툭.

"아코!"

그만하라는 강력한 표현이었다. 그러나 수검은 포기하지 않고 다시 황조령의 귓전에 대고 속삭였다.

"제가 아는 놈 중에 여자를 주렁주렁 달고 다니는 한량이 있는데 말입니다, 그놈이 말했습니다. 사랑은 쟁취! 기다려서는 아무것도 얻을 수 없다고 했습니다. 기회를 만들고, 그 기회를 최대한 활용하는 겁니다."

"해서 창천표국이 산적들의 습격을 받도록 바라자는 것이더냐?"

"그, 그건 아닌데요……."

뒷말을 얼버무린 수검이 한 걸음 뒤로 물러났다. 자신의 이득을 위해 남의 불행을 바랐다는 무안함 때문이 아니다. 호랑이도 제 말 하면 온다고, 시녀를 대동한 유소연이 다가오고 있었다.

"다리는 어떠십니까, 황 대협님?"

"아직은 괜찮습니다. 한데 나 때문에 표국의 행렬이 지체되는 건 아닙니까?"

"결코 아니니 괜한 신경 쓰지 마십시오. 그리고 요기나 하시라고 간식거리를 가지고 왔습니다."

유소연이 눈짓하자 곁에 있던 시녀가 쟁반을 내밀었다. 먹음직스러운 만두와 찻잔 두 개가 놓여 있었다.

이를 놓칠세라 수검이 재빨리 고개를 내밀며 속삭였다.

'어떻습니까? 마음 씀씀이도 정말 곱지 않습니까요?'

스윽.

황조령이 손을 드는 시늉을 하자 수검은 황급히 뒤로 빠졌다.

"감사히 먹겠습니다."

"예, 그럼……."

황조령이 쟁반을 받아 들자 유소연은 가벼운 눈인사를 하고 물러갔다. 황조령은 그다지 배가 고프지는 않았지만 성의를 거부할 순 없었다.

"어서 먹자꾸나."

"예, 먼저 드시지요."

쟁반을 받아 든 수검은 황조령이 만두를 집는 것을 확인하고 자신도 하나를 집었다.

황조령은 지체없이 한 입 베어 물었다.

한데, 맛은 둘째 치고 뒤통수가 따갑다? 그 먹성 좋은 수검이 만두를 먹을 생각은 않고 황조령을 빤히 쳐다보고 있는 것 아닌가?

"왜 그렇게 보는 것이냐?"

뭔가 꺼림칙한 황조령이 물었다. 이에 수검은 전혀 다른 질문으로 응수했다.

"만두 맛이 어떻습니까?"

"아주 맛있구나. 왜? 여기에 독이라도 탔을까 보냐?"

수검이 매우 의뭉스럽게 웃었다. 황조령의 농에 반응한 것이 아니다.

"이런 만두를 매일 먹고 싶지 않습니까?"

"......?"

"그 만두는 고생하는 수하들을 위해서 소연 아가씨가 직접 만든 것이라 합니다. 아름답고, 상냥하고, 집안 좋고, 머리 좋고, 음식 솜씨까지 대박 아닙니까!"

눈살이 구겨지는 황조령은 갑자기 소화가 되지 않는 모습이다. 혼사의 부담감으로 인한 신경성이다. 이를 아는지 모르는지 수검은 쟁반에 있는 만두를 모두 다 먹으라고 강권했다.

"절대 남기면 안 됩니다. 표사들은 이 만두를 먹기 위해 쟁탈전까지 벌인다고 합니다."

가끔은 설레발치는 수검이 짜증스럽게 느껴질 때도 있었다. 이번 같은 경우인데, 그럴 때면 두치라면 어땠을까 상상해 보았다.

수검보다 더하면 더했지 못하지는 않았을 것이다.

여염집 규수를 납치하여 당장 혼인하라며 협박했을지도 모를 일이다.

"출발~!"

휴식이 끝났다는 소리가 반갑게 들렸다.

"나머지는 네가 다 먹어라."

먹던 만두까지 떠넘긴 황조령이 바위에서 일어섰다. 사활곡 초입부터는 길이 험해지기 때문에 마차를 타지 못하고 걸어야 했다.

 절룩절룩 걷는 황조령이 걱정되었는지 선두에서 걷던 유소연이 잠시 뒤돌아보았다.

 황조령이 괜찮다는 손짓을 보내자, 그녀는 다시 행렬을 이끌고 언덕길을 올랐다.

 어느새 말고삐를 쥔 수검이 따라붙었다.

 "보십시오. 소연 아가씨 또한 황 대장님께 관심이 있는 게 분명합니다."

 "……."

 황조령은 아예 대꾸를 하지 않았다. 수검의 머릿속은 황조령을 장가보내는 일로 꽉 차 있었다. 때문에 어떠한 상황이든 그쪽으로 연결시키는 것이다.

 과분한 배려, 그러나 자신이 혼사만 하면 뚝 그칠 것이라 생각하며 묵묵히 걷던 때였다.

 "멈추어라! 반항하는 새끼들은 모두 저승행이다!"

 매복하고 있던 산적들이 튀어나와 창천표국의 길을 가로막았다. 짐을 운반하는 쟁자수와 마부들은 당황했고, 수검 또한 적지 않게 놀랐다. 이렇게 빨리 기회가 찾아올 줄은 그도 예상치 못한 일이었다.

 "황 대장님, 천운입니다!"

 "경거망동(輕擧妄動)하지 말거라."

 황조령은 반가운 기색을 감추며 뛰쳐나가려는 수검을 만류했다.

사활곡(死活谷). 283

"누군가 다치기 전에 나서야 합니다. 사활곡의 산적들은 극악무도하기로 유명하지 않았습니까?"

"그럴 필요 없다."

"예?"

"이번 일은 표국 사람들이 알아서 처리할 것이다."

황조령의 말은 사실이었다. 당황하는 짐꾼들과 달리 표사들은 긴장하는 모습조차 보이지 않았다.

"우리는 창천표국 사람들이오. 귀하들께서는 어느 산채의 식구들이오?"

구일이 쇠로 만든 표식을 내밀며 물었다.

순간, 서슬 퍼런 검을 괜히 휘두르는 등 위협적인 행동을 보이던 산적들의 태도가 돌변했다.

"이거 미안하게 됐소이다. 우리는 황토채(黃土砦) 식구들인데, 수일 내로 창천표국이 지나갈 것이라는 기별은 받았소이다."

청룡도(青龍刀)를 어깨에 걸친 사내가 말했다. 거친 말투였지만 나름대로 예의를 갖추어 대답하는 모습이었다.

"나는 표두를 맡고 있는 두일이라고 하오. 적발귀 두령께서는 잘 계시오?"

"당연히 잘 계시오. 특히나 창천표국 사람들은 절대 건들지 말라 엄명을 내리셨으니 어서 가보시오."

"두령님께 고맙다고 전해주시오. 그리고 이렇듯 흔쾌히 길을 터준 대가로 약소하나마 감사의 뜻을 전하고 싶습니다."

구일은 품에 있던 전낭을 꺼내 청룡도의 사내에게 전해주었다. 상당한 금액이 들어 있는 모양인지 전낭 안을 확인하던 사내의 눈이 번쩍 뜨였다.

"뭘 줄 것이라는 말씀은 없었는데……. 어쨌든 고맙소이다. 뭣들 하느냐? 어서 길을 터라!"

뇌물의 효과는 컸다. 청룡도를 든 사내는 꾸물거리는 수하들을 직접 정리해 주었다.

잠시 멈췄던 창천표국의 행렬이 다시 시작되었다.

잘 가라며 손까지 흔들어주는 산적들 사이를 지나며 수검이 맥 빠진 음성으로 물었다.

"황 대장님, 매번 이런 식입니까?"

"아마도……."

수검은 푹 고개를 떨어뜨렸다. 이번 거사(?) 역시 실패로 끝나는가 싶은 그때, 청룡도를 든 사내의 외침이 들였다.

"아참! 두령님께서 꼭 전하라 하셨는데, 아홉 번째 고비에 문제가 생겼소이다."

급히 발길을 멈춘 유소연이 물었다.

"문제라니요? 어떤 문제가 생겼다는 겁니까?"

"얼마 전 그곳의 주인이 바뀌었소."

"예?"

유소연은 못 믿겠다는 표정이었다. 아홉 번째 고비에는 천봉채(千峰砦), 사활곡에서 가장 큰 규모의 산채가 위치하고 있었기 때문이다.

사활곡(死活谷) 285

"우리도 어찌 된 영문인지는 정확히 모르오. 얼마나 대단한 놈들인지 그 위세 높던 천봉채를 단숨에 장악했다고 하오. 그 때문에 우리 두령님도 골치가 아프시오."

"혹여 금지령(禁止令)이 내렸습니까?"

"그건 아니오. 선택적으로 통행을 허락한다고 하는데, 그것이 걱정되면 지금 내려가는 게 좋을 거요. 사활곡을 조금이라도 덜 올랐을 때 말이오."

"아가씨, 어찌할까요?"

두일이 유소연의 결정을 기다렸다.

안전이 보장되지 않은 길이라면 피하는 것이 상책이다. 그러나 사활곡을 넘지 못하면 약속한 기간 내에 물건이 도달할 수 없고, 그렇게 되면 표국의 생명이라 할 수 있는 신용을 잃게 되는 것이다.

고심 끝에 그녀가 입을 열었다.

"계속 올라갑니다. 산채의 주인이 바뀌었다면 인사라도 드리는 게 도리겠지요."

사활곡의 통행이 막히면 창천표국의 앞날은 장담을 못하는 상황이었다. 어젠가 부딪칠 일이라면 빠를수록 좋다는 것이 그녀의 판단이었다.

아무도 이에 문제를 제기하지 않았다.

"아가씨의 명을 들었느냐? 계속 전진한다!"

구일의 외침과 함께 창천표국의 행렬은 다시 시작되었다. 분위기는 바뀌어 표두에서 쟁자수까지 모두가 결연한 표정으로 한 걸음 한 걸음 전진했다.

수검 또한 입을 꽉 다문 표정으로 걸었다.

위기의식을 느낀 결연한 모습? 절대 아니다.

황조령이 보건대 함부로 기뻐할 수 없으니 이를 악물고 참는 표정이었다.

사활곡의 중심부로 들어갈수록 황토채의 사내가 알려준 정보가 사실임을 직감하게 되었다.

두 고비, 세 고비, 네 고비, 그냥 통과시키는 산채도 있었고, 창천표국과 친분이 있는 산채에서는 그와 비슷한 내용을 알려주었다.

그렇게 여덟 고비를 지나 아홉 번째로 향하는 도중, 그 수상한 징조가 느껴졌다. 날이 밝기도 전에 출발한 표국과 만나는 정체 현상이 벌어진 것이다.

"장 표두, 이게 무슨 일인가?"

구일이 안면이 있는 사람을 찾아 물었다.

"아, 구 표두. 천봉채에서 사활곡을 넘을 수 있는 상단과 표국에 대한 선별 작업을 하고 있다네. 우리 진산표국도 이를 기다리고 있는 중이지."

"선별 작업? 이참에 통행세를 올리려는 꼼수인가?"

"그건 아닌 것 같네. 금란상단에서 다급한 건이라며 기존 통행세의 두 배를 제시했는데, 거절당했다네."

"두 배라면 만만치 않은 금액일 터인데… 하면, 주인이 바뀐 천봉채에서 통행을 허락하는 기준이 뭐란 말인가?"

"그게 참 아리송하단 말이야. 상단이나 표국의 규모도 아니고, 운반하는 물품이 문제인 것 같지고 않고… 한마디로 저놈들 마음인 것 같네."

구 표두는 위쪽을 턱짓하여 가리켰다. 무장을 한 사내들이 상단과 표국의 짐을 검사하고 있었다. 초초한 상인들과 달리 그들은 꿈지럭꿈지럭 세월아 네월아 별의별 트집을 잡아가며 시간을 끌었다.

"구 표두, 아무리 주인이 바뀌었다 해도 너무한 것 아닌가? 우리가 통행세를 지불하는 것은 원만히 사활곡이 넘기 위함이지, 결코 그들의 무력이 두려워서가 아닐세. 천봉채가 이렇게 나온다면 우리도 가만있을 수 없지 않은가?"

"그런 소리 말게나. 앞서 말한 금란상단의 천 표두가 발끈하여 나섰다가 불귀의 객이 되었다네."

"명문 정파 출신의 그 천지일 표두가 말인가?"

"그렇다네. 그것도 접전을 벌인 것도 아닌, 단 일 검에 말일세. 껄렁껄렁한 듯 보이지만 보통 놈들이 아닐세. 그러니 다른 표국의 표두들도 눈치만 보고 있는 상황이지."

그들의 대화는 창천표국 사람들도 들을 수 있었다. 사태의 심각함을 직감한 표사와 쟁자수들의 얼굴은 어두워졌지만 수검은 여유로웠다.

"황 대장님, 우리도 저놈들 선별 작업을 할까요? 그냥 길을 터줄 놈과 맞고 터줄 놈들 말입니다."

"그만 두어라."

황조령이 버릇처럼 하는 말인 줄 알았는데 아니었다.

"함부로 건드릴 놈들이 아니다."

"예?"

"낯익은 놈들이 있다."

황조령은 굳은 표정으로 대답했다. 무림지존의 위치까지 올랐던 그가 긴장하는 것은 흔치 않은 일이었다.

"낯이 익다면… 무림맹 사람들입니까?"

황조령은 고개를 가로저으며 입을 열었다.

"그 반대라 할 수 있겠지."

"바, 반대라 하시면… 지, 진양……!"

경악하던 수검이 황급히 자신의 입을 막았다. 지금 그들의 정체를 밝혔다가는 큰 혼란을 줄 수 있었다. 또한 그들에게 황조령은 불구대천의 원수나 마찬가지인 존재였던 것이다.

한데, 말이 새어나간 것일까. 긴장한 것이 역력한 유소연이 표사들을 이끌고 다가왔다.

"황 대협님께 긴히 물어볼 말이 있습니다."

"무엇입니까?"

"예전에 무림맹에 몸을 담고 있었다 하셨지요?"

"……."

황조령은 고개를 끄덕이는 것으로 대답을 대신했다. 이에 유소연은 표국 물품을 검색하는 놈들을 눈짓하며 물었다.

"혹여 저 사람들 중에 아는 이가 있습니까?"

황조령은 곧바로 대답하지 않고 반문했다.

"그런 왜 묻는 것이오?"

"천봉채의 선별 기준이 무엇인지 나름 조사를 했습니다. 용우, 호반, 감진, 광성진, 평성 등의 상단이나 표국의 통행을 허락했으나 금란, 오성, 백의천, 주진 등은 불허를 당했습니다. 전자는 무림대전 당시 중립을 표방하거나 진양교에 가까웠던 쪽이고, 후자는 무림맹의 편에 섰거나 형세가 불리하게 되자 진양교에 등을 돌린 상단과 표국이었습니다. 소녀의 생각으로는 아마도 예전 진양교와 관련이 있는 무리인 듯싶습니다."

수검의 말이 새어나간 것은 아니었다. 그녀 나름대로 정보를 파악하여 올바른 추론을 끌어낸 것이다. 유소연이 어려서부터 영특하다는 소리를 들었다는 것은 수검이 꾸며낸 말이 아닌 듯했다.

"그렇소이다."

황조령이 대답하는 순간, 나직한 탄성이 튀어나왔다.

그도 그럴 것이, 창천표국과 무림맹의 사이는 무척이나 돈독했다. 통행을 불허당하는 것은 물론 다른 해코지를 당할지도 모를 일이었다.

"특히나 저 사내……."

황조령은 나무 그늘 밑에 앉아 있는 사내를 눈짓하며 말을 이었다. 표국을 검색하는 무리와 동떨어져 먼 하늘을 응시하고 있는 자였다.

"멍한 눈빛에 만사가 귀찮은 듯 행동하지만 무림대전 당시

살검(殺劍)의 귀재라는 명성을 얻은 인물이오."

"사, 살인귀(殺人鬼) 백낙천(白樂天)!"

두일이 놀라 중얼거리자 황조령이 고개를 끄덕였다.

"그렇소. 저자가 바로 전장의 살인귀라 불리던 백낙천이오. 또한 그가 어떤 인물의 수하였는지 생각해 본다면 이 천봉채의 새로운 주인이 누구인지 어렵지 않게 짐작할 수 있을 것이오."

"마, 맙소사! 폭룡검(暴龍劍) 사왕진(史旺進)!"

"……!"

순간, 모두가 할 말을 잃었다.

폭룡검 사왕진은 모용관이 아끼던 칠수장(七首長) 중 한 명이다. 그의 패도적인 무공은 진양교의 핵심 세력이던 칠수장 내에서도 수위를 다투며, 지략적인 면과 전투 감각 또한 탁월하여 연전연승의 신화를 창조했다.

물론 이는 무적신검 황조령이 나타나기 전이었다.

황조령을 만난 사왕진은 연전연패의 수모를 당하고, 알력 싸움에 휘말려 변방으로 좌천까지 당했다.

그러나 인생사 새옹지마라고, 무림맹의 총공격 당시 중경에 없었던 그는 목숨을 부지할 수 있었다.

"모용관이 죽고 은거한 것으로 알려진 그가 왜 갑자기 산적 짓이나 하는 걸까요?"

구일의 물음에 황조령은 고개를 가로저었다. 그 역시 그런 이유까지는 알 수 없었던 것이다. 묵묵히 황조령의 말을 경청하고 있던 유소연이 구일을 행해 말했다.

"지금은 그것이 중요한 게 아니다. 어차피 벌어진 상황이니 최소한의 피해로 이 고비를 넘겨야 한다. 황 대협님?"

"말씀하십시오."

"무림맹에 있었다는 사실을 숨겨주실 수 있겠습니까?"

"그렇게 하리다."

"무례한 부탁을 들어주셔서 감사합니다. 너희들도 명심해야 한다. 황 대협님의 내력이 새어나가지 않게 입단속 철저히 하고, 놈들이 말도 안 되는 트집을 잡더라도 마찰은 절대 삼가야 한다."

"명심하겠습니다, 아가씨."

"돌아가자꾸나. 소녀는 이만……."

다소곳이 인사를 마친 유소연이 표사들과 함께 물러갔다.

"수검아, 들었느냐? 너도 반드시 명심해야 한다."

"……."

가장 걱정스러운 인물이 바로 수검이었다.

한데 대꾸가 없었다.

"수검아?"

고개를 돌린 황조령의 눈에 다른 곳에 정신 팔린 수검의 모습이 들어왔다. 굳은 표정의 수검이 전장의 살인귀라 불리던 백낙천을 노려보고 있었다.

주체할 수 없는 승부욕을 느끼는 것이다. 부들부들 떨리는 손으로 허리춤에 찬 수호검을 꽉 쥐고 있었다.

수검의 강렬한 눈빛을 느꼈는지 먼 하늘만 응시하고 있던 백낙천이 고개를 돌렸다.

그러나 불꽃 튀는 눈싸움은 일어나지 않았다.

백낙천은 세상 귀찮은 표정으로 수검의 시선을 이내 외면했던 것이다.

"서두를 것 없다."

"예?"

이제야 수검이 고개를 돌렸다.

"싸워야 할 상대라면 언제가 부딪치게 되어 있다. 그때까지 조용히 기다리면 되는 것이다."

"명심하겠습니다."

수검이 평정심을 되찾은 그때, 진양교의 잔당들이 창천표국의 짐을 검사했다.

"이것은 무엇이냐?"

"원양으로 향하는 비단이오."

"비단이라······."

놈은 단검을 꺼내 마차 위의 짐을 여기저기 푹푹 찔러댔다. 값비싼 비단이 못 쓰게 되었지만 구일은 꾹 참았다. 그들과 마찰을 일으키지 말라는 유소연의 당부 때문이었다.

"나는 옛날부터 비단이 마음에 들지 않았어. 이리도 약한 것이 값만 비싸거든."

찌이이익.

층층이 쌓은 비단을 길게 찢어놓은 놈이 구일을 똑바로 쳐다보며 말했다.

"너희들은 통행을 허락할 수 없다."

확실한 도발이었다. 값나가는 비단이 못 쓰게 되었고, 말도 안 되는 이유로 불허를 당했다.

잠시 구일의 눈가에 경련이 일었지만 그들의 도발에 말려들지는 않았다.

"알겠소. 천봉채의 뜻이 그렇다면 그냥 돌아가겠소."

"......!"

따지지 않고 순순히 물러가겠다는 뜻을 보이자 놈의 얼굴이 굳어졌다. 그의 예상에서 벗어난 반응이었던 것이다.

"모두 말머리를 돌려라. 우리는 왔던 길로 되돌아갈 것이다. 시간이 촉박하니 서두르거라!"

"잠깐."

창천표국의 행렬이 방향을 바꾸려는 찰나 놈이 다시 끼어들었다.

"무슨 일이오? 통행을 불허했기에 돌아가는 것 아니오?"

"왔던 길로 다시 돌아갈 수는 없다. 올라오는 행렬에 방해가 되지 않겠느냐?"

"하면 어쩌라는 것이오?"

"천봉채 뒤편에 있는 샛길을 이용해라."

"......!"

구일은 당혹함을 감추지 못했다.

그런 샛길이 있기는 했다. 그러나 이를 이용하려면 천봉채

안으로 들어가야 했다. 호랑이 굴로 들어가는 것과 다름없는 상황이었다.

"무엇을 망설이는 것이냐? 통행을 불허당한 다른 상단과 표국도 그렇게 하였다."

"……."

결정을 내리지 못하는 구일에게 유소연이 살짝 고개를 끄덕였다. 그의 말을 따르라는 신호였다.

"아, 알겠소이다."

"후후, 진작 그렇게 나왔어야지. 애들아, 창천표국 사람들에게 길을 안내해 드려라."

순간, 놈의 수하들이 창천표국 주위를 에워쌌다. 정중한 안내가 아니라 도망치지 못하게 하려는 감시였다. 살벌한 분위기 속에서 창천표국의 행렬이 움직이기 시작했는데…….

"잠깐, 이자들은 무엇이냐?"

절룩이며 걷는 황조령과 당찬 체구의 수검이 눈에 거슬렸던 것이다.

재빨리 구일이 대답했다.

"원양으로 가시는 선비님과 그의 호위무사시오. 마침 방향이 같아 동행하게 되었소이다. 이분들은 우리 창천표국과 아무런 관계도 없소이다. 청하건대 이분들만이라도 통행을 허락해 줄 수 없겠소?"

놈은 피식 웃었다.

추호도 그럴 마음이 없다는 의미였다.

"나는 괜찮소."

구일 앞을 지나치는 황조령 또한 추호도 그럴 마음이 없었다. 폭룡검 사왕진이 무슨 이유로 산적질을 하는지 알아내고 싶었다.

호랑이 굴로 다른 호랑이가 들어가는 상황인 것이다.

사활곡 중심부에 위치한 천봉채.

아름드리나무를 겹겹이 세워 만든 외벽은 돌을 쌓아 만든 성채에 결코 뒤지지 않은 위용을 자랑했다.

망루(望樓)에 있던 경계병의 눈에 움직임이 포착되었다. 천봉채 식구들이 끌고 오는 창천표국의 행렬이었다. 경계병은 선두에서 보내는 동료의 수신호(手信號)를 확인하고는 아래쪽을 향해 소리쳤다.

"사냥꾼들이 돌아왔다!"

순간, 철옹성처럼 굳게 닫혀 있던 천봉채의 문이 움직이기 시작했다.

쿠쿠쿠쿠쿠쿵!

육중한 소리와 함께 진한 흙먼지를 일으키며 갈라지는 천봉채의 정문, 이를 바라보는 창천표국 사람들의 안색은 더욱 어두워졌다. 그 안에서 어떤 일이 벌어질지 두려웠던 것이다.

"빨리 빨리 움직여라!"

우르르 몰려나온 경비병들의 독촉 속에 창천표국의 행렬은 천봉채 안으로 들어섰다.

쿵!

문이 닫히는 순간, 그들의 심장도 철렁 내려앉았다.

마침내 들어온 호랑이 소굴. 그곳은 창살 없는 감옥이나 마찬가지였다.

막대기를 쥔 사내가 다가왔다.

지이이익.

그는 창천표국 주위를 걸어다니며 금을 그었다. 기다란 직사각형으로 금을 완성한 그는 어리둥절해하는 창천표국 사람들에게 말했다.

"이 금은 사선(死線)이다."

"……!"

"이유 여하를 막론하고 이 금을 넘는 자는 결코 용서치 않을 것이다."

허세가 아니다.

그는 무심한 표정으로 옆쪽을 눈짓했다.

먼저 내려간 것으로 알고 있는 금란 상단의 구역이 보였다. 예순이 넘은 행수는 땅을 치며 통곡하고 있었고, 금 밖에는 하얀 천으로 덮여 있는 시신들이 보였다. 자신의 말을 어겼을 시의 본보기를 똑바로 보라는 의미였다.

"금 내부에서는 어떤 짓을 해도 좋다."

무심한 투로 말을 마친 그는 이내 뒤돌아 사라졌다.

"모두 짐을 놓고 휴식을 취하라. 절대 금을 넘어서는 아니 된다."

구일의 강력한 당부가 이어졌고, 수검은 금을 긋고 사라지는 놈의 뒷모습을 바라보며 물었다.

"보통내기가 아닌 것 같은데, 누구입니까?"

"아마도 '서도곤'이 아닌가 싶다."

"전장의 광인(狂人)이라는 그놈 말입니까?"

황조령은 천천히 고개를 끄덕였다.

야차의 현신이라 불렸던 서도곤은 눈을 뜨자마자 살생을 하고, 그 시체들을 이불 삼아 잠을 자는 기행으로 유명했다. 무림맹의 내로라하는 고수들이 그를 징벌하려 했지만, 오히려 그에게 목과 팔다리가 절단되어 베개로 전락하는 신세가 되고 말았다.

"이곳은 한번 붙어보고 싶은 놈들이 넘쳐나는군요."

"그러나 더욱 경거망동해서는 아니 된다. 싸움이 붙었다가는 괜히 휘말리는 희생자의 숫자만 늘어난다."

"하면 어찌합니까? 이대로 놈들이 하라는 대로 끌려갈 수는 없지 않습니까. 분위기를 보니 고분고분 보내줄 것 같지는 않은데요?"

"기회를 봐서 내가 사왕진과 담판을 지을 것이다."

"말이 통할 놈들 같지는 않은데요."

"그럼 말이 통하게 만들어야겠지."

"예?"

"그런 게 있으니 편히 쉬어라. 다시 한 번 말하는데, 절대 경거망동하지 말고."

"알겠습니다."

수검은 더 이상 토를 달지 않았다. 무림지존의 위치까지 올랐던 황조령을 믿지 않으면 누구를 믿을 것인가. 그러나 황조령의 당부처럼 조용히 있지 않고 주위를 얼쩡거리며 동정을 살폈다.

"이보시오, 이게 어찌 된 일이오?"

금 바로 직전에 쪼그리고 앉은 수검이 금란상단의 호위무사에게 물었다.

"보면 모르시오."

호위무사는 침통한 어조로 입을 열었다.

"놈들의 말도 안 되는 요구에 발끈하던 선임 무사님들이 모두 살해당했소."

"어떤 말도 안 되는 요구를 하더이까?"

"우리가 비밀리에 운반하던 세도가의 가보(家寶)를 새로운 천봉채의 주인에게 바치라는 것이었소. 우리 상단에서는 절대 넘겨줄 수 없는 물건이었소. 하여 행수님께서 통행세를 세 배로 주고 그 가보를 제외한 나머지 물건을 모두 넘기겠다고 했지만 씨알도 먹히지 않았소. 놈들은 강제로 그 가보를 빼앗으려 했고, 선임 무사님들은 이를 막으려다가 그만……."

"정말 막돼먹은 놈들이구만!"

"성격 못지않게 무공 실력 또한 출중한 놈들이오. 정말 눈 깜짝할 사이에 일어진 일이었소. 우리 선임 무사님들은 강호에서도 통할 실력이었는데 말이오. 먼저 끌려온 상단에서 진양교의 잔당일 수도 있다는 수군거림이 있었는데, 그 말이 사실이 모양이오. 그러니 그쪽도 함부로 나설 생각은 하지 마시오. 우리처럼 보물도 빼앗기고 목숨을 잃을 수도 있소이다."

수검 뒤에서 이를 듣고 있던 유소연이 표사들에게 단단히 당부를 주었다.

"들었느냐? 놈들이 도발하는 행동에 절대 넘어가서는 아니 된다. 놈들이 어떤 요구를 하든 모두 들어주어야 한다."

"하지만 아가씨……."

"이건 명령이다. 놈들은 우리를 곱게 보내줄 생각이 없다. 이런 상황에서는 목숨을 보중하는 것이 상책이다."

"……."

표사들은 굳게 입을 다물었다. 이런 말을 해야 하는 그녀가 어떤 심정인지 헤아렸기 때문이다.

그렇게 아무런 말 없이 참담하고 침통한 시간이 흐르는 그때, 무리 지어 다가오는 발소리가 들렸다.

"이것들이 창천표국 놈들이더냐?"

"그렇습니다."

"부, 부두령! 이게 어찌 된 일이오?"

표두 구일이 아는 체를 했다. 일단의 무리를 끌고 온 자는 예전 천봉채의 부두목이었던 것이다.

"시끄럽다. 나는 더 이상 그런 놈이 아니다. 새로운 두령님의 자비로움으로 다시 태어난 몸이시다."

그는 매몰차게 대답하고는 수하들을 향해 말했다.

"어떤 물품을 운반하던 중이더냐?"

"별것없습니다. 비단과 서책, 약간의 향료가 전부입니다."

"미련한 것들… 표국 놈들이 귀한 것을 운반할 때는 비밀스런 장소에 숨긴다고 일러두지 않았더냐? 저 마차의 밑단을 뜯어내라."

아는 놈이 더 무서운 법이다.

예전 부두목의 명을 받은 수하들이 마차의 밑단을 부쉈다. 뭔가 숨길 만한 공간이 나타나긴 했지만 아무것도 없이 텅 비어 있었다.

"쳇, 정말 가진 게 없는 놈들이군."

그냥 넘어가는가 생각했는데 아니었다.

"가진 게 없을 때는 몸으로 때워야지. 그게 바로 사활곡의 법도 아니겠는가?"

음흉스런 표정의 부두목이 유소연을 바라보았다.

"뭐 하는 짓이오?"

구일이 발끈했지만 소용없는 짓이었다. 서슬 퍼런 검끝이 그의 눈을 막아섰다. 금을 넘지 않았기에 무사할 수 있었던 것이다.

"이보시오, 부두목. 아가씨를 놓아주면 무엇이든 하겠소. 내 당장 표국에 기별을 넣어 원하는 만큼의 금은보화를 드리리다."

"후후후, 금은보화는 넘칠 정도로 많다. 이처럼 반반한 계집 정도는 되어야 새로운 두령님이 흡족해하지 않겠는가? 끌고 가라!"

"안 된다! 아가씨를 당장 풀어주어라!"

"그만하세요, 이들의 도발에 말려들면 모두가 죽게 됩니다."

"절대 그럴 수 없습니다. 창천표국의 표사들은 목숨 바쳐 아가씨를 지켜 드리겠습니다."

죽음을 두려워하지 않는 이판사판의 대결이 벌어질 그때였다.

"이게 무슨 소란인가?"

가만히 사태를 주시하던 황조령이 입을 열었다.

"황 대협!"

순간, 창천표국 표사들은 기대에 찬 시선으로 그를 돌아보았다. 한때 무림맹에서 잘나갔다던 무림인 아니던가? 물론 수검의 입을 통해서 들은 것이라 온전히 믿는 것은 아니다. 그러나 수검의 말의 절반만 믿는다 해도 상당한 실력자임이 분명했던 것이다.

"네놈은 또 뭣 하는 놈이냐?"

부두목은 의문스러운 표정으로 반문했다. 아무리 잘나가야 다리 병신이었던 것이다.

"내가 누군인가보다 그대의 행동이 문제 아닌가? 어찌 여인을 그리 함부로 다룰 수 있는가?"

이에 부두목은 인상을 찌푸리며 노려보았다.

"세상이 얼마나 험한지 모르는 샌님 같은데, 그리 참견을 했다가는 제 명대로 못 살 것이다."

"참견이 아니다. 네놈은 새로운 두령에게 잘 보이고 싶어 하지 않는가? 그렇다면 내가 더욱 괜찮은 선물을 주지. 수검아, 네 검을 넘겨주어라."

"예?"

놀라서 반문하는 수검에게 재차 말했다.

"네 검을 주란 말이다."

황조령은 진심이었다. 잠시 머뭇거리던 수검이 허리춤에 찬 수호검을 풀어주었다.

투박한 검집은 별 볼일 없었다.

그러나 별 기대 않고 검을 빼어 든 순간, 부두목의 눈빛이 변했다.

스릉.

"……!"

눈부실 정도로 날카로운 예기(銳氣)만 봐도 천하의 명검이 분명했다.

"그것이면 만족하겠는가?"

"무, 물론이다!"

부두목은 기분 좋게 승낙했다. 천하의 미인보다 천하의 명검이 새로운 두목의 신임을 얻는 데 유리하다 판단한 것이다.

"이 계집은 돌려주어라."

유소연을 풀어준 부두목은 재빨리 자리를 벗어났다. 운 좋게 얻은 노획물을 서둘러 바치고픈 마음 때문이었다.

사활곡(死活谷) 303

'황 대장님, 어쩌자는 겁니까?'

그가 사라지자마자 수검이 귓전에 대고 속삭였다. 답답함을 금할 수 없는 표정이었다.

'아까운 것이더냐?'

'아까운 게 아니고 말입니다, 사왕진은 수호검을 대번에 알아볼 것 아닙니까? 그렇게 되면 황 대장님의 신분이 드러난단 말입니다.'

'그걸 노린 것이다. 천봉채의 새로운 주인이 그라면 내가 썼던 검을 대번에 알아볼 테지. 놈과 담판 지을 수 있는 기회를 만들자는 것이다.'

"……?"

수검이 무슨 소리를 하는지 도통 모르겠다는 눈빛을 보내는 그때였다.

"감사합니다, 황 대협님."

유소연이 크게 허리 숙여 인사했다. 약간 홍조를 띤 얼굴에는 진정으로 고마워하는 마음 그 이상이 담겨 있는 게 분명했다.

"너무 개의치 마시오. 그깟 검이 무슨 대수라고……. 어려울수록 서로 돕는 게 세상 사는 이치 아니겠소."

황조령의 진부하기 이를 데 없는 발언에 수검은 속으로 분통을 터뜨렸다.

'그게 아니지요, 아니지요! 이럴 때는, 소연 낭자였기 때문에 나섰다는 식으로 한마디 했어야지요. 그래야 두 분의 관계가 급진전되는 것 아닙니까!

"혹여 저 때문에 곤란을 당하시는 것 아니십니까? 소녀가 보기에도 상당히 귀한 검처럼 보였습니다. 이 일로 황 대협님의 정체가 밝혀지지 않을지 걱정이 되옵니다."

"쓸데없는 걱정이오. 유 소저라 아니더라도 나는 똑같은 행동을 했을 것이오."

수검의 우려는 그대로 적중했다.

"아, 예……."

성인군자 같은 대답에 유소연은 적잖이 실망한 기색이었다. 반면 표사들의 반응은 대단했다.

"역시 황 대협님은 사내 중의 사내이시며 대인 중의 대인이십니다. 아니, 군자 중의 군자이십니다."

"그 호탕한 배포와 너그러우신 마음에 저는 감명을 받았습니다. 이는 모든 무림인의 귀감이 될 만한 일입니다."

표사들은 경쟁하듯 황조령을 추켜세웠다. 그러나 수검은 남자들의 칭찬이 별로 달갑지 않았다.

그들이 찬양(?)이 높아질수록 수검의 답답함이 더해지는 그때였다.

"이 검의 주인이 누구인가?"

극도로 흥분하여 다가오는 사내가 노기 띤 음성으로 물었다. 창천표국 사람들은 누군가 하는 반응인데, 황조령은 그의 정체를 알고 있었다. 사왕진의 책사 역할을 했던 '노역비(盧逆比)'라는 자였다.

"이 검의 주인이 누구냔 말이더냐!"

창천표국 앞에 멈춰 선 그가 재차 물었다. 황조령은 그를 단번에 알아보았지만 노역비는 그러지 못했다. 부리부리한 눈으로 창천표국 사람들의 면모를 유심히 살피던 그의 시선은 황조령을 그냥 지나쳤다.

"마지막으로 묻겠다. 이검의 주인이 누구인가?"

흥분을 주체 못한 노역비가 손에 든 수호검을 뽑아 들 찰나, 수검이 나섰다.

"나요."

"네, 네놈이?"

순간, 노역비는 의아한 표정이 되었다. 그가 알고 있던 검의 주인과 하나도 닮은 곳이 없었기 때문이다.

"정녕 네놈이 이 검의 주인이란 말인가?"

"그렇다."

"말도 안 되는 소리. 이것이 어떤 검인 줄 알고 주인 행세를 하려 하느냐? 목이 달아나고 싶지 않다면 솔직히 말하라. 훔친 것이냐, 아니면 주운 것이냐?"

"둘 다 틀렸다."

황조령의 음성을 듣고 놈이 고개를 돌렸다.

그러나 그토록 찾던 수호검의 원 주인을 보고도 알아보지 못하는 건 여전했다.

"죽고 싶어 끼어든 것이더냐."

"책사라는 자가 왜 이리 경망스러운 것인가? 그대가 먼저 검의 출처를 묻지 않았나. 그것은 훔친 것도 주운 것도 아닌, 내가 준 검이다."

"네놈은 또 무슨 헛소리를······!"

어이없다는 표정을 짓던 노역비의 눈이 부릅떠졌다.

놈이 자신의 직위를 어찌 알고 있단 말인가? 감성에 치우쳤던 그의 이성이 차츰 깨어났다.

진심장을 갈무리하고 앉아 있는 모습, 그 위용은 태산이었다. 그리고 제일 먼저 눈이 갔던 붕대로 칭칭 감긴 얼굴, 그 나머지 반쪽은 수호검의 주인이 분명했던 것이다.

"네, 네, 네, 네놈은!"

뒤늦게 황조령의 정체를 눈치챈 노역비는 더욱더 흥분했다. 흥분을 넘어 경황이 없는 모습이었다.

"이, 이, 이런 말도 안 되는 일이······. 무, 무, 무엇 하느냐! 다, 다, 당장 저놈을 포박하라!"

무슨 일인지 어리둥절하던 천봉채의 수하들이 달려드는 순간이었다.

"무엄하다!"

쿵~!

수검이 잔뜩 공력을 실은 오른발을 구르며 소리쳤다. 그 울림은 금을 그어놓은 창천표국 영역 전체에 느껴질 정도로 대단했다.

순간적으로 흠칫하는 놈들을 노려보며 수검이 말했다.

"이곳에 사활곡의 법도가 있다면 무림에는 무림만의 법도가 있다. 아무리 전장에서 칼을 겨눈 사이라도 상대에 대한 예의는 존재하게 마련! 우리 황 대협님이 누구인지 알고도 저런 조무래기들을 달려들게 했는가!"

"……."

노역비는 반박을 하지 못했다. 무림의 법도를 따른다면 수검의 말이 옳았다. 무적신검 황 대장은 그 누구도 함부로 대할 수 없는 거물 중의 거물인 것이다.

노역비의 명을 기다리는 수하들은 의아함을 금치 못했다.

도대체 저 다리 병신이 누구이기에 진양교의 책사까지 지낸 인물을 벌벌 떨게 하는가?

이는 창천표국 사람들의 반응도 비슷했다.

황조령이 범상치 않은 인물임을 일찌감치 짐작하고 있던 상황에서 수검의 엄청난 기백을 보고는 그 기준이 또 바뀌었다. 이리도 박력 넘치는 수검을 수하로 부리고 있는 그의 진짜 정체는 무엇일까?

억지로 끌려온 다른 상단과 표국 사람들의 궁금증까지 극에 달한 그때였다.

"크~ 하하하!"

귀청이 멍해질 정도의 웃음소리와 함께 도저히 믿기 힘든 말이 들려왔다.

"무적신검 황 대장이 나타났단 말이더냐!"

"……!"

그 웃음소리에 실린 엄청난 내공은 중요치 않았다. 그가 언급한 인물은 가히 충격적이었다.

"무, 무적신검 황 대장!"

그 이름이 갖는 무게감은 엄청났다.

불굴의 상징!

결코 넘을 수 없는 산이라 여겨지던 모용관을 꺾은 전설적인 인물이며, 정도(正道)에서 벗어나는 무림맹에 환멸을 느끼고 홀연히 떠난 군자의 표상이었다.

"어, 어디에 황 대장님이!"

억지로 끌려온 상단과 표국 사람들은 고개를 돌리기에 분주했다. 용아의 황가장은 불의를 보고 절대 못 참는 것으로 유명했다. 특히나 무림지존의 위치까지 올랐던 황조령이라면 분명 자신들을 구원해 줄 것이라는 기대감이 넘쳐났다.

한데, 그들 못지않게 열정적으로, 아니, 광기까지 어린 표정으로 황조령을 찾아 헤매는 인물이 있었다.

"무적신검 황 대장! 어디 숨어 있는 것이더냐!"

붉은 머리에 붉은 수염, 칠 척(七尺) 길이의 붉은 장검을 한 손으로 들고 있는 자였다. 범상치 않은 외모 때문에 그를 단박에 알아보는 사람이 많았다.

"저, 저자는!"

"포, 포, 폭룡검 사왕진!"

"그렇다면 새로운 천봉채의 주인이 바로……."

엄청난 일의 연속이었다. 폭룡검 사왕진은 황조령에 버금갈 만큼 유명했다. 물론 무공 실력은 무적신검 황 대장이 한 수위라 믿어 의심치 않았다. 그러나 이곳은 진양교 잔당들이 우글거리는 소굴인 것이다.

군중들이 충격에 빠진 사이,

뚜벅뚜벅.

도전적인 표정으로 사왕진을 향해 걸어가는 사람이 있었다.

수검이었다. 무언가를 빼어 들 듯 등 뒤로 손을 옮겨가고 있었다.

"네놈이… 무적신검 황 대장?"

어이없는 표정으로 바라보는 사왕진에게 수검이 대꾸했다.

"당연히 아니지."

"그럼 냉큼 꺼지거라!"

"안 그래도 그럴 참이다."

척.

수검은 등 뒤에서 꺼낸 의자를 놓고 물러섰다.

곧이어 황조령이 진심장을 의지하며 걸어나왔다.

절룩이는 걸음, 반쪽이 된 황조령의 얼굴을 지켜보는 사왕진의 모습이 다채롭게 변했다.

처음에는 누군가 하는 의아한 기색이 깜짝 놀란 표정으로 바뀌었다. 그리고 이어지는 것은 참을 수 없는 분노였다. 씹어 먹어도 시원치 않은 원수를 만났다는 분노와는 분명 차원이 다른 것이었다.

"오랜만이군."

의자에 앉은 황조령이 말을 건네는 순간, 사왕진은 미친 듯이 웃음을 터뜨렸다.

"푸하하하! 푸하하하! 푸~ 하하하!"

"……."

"푸하하하! 무적신검 황 대장, 대체 그 꼴이 무엇인가? 절룩이는 다리에 반쪽이 된 얼굴, 무림지존의 위치까지 올랐던 놈이 내가 몰라볼 정도의 병신 신세가 되었구나! 푸~ 하하하! 푸하하하!"

"그런 네놈의 꼴은 어떻더냐?"

"……!"

미친 듯이 광소를 터뜨리던 사왕진의 얼굴에 웃음기가 사라졌다.

"한때는 모용관을 도와 천하를 호령했던 그대가 아닌가. 강맹하기 이를 데 없는 패도적인 검으로 강호를 질시했던 그대가 예서 산적질이나 하고 있단 말이더냐!"

"네 이놈……."

"내 말이 틀렸는가?"

"네놈은 그리 잘 알아서 그 꼴이더냐!"

후아앙~!

사왕진이 발끈하는 순간, 무시무시한 살기가 폭사되었다.

담이 약한 상인이나 짐꾼 중에는 이를 감당하지 못하고 쓰러지는 이가 속출했다.

진양교가 점령한 천봉채의 상황 또한 별반 다르지 않았다.

무적신검 황 대장이 누구던가.

과거 진양교는 그의 전조, 병장기로 땅에 찍는 소리만 듣고도 전의를 상실하거나 허둥거리기 일쑤였다.

태산처럼 버티고 앉아 있는 황조령의 모습은 그때의 악몽을 되살리기에 충분했다. 노기 띤 눈으로 바라보는 황조령의 분위기에 압도되어 오금조차 제대로 펴지 못했다.

『혼사행』 2권에 계속…

천마검섭전

임준후 新무협 판타지 소설

철혈무정로 1부

인세에 지옥이 구현되고 마의 군주가 천신하면
그 누구도 그를 막지 못하리라!
이는 태초 이전에 맺어진 혼돈의 맹약, 육신에 머문 자나
육신을 벗은 자나 누구도 피할 수 없는 구속의 약속일지니……

주검과 피, 그리고 살기가 강물처럼 흐르는 전장에서
본연의 힘을 되찾게 되는 신마기!
신마기의 주인은 전장을 거칠 때마다 마기와 마성이 점점 더 강해져
종국에는 그 자체로 마(魔)가 된다…….

제어되지 않는 신마기…
이는 곧 혼돈의 저주, 겁화의 재앙이다!

유행이 아닌 자유추구 -
WWW.chungeoram.com
Book Publishing CHUNGEORAM

유행이 아닌 자유추구 -
WWW.chungeoram.com
Book Publishing CHUNGEORAM

長虹貫日
장홍관일

월인 新무협 판타지 소설

세상은 언제나 정의가 승리하고,
그래서 사필귀정(事必歸正)이라고?

개소리!

세상은 나쁜 놈들이 지배하지.
그러나 그놈들은 아주 교활해서 절대로 나쁜 놈처럼 안 보이지.
현재 무림을 지배하고 있는 백도의 어떤 인간들처럼……

설경구
新무협 판타지 소설

―떠나세요, 가능한 한 멀리.
―하나만 기억하세요. 일단 살아남아야 후일을 도모할 수 있습니다.
―떠나.

오랫동안 연락이 두절되었던 이들이 약속이라도 한 듯 찾아와
꺼낸 이야기들과 함께 시작되는 집요한 추적.
그리고 거대한 음모에 휘말려 억울한 누명을 쓴 채로
오직 살아남기 위해 필사적으로 도주하는 한 사내, 진가흔.

"왜 하필 나입니까?"
"자네가 가장 적당하기 때문이지."
"아시겠지만 그를 죽인 것은 제가 아닙니다."
"물론 알고 있네. 그런데 말일세… 그래도 그를 죽인 것이 자네라는
사실은 변하지 않네."

누구를 믿어야 할까.
적어도 명확하지 않은 상황에서 이유조차 모른 채 도주하던
한 사내의 역습이 시작된다.

유행이 아닌 자유추구 -
WWW.chungeoram.com
Book Publishing CHUNGEORAM